ハヤカワ文庫NF

〈NF336〉

カトリーヌ・Mの正直な告白

カトリーヌ・ミエ
髙橋利絵子訳

HAYAKAWA NONFICTION

早川書房

6294

LA VIE SEXUELLE DE CATHERINE M.
by
Catherine Millet

Translated by
Rieko Takahashi
Published 2008 in Japan by
HAYAKAWA PUBLISHING, INC.
This book is published in Japan by
direct arrangement with
LES ÉDITIONS DU SEUIL.

目次

3＊小さな空間

4＊細部

カトリーヌ・Mの正直な告白

1
*
数

幼い時分、わたしは数についての疑問で頭がいっぱいだった。子どもの頃に考えたことや一人でなにかしたことの記憶というものは、いつまでも鮮明なものである。というのは、それらは直接意識に刻まれる最初の事柄だからだ。それに対してだれか自分以外の人間と共有した事柄は、わたしたちが相手に抱く感情（驚き、恐怖、好き、嫌い）によって曖昧になっている。それに、子どもは大人のようにものごとを選んだり、理解したりできない。

わたしは子どもの頃、毎晩、ベッドの中でうとうととしながら、ある考えが頭の中からどうしても離れなかったことを、いまでもはっきりと記憶している。それは弟が生まれて、新しいアパルトマンへ引っ越した頃のことだった（わたしは三歳半だった）。そのアパルトマンに移り住んではじめの何年か、わたしのベッドはいちばん大きな部屋のドアに面した側に置いてあった。ベッドに入っても、台所から漏れてくる明かりをじっと見つめて、わたしはいつまでも寝つけないでいた。台所では母や祖母がまだせわしなく動き回っていた。だが、廊下を隔てた反対側の部屋で、わたしは母や祖母のことを考えていたわけではない。もっと他のいろいろな疑問について思いをめぐらせていたのである。

そのうちのひとつは、一人の女性が複数の夫を持つことができるかどうか、というものだった。たんなる可能性として、そういったことが起こり得るのかということだけではなく、どういった条件でならそれが受け入れられるのか、ということで頭を悩ませていたのだ。何人もの男性を、同時に夫にすることは可能なのか。それとも複数の夫を持つということは、たんに夫を次々入れ替えていくだけのことなのか。そうだとしたら、次の夫と入れ替えるまで一人の男性とどのくらいの期間結婚生活を送らなければならないのか。いったい、「適当な」夫の数というのは、どのくらいの人数なのだろう？　数人？　五人か六人くらいか。それとも、たくさんいることが重要だというのであれば、無制限に夫を持つことも可能なのか。大きくなったら、わたしも複数の夫を持つことができるだろうか？　そのためにはどんなことをすればいいのだろう。

年が経つにつれ、夫の数で悩む代わりに、子どもの数で悩むようになった。それは、わたしがある特定の男性に（映画スターやゲルマン系のいとこなど、いろいろな男性に次々と）心を奪われるようになったせいだと思う。そうはいっても、わたしの夢想は男性の顔立ちにとどまっていて、よく分からないところまで踏み込むことはなかった。それでも、頭の中ではもっと具体的に結婚生活と子どものことを考えていた。疑問に思うことは、夫の数で悩んでいたときと同じだった。「適当」な子どもの数は六人ぐらいか。それとももっといたほうがいいのか。子どもの歳の間隔はどのくらい離したらいいのか。女の子と男の子の割合はどのくらいか、というようなことだった。同じ頃、わたしはまたほかのことでも頭を悩ませていた。夫や子どもの数で悩んでいたことを思い出すと、同時にそのことが蘇ってくる。

わたしは、毎晩、神に祈りを捧げた。そして神に捧げる食事のことをあれこれと考え、思いつくかぎり、料理の皿や水の入ったグラスなどを心に描いていた。——量は足りているだろうか、料理はいつ出したらいいのだろうか、といったことを心配していたのだ——そのことと、将来の夫や子どもの数のことで、交互に思い悩んでいたのである。わたしは非常に信心深い質《たち》で、夫や子どものことで神様やその息子であるキリストが何らかの恩恵を施してくれるものだと思いこんでいた。そのため、夫や子どもの数で思い悩むことと、神に祈りを捧げることを切り離すことはできなかった。神の声は、顔は見せずに命令を下す主の声のように耳の中に轟いていた。もちろん、毎年クリスマスに飾るキリスト生誕の場の模型の中で秣桶の中に入っている、ばら色の石膏の塊や、みんなが祈りを捧げる十字架に磔にされている人物の像、そのどちらもが神の息子だということ、幽霊のように見えない聖霊と呼ばれる存在があることなども、人から教えられて知っていた。ヨセフがマリアの夫で、キリストが神のことを「父」と呼ぶことも知っていた。そしてもちろん、マリアはキリストの母でありながら、娘のままだったということも知っていた。

教理問答を受けられる年齢になったとき、ある日、わたしは神父との面談を申し入れた。そしてこんなことを質問した。「神父さま、わたし、修道女になりたいんです。〝神様と結婚〟したいの。そうして貧しい未開の民族がたくさんいるアフリカへ行って、宣教師になりたいんです。でも、結婚して子どもも欲しいの」神父は、そんなことを心配するのはまだ早いといって、面談を打ち切った。

この本を書こうと思いつくまで、わたしは、自分の性欲についてあまり深く考えたことはなかった。それでも、自分が早熟であり、数多くの人と性的な関係を持ってきたことは自覚していた。もっともわたしが属している社会の女性にとって、そうしたことはさほど珍しいことではない。わたしは、一八歳のとき処女を捨てた——それも、特別早すぎるという年齢ではない——ところが、処女喪失から数週間のうちに、わたしは乱交パーティに参加するようになったのだ。もちろん自分から進んでそんなことをしたわけではないけれど、よく分からないことだけに早く体験したいという気持ちはあった。グループでセックスするのが好きな男性や自分のパートナーが他の男性とセックスしているのを見たがる男性と出会ったのは、意図してというより状況のせいだ。この問題に対するわたしの唯一の方針は、どんなことでも経験として自然に受け入れ、道徳的な制限には目を向けないということだった。わたしはその場で行われていることに進んで順応していった。理論や主義に惹かれて行動したわけではなかった。わたしは闘士などというものからほど遠い人間だ。

わたしたちは男の子三人、女の子二人のグループで、リヨンの北にある丘の上の庭で夕食を済ませたところだった。わたしは、その少し前、ロンドンに滞在して、そのとき知り合った男の子に会いにリヨンへ来ていたのだ。わたしの友人の恋人である、リヨンの出身のアンドレが、ちょうど帰省するというので、パリから車に便乗させてもらった。その途中、おしっこがしたくなったので、車を停めてもらったことがあった。アンドレはわたしについて来て、わたしがしゃがみこむと、その姿を眺め、わたしを愛撫した。嫌な気はしなかったが、ちょっと恥ずかしかった。セックスのとき相手の股間に顔をうずめても、ペニスを口にくわえても、恥ずかしいと思わなくなったのは、たぶんそのときからだと思う。

リヨンについてから、わたしはずっとアンドレと一緒にいた。わたしたちはアンドレの友人の家に泊まった。仲間のうちの一人、リンゴはかなり年の離れた女性と同棲していた。住んでいる家もその女性のものだった。だが、持ち主の女性は留守だったので、それをいいことにアンドレとリンゴはちょっとしたパーティをやろうと言い出した。そこで、男の子がもう一人、濃い髪を短くした、背の高い女の子を連れてやって来た。

たぶん六月か七月のことだったと思う。暑かったので、だれかが、服を脱いでみんなでプールに飛びこもうと提案した。すると、アンドレが「ぼくの彼女は、いちばん最後に飛びこんだりしないぞ」と言うのが聞こえた。それを聞いてわたしはちょっとドキッとした。というのは、わたしはもうTシャツを頭の上までめくり上げていたからだった。いつからだったのか、どういう理由でだったのか、忘れてしまったが、わたしは下着を付けるのをやめていた（一三歳か一四歳になったとき、女の子の「みだしなみ」だからと、ワイヤーの入ったブラジャーやガードルを母親につけさせられたのに）。わたしはすぐに裸になれる状態だった。すると、もう一人の女の子も服を脱ぎ始めた。しかし、結局だれもプールには飛びこまなかった。庭には外からの視線をさえぎるものはなにもなかった。わたしが記憶している次のシーンが部屋の中になってしまうのは、たぶんそのせいだと思う。わたしは鉄の囲いがついた背の高いベッドの上に横たわっていた。その囲いの間から、もう一人の女の子が部屋の隅のソファに寝転んでいるのが見えた。わたしの視界にはいってくるものは、その光景だけだった。アンドレが最初にわたしとセックスをした。それが彼のやり方なのだろうが、たっぷり時間をかけて静かにセックスするのだった。ところが、急にやめてしまったので、わたしはなんとも形容しがたい不安に襲われた。アンドレはわたしから離れ、くぼんだ腰を見せながら、ゆっくりともう一人の女の子の方へ歩いて行った。するとアンドレと入れ替わりに、リンゴがわたしの上に乗ってきた。もう一人の男の子は他の二人より口数が少なく控えめで、わたしとリンゴの横に肘をついて横になると、空いているほうの手をわたしの上半身に這わせた。

リンゴの体はアンドレのとは全然違っていた。わたしはリンゴの体のほうが好きだった。リンゴのほうが背が高く、筋肉質で、セックスのとき女性の上に体を覆い被らせずに、上半身を腕で支え、体のほかの部分と切り離して金槌を打ちつけるように骨盤を動かすことができた。アンドレはもっと成熟した男性としてわたしの目に映っていた（実際、彼はアルジェリアにいたことがあって、ほかの男性より歳上だった）。筋肉もいくらかやわらかくて、髪もすでに薄くなりかけていた。それでもアンドレの側で体を丸め、「きみのプロポーションは最高だよ」という囁きを聞きながら、彼のお腹にわたしのお尻をくっつけて眠ると、とても気持ちがよかった。

リンゴは射精する前にペニスをわたしの中から引き抜いてしまった。今度はわたしをじっと見つめながら愛撫を続けていたもう一人の男の子の番だった。そのためにわたしはしばらくの間トイレに行きたいのを我慢しなければならなかった。とうとう我慢しきれなくなって、トイレに立つと、口数の少ないシャイなその男の子はとても口惜しがった。戻ってみると、その男の子はもう一人の女の子のところにいた。もう一人の女の子とセックスしたことへの言い訳に、「あの子とは〝出す〟ためにやっただけだよ」と言ったのが、アンドレだったのかリンゴだったのか、もう忘れてしまった。

リヨンには二週間くらい滞在した。男の子たちは、日中仕事をしていたので、わたしは昼間は、ロンドンで知り合った大学生の男の子と会っていた。その子の両親が留守のときは、わたしはその子の家のコージー（部屋の隅にある棚付の長椅子）で横になり、男の子の方はわたしの上に乗っていた。わたしは棚に頭をぶつけないように、絶えず注意していなければならなかった。わたし自身、まだ経験は浅かったが、その男の子がまだ十分かたくなっていないペニスをわたしの濡れた膣に挿入しようとしたり、挿入した途端にすぐに顔をわたしに埋めてきたりするので、自分よりも経験が少ないことがわかった。彼は進行中のことに興味を持たなければならないと思っていて、女性の反応を知りたがったので、わたしは答えに窮した。射精したとき精液が膣の内壁にあたらないと、女性は快感を得ることができないのかと、大真面目に聞いてきたりするのだ。

「ペニスが体の中に入ってくると、奥の方にねばねばした水分が広がってくるような感じがするわよ！」

「本当にそれだけなの？　もっと他に何か感じないの？」

「感じないわ。それだけよ」それを聞いた男の子の顔は、なんだかとても不安そうだった。

午後の終わり頃になると、何人かの男の子のグループがやってきて、わたしが通りに出てくるのを待っていた。とても陽気なグループだった。大学生の男の子の父親が、ある日そのことに気づいて、わたしにこんなことを言った。「そのうち、若い男はみんなきみの意のままになるだろうな」その言葉には、皮肉な意味は込められていなかった。むしろ、わたしのことを心配して、注意してくれたのだった。その頃には、わたしはもう数のことで頭を悩ませたりはしていなかった。幼いころ、一人の女性がいったい何人の夫を持つことができるのかと、毎晩思い悩んだことなどすっかり忘れていた。というのは、わたしは〝関係を持った相手の数を自慢するタイプ〟ではなかったからだ。男の子でも、女の子でも、サプライズ・パーティに参加して、手当たり次第できる限りたくさんの相手とペッティングし、ディープ・キスをして、翌朝、学校でその数を自慢する子がいる。そういうことはわたしは大嫌いだった。わたしはだれかと性的な関係を持って、官能的な気だるい満足感に浸ることだけで満足だった。男の人と唇を重ねると、何とも言えない甘やかな気持ちになる。男性の手がわたしの恥骨に触れると、何度となく新しい世界が目の前に開けてくる。わたしにそういうことをしてくれる男が世界中に溢れているのだとすると、わたしの目の前に現われる新しい世界は、無限にあるということになる。こんなふうに感じることだけで十分だった。他のことはわたしにはどうでもよかった。

わたしはもっと早い時期にいたずら心で男の子といちゃついて処女を喪失しそうになったことがある。相手は気の弱そうな、唇の厚い、髪の真っ黒な男の子だった。そのときわたしは首の長いセーターを着ていた。男の子はそのセーターをまくりあげ、パンティを腿の付け根のところまで引き下げた。それなのに手をわたしの体に這わせようとはしない。嬉しくて胸が締めつけられたような感覚を味わったのは、それがはじめてのことだった。「もっと、きみが欲しい」男の子がそう言ったとき、わたしは何と返事をしていいのか分からなかった。「だめ」とは言わなかったのは、「もっと」何をしたいのかわたしには分からなかったからだ。結局、その後は何事もないまま終わった。その男の子とは夏休みの間定期的に会ってはいたが、また同じことをしてみようとは考えなかった。

わたしは、だれか男性と、あるいは複数の男性と「デートしたい」と本気で願ったことはない。当時わたしは二度恋をしたが、二度とも肉体的な関係はすぐに切れてしまった。最初のときは、相手が結婚したばかりだったので、わたしのほうが興味をなくしてしまったからだ。二度目は相手が遠くへ行ってしまったせいだった。わたしはあまり恋人に執着しない性質なのだ。

ロンドンで知り合った大学生の男の子は退屈だった。アンドレはわたしの友人とほとんど結婚寸前の状態だったし、リンゴは歳上の女性と同棲していた。パリでわたしがはじめてセックスをした相手、クロードはブルジョワのお嬢様に恋をしていたようだが、わたしが詩の一節でも暗唱するように「今夜はなんて肌がなめらかなんでしょう。この肌のように優しくわたしの胸に触って」と言うと、わたしから離れられなくなってしまった。そのとき、自分は男性を誘惑するタイプに属していて、わたしがいるべき世界は他の女の子たちの中でも、男性の正面でもなく、男の人の傍らなのだということがはっきりとはしないながらも理解できた。それではばかることなく、いつも違う味の唾液を吸い、いつも違うペニスを握るという新しい経験を重ねられた。

クロードとのはじめてのセックスはまっすぐで、バランスがとれていて格好がよかった。クロードとのはじめてのセックスでわたしは痺れるような快感を体験した。全身がこわばり、硬直したようになったのだ。アンドレがわたしの顔の前でズボンのファスナーを下ろしたときは、そのペニスがずっと小さくてやわらかく、クロードのと違って割礼が施されていないことに驚いた。包皮を上下に動かすと、亀頭が現われてくる。むき出しになった亀頭のすべすべした、一本石のオベリスクのようなその形を見ていると、思わず興奮してしまう。表面には石鹼水のような泡が浮かんでくる。その泡が更なる快感を与え、パートナーの女性の中にゆっくりと滑りこんでいく。リンゴのペニスは、どちらかと言うとクロードのほうに近かった。パーティのときの口数の少ないシャイな男の子のペニスは、アンドレのほうに近かった。ロンドンで知り合った大学生の男の子のは、もっとずっと後になって知ったペニスと同じ種類のものだった。特別に大きいというわけではないが、外皮の皮膚の表面が敏感で、手で触っただけですぐにかたくなってしまうのだった。

どのペニスもわたしの行動や態度によって変化することがわかった。それと同時に、相手の肌の色や体毛や筋肉が毎回違っていても、わたしのほうがその違いに合わせることができるのだということもわかった(言うまでもないことだが、石のようにすべすべした肌のときも、少し成熟したずっしりと重く感じるような胸のときも、髪がふさふさしていて顔がちゃんと見えないようなときも、相手の体を抱き寄せるのにまったく同じやり方をすることはないだろう。頭の中のイメージにしても、全然違うものになっているはずだ。今になって考えると、わたしは、かさついた肌や、ちょっとやつれたような感じの体のほうが男らしいと思っていた。太った男性が相手だと、自分から率先して行動していたのに、そういう男性が相手だと、ずっと従順な態度をとっていた。要するに、わたしが女らしくなるかどうかは、相手の体つきに左右されていたことになる)。

また、パートナーの体格の相違によって、毎回自分の姿勢も変化することもわかった。ある男性の逞しい体のことを心地よさとともに思い出す。その尖ったペニスは高く持ち上げられたわたしの性器に離れたところから激しく突き込まれる。その男性は両手でヒップを支える以外はわたしの体の他の部分にはまったく触れてこない。それに対して、太った男性は体をべったりつけてくるので、いつもうんざりさせられた。それでも、わたしはそういう男性から逃れたいと思ったことはない。太った男性はわたしの上に覆いかぶさってくると、どんなふうな行動をとるかは、肥り具合によってまちまちだが、たいていキスで顔を埋め尽くそうとする。

結局、わたしは少女のまま、大人の性生活に飛び込んでしまった。そこはまるでお化けのいっぱいいる暗いトンネルの中のようだった。わたしは何も見えず、行き当たりばったりに出会った人と関係を持ち、快楽に身を任せていた。あるいは、たんにヘビに飲みこまれたカエルのようだったのかもしれない。

パリへ戻ってから数日後、わたしたちがみんな淋病にかかってしまったことをアンドレが手紙で知らせてきた。内容は実にそっけないものだった。ところが、それを母が開封して読んでしまったのだ。母はわたしを病院へ連れて行き、その後いっさいの外出を禁じた。わたしは恥ずかしさのあまりすっかり頑なになって、わたしがセックスしていると想像している両親ともう一緒に暮らすことはできないと思い詰めた。わたしは家出した。しかし、両親はわたしを連れ戻した。そこで、今度はもう絶対に家には戻らない決心をして、クロードと一緒に暮らしはじめた。淋病になったことは、一つの転機となった。その後何年間か、わたしは複数の男と交わる女の運命として、もっとはっきりした兆候が表れるかもしれないという強迫観念に襲われ続けた。

常連

その後数年間にわたしが経験した乱交パーティの中でいちばん大規模なものは、参加者が一五〇人くらいに達した（全員がセックスするわけではなく、そのうちの何人かは、ただ見物に来ているだけだった）。わたしはそのうちの四分の一か五分の一の人とセックスした。手や口や性器やアナル、さまざまな方法でペニスを受け入れた。女性ともキスしたり、ペッティングすることがあったが、それは二の次だった。秘密クラブでわたしがセックスする人数は、そこがよく行くところか、そうでないかで違ってくるし、そのことについては後述するが、セックスに利用する場所によっても変わった。ブーローニュの森の夜のパーティとかになると、数を特定するのはいっそう難しいだろう。車のハンドルに頭をぶつけそうになりながら、わたしがフェラチオした男たち。トラックの運転席で服を脱ぐと、車のドアから次々と入ってきて、わたしの体を自分の思い通りに扱っていった男たち。だれかの手がものすごい勢いでわたしの体をまさぐるかと思うと、他のだれかの手が車の窓から伸びてきて、わたしの胸を情熱的に愛撫する。そんな男たちもいた。

いま思い出してみると、わたしの中に入ってきたペニスでその人の名前がちゃんとわかるもの、名前は分からなくても、少なくともだれのものだったか分かるものは、四九まで数えられる。しかし、名前も知らない人のものまで入れると、数を数えることはできない。さきほど述べたような、知り合いやそのとき知り合いになった人たちが参加する乱交パーティでは、抱擁やら性交が入り乱れて続き、相手の体の特徴は見分けがついても、体全体を見ていたわけではないのだから、人物そのものを見分けることはできない。また体を重ね合わせるのは、束の間のできごとにすぎないからだ。

目を閉じると、やわらかな女性の唇に触れたときの感触を思い出せるのだが、その女性の愛撫が情熱的だったかどうかは思い出せないという具合だ。ところで、わたしがペッティングしていた相手は、女性に仮装した男性だと後になって分かった。わたしは怪物に身を委ねていたのだった。その怪物、エリックはグループの中から抜け出してきて、わたしを他の人から引き離していった。「あいつらはまだ青臭い」

エリックは二十一歳だった。彼が「名乗る」前から、わたしはエリックのことを知っていた。わたしとエリックの共通の友達が、あんな格好はしていても彼はちゃんとした男で、わたしの趣味に合うはずだといっていたからだ。リヨンから帰ってきてから、わたしはクロードとその仲間たちと性的な関係を続けていた。エリックと知り合ってから、セックスの回数がますます多くなった。エリックが数えきれないくらいの手やペニスがわたしの体を求めてくるような場所へ連れて行ってくれたからだけではなく、その集まりがじつによく組織されていたからだった。パーティのなりゆきは、その場の状況次第のようなところがあるが、普通は夕食の後、ソファかベッドに移動する。それから参加者同士で場所を交換したりする。元気がありあまっているようなら、車のドアの陰に隠れてしたり、他の人と交渉して車に乗ったり、通りがかりの人に声をかけて、その人たちと合流して広いアパルトマンで朝を迎える、といったふうだ。ところが、エリックとその友人たちは、何から何まで念入りに計画して、パーティを催すのだった。そこが大きな違いだった。わたしはそのほうが好きだった。その場の状況に応じてなりゆきが変わることも、目的自体が変更されることもないからだ。したがって慌てることもいらいらすることもない。その他の予想外のこと（アルコールが持ち込まれたり、だれかが怒ったり、泣いたりすることなど）が起こっても、セックスの妨げになることはない。人がその場を出入りするのは、すべてせっせと目的をこなすためなのだ。

いちばん印象に残っているのは、ヴィクトールの誕生日のときのパーティだ。屋敷の入り口には、番犬を連れたガードマンが立っていて、トランシーバーで家の中と連絡を取り合っていた。会場はすごい人ごみで、わたしはすっかり圧倒されてしまった。何人かの女性はその場にふさわしく、魅力的なドレスや透ける素材のブラウスを着ていた。人の波は途切れることがなく、会場の中ではシャンパンのグラスを傾けている人たちが目についた。わたしは、そこから離れた場所に立っていた。シャツやパンタロンを脱ぐと、やっとリラックスすることができた。わたしにとって本当の意味での服、わたしを保護してくれるものとは、裸でいることなのだ。

会場になっている建物の装飾は、〈ガミヌリー〉と呼ばれるモダンなもので、まるでサン・ジェルマンの大通りにあるブティックのようだった。それを見ているだけでも楽しかった。内部の構造はサン・ジェルマンのブティックよりはずっと大きく、地下にいくつもの小さな部屋があり、そこにスタッコのベンチが据えられていた。洞窟を思わせるような部屋の中に、地上にあるプールの底から明るい光が差しこんでいて、窓を通してテレビの画面を見るように、階上にうごめく人の姿を見ることができた。わたしはあちこち動かずに観察していた。まわりの景色はどんどん高級になったが、わたし自身の状況は初めてリヨンでパーティに参加したときとほとんど変化はなかった。

アルコーブにはベッドやソファが据え付けられていた。そのうちのひとつにエリックはわたしを連れて行き、そこの決まりに従ってわたしを裸にして、他の人たちにお披露目をした。そしてわたしにキスし、愛撫をはじめた。すると、すぐに男たちが代わる代わるやって来た。わたしはずっと背中を下にして横になっていた。女性が男性の上にまたがり、積極的に動くよりも、その姿勢のほうが多くの男性を受け入れやすいからだ。だいたい騎乗位は親密な間柄のパートナーと二人っきりのときにとる姿勢なのだ。わたしは横になり、複数の男たちから愛撫を受けていた。そのうちの一人は、体を起こして隙間を作り、わたしの性器の中でペニスをせわしなく動かしていた。さまざまな刺激にわたしの体は身悶えた。一方の手が円を描くようにわたしの体をまさぐっていたかと思うと、他の手が私の秘密の部分に伸びていき、軽く愛撫する。別の手が上半身いっぱいに愛撫を広げ、乳首を小刻みに刺激する。ペニスを挿入されるより、わたしはこうした愛撫を受けるほうがずっと快感を感じるのだった。とりわけ、ペニスがわたしの顔の上を這いずるときの感触や、亀頭で乳房をこするように刺激されるのが好きだった。そのとき、首を伸ばしてペニスを口にくわえ、唇を上下させる。すると、もう別のが次の順番を待ち構えている。わたしは、首を横に向け、次のをまた口にくわえる。口も手も、それぞれ別のに占領されている。愛撫が繰り返され、一人がすぐに欲望を満たしてしまうと、また次がやって来て、男性の体から突き出した部分が新たな刺激を与える。わたしの体は自然に開いていく。しかし、あまりたくさんの男性を相手にしたり、パートナーが脚を大きく開かせようとしたときには、さすがに四時ごろにもなると、脚の付け根がすっかり硬直してしまうことがあった。相手の男性は、その部分をじっくり見ようとしたり、体の奥のほうまで刺激を与えようとして、女性の脚をなるべく大きく開かせようとするのだ。そんなときは、男たちからやっと解放されると、性器が痺れたような感覚になっていた。体の内側がこわばり、重たく感じ、軽い痛みを覚えた。体中に男たちがまさしくその場所にとどまっていたのだということを示す幾種類もの跡が残っていた。だが、そんなふうに感じることも快感のひとつなのだ。

わたしはまるで蜘蛛のように、自分がはりめぐらした網の真ん中でじっと獲物を狙っている。一度、自分がそんなふうにしているのだと感じたことがあった——それは、ヴィクトールの家で催されたパーティではなく、クリシー広場にあるサウナでのことだった——部屋の中央には巨大なベッドが置いてあったが、わたしは大きな肘掛椅子に深く腰掛け、パーティの間中、ほとんどその場を動こうとしなかった。側に立った男性のあの部分が、ちょうどわたしの頭の高さに来るような格好だった。わたしは口でそれを舐めたりしゃぶったりする一方で、肘掛の上に置いた手で複数の男性のペニスをしごいていた。両脚は、それぞれ高く持ち上げられ、興奮した男たちが次々とわたしの中に快楽を求めに来るのだった。

わたしはほとんど汗をかかないが、パートナーの汗で体中ぐっしょりになることがある。それどころか、精液が腿の付け根や、ときには胸や顔、髪にまでかかり、そのまま乾いてしまうこともあった。乱交パーティに参加する男性は、他の人の精液がたまっている性器に射精するのが好きなのだ。ときどきわたしはトイレに行くことを口実になんとか人の群れから抜け出し、体を洗うことにしていた。ヴィクトールの家には、青白い光に照らされたバスルームがあった。浴槽の上には壁いっぱいの大きさの鏡があり、室内の雰囲気を和らげていた。鏡にはぼんやりとした影が映り、見ているとその中に吸い込まれそうだった。わたしは、鏡に映った自分の姿を見て驚いた。ちょっと前よりずっと小さく痩せたように見えたからだ。浴室ではひそひそ話が交わされる。わたしの肌の色がくすんでいて、わたしの唇がどんなに巧みに男性をよろこばせることができるか、といったことについて誉めてくれる人が必ずいた。それとは別に、隅にうずくまっているときに、何人かがわたしのことをあれこれいっているのをこっそり聞いたこともある。それはまるで、病院のベッドでうとうととしていると医者の話が耳に入ってきたり、寄宿舎で寝入る前に、ベッド越しに交わされる会話が聞こえてくるような感覚だった。

わたしは、すっかり開ききり、しびれて感覚のなくなった陰部にビデで水をかけていた。するとやはり一休みしようと入ってきた男性が、その機会を逃さず、柔らかくなって待機中のペニスをわたしの唇で元気づけようとした。結局、ほとんど休む間もなく、わたしは浴槽の縁に手をつき、男性の体の一部を受け入れることになった。ペニスがわたしの外陰部にゆっくりと滑りこんでいき、左右の襞の一つ一つを刺激する。すると、だんだんその襞が離れていき、男性をいつでも受け入れられるような空間ができる。そして、それを、自分でも実感できるようになる。そんなときが、わたしが最も悦びを感じる瞬間なのだ。

わたしは不器用さや乱暴な振る舞いに苦しめられたことは一度もない。それどころか、むしろいつも優しく扱われた。疲れてしまったときや、体の位置が悪くてセックスに集中できないときには、わたしは自分でそのことを相手に告げた。エリックはいつもわたしから遠く離れないようにしていたので、ときには、そんなわたしを気遣って休ませてくれたり、体を起こしに来てくれたりした。乱交パーティで出会った男性は、しつこく迫ってくることもなく、優しく接してくれたが、逆にいうとわたしに対して関心がなかったともいえる。しかし、他人との付き合い方がまだ上手にできない、当時のわたしのような若い娘には、それがかえって好都合だった。

ブーローニュの森にはもっと雑多な人たちが集まっていた——もちろん、社交の場でもあった——そこではまだセックスに不慣れな自分以上におどおどした男性たちと関係しなければならなかった。おかげでわたしは自分から行動を起こさなければならなかった。視線を交わすことはあっても、顔を見つめ合うことはほとんどなかった。期待をこめた視線が注がれることもあれば、驚いたような目でじっと見つめられることもあった。いつも来ている常連の人たちは、さっさと事を進めていった。しかし、中にはこそこそ隠れたりする人や、仲間に加わらずただ見物に来ているだけの人もいた。主催者や中心になっている人たちは、次々に相手を変えていった。エリックも躍起になって新しい相手を探していた——わたしはよく分からないままにエリックのあとをついていった——逆説的なようだが、わたしはこんなふうに相手の出方のまったく分からない環境で親しい関係を持つことに悦びを感じるのだった。

いまでも強く印象に残っているエピソードがある。それは、コンクリートでできたベンチのひとつに寝ていたときのことだ。そのベンチはまだ完全にできあがっていなかったので、表面がざらざらしていた。何人かの男たちが、わたしのまわりを取り囲んでいた。頭のほうにも、下腹部のあたりにも、三、四人の男性が群がり、わたしの中に入ろうと待ち構えていた。さらにその斜め後ろのほうにも、何人かの男性が輪になってかたまっていた。そして、ペニスを自分の手でばねのように動かしているのがはっきりとわかった。その後ろにはこちらをじっとうかがっている人たちの影が見えた。ちょうどわたしの傍にいた男たちが、わたしの服をめくり上げたとき、すさまじい音が聞こえた。

自動車事故だった。まわりにいた人たちはみんな、わたしをほったらかして、どこかへ行ってしまった。そこはポルト・マイヨの近くで、アミラル・ブリュイ通りに沿って木が植えられていた。わたしはしばらく待ってから、植え込みの間の入り口に群がっている人びとに混じった。一台のオースティン・ミニが、道路の中央で光っている標識塔に激突していた。「車内に女性がいる」とだれかがいっているのが聞こえた。すっかり怯えきった小さな犬が、一目散に駆け抜けていった。標識塔と車のヘッドライトが、黄色と白の入り混じった不思議な光に彩られていた。やがて、救急車のサイレンの音が聞こえた。その頃には、わたしはもうベンチに戻っていた。植え込みの内側はまるでゴムのようで居心地が悪かったので、みんなそれぞれ自分の場所に戻ってきた。わたしのまわりには事故で中断されたときと同じように、人の輪ができたが、男たちは言葉を交わしていた。さっきまで話をするようなことはまったくなかったのに、事故を目撃したことで急につながりのようなものができたのだ。わたしは、こんどは一人一人の欲望を遂げるために共犯関係を結んだ男たちの小さな共同体に向かい合うことになったのだ。

ブーローニュの森ではめったにないことだが、普段とは違った状況で日常的な会話や仕草が交わされたりすると、それが場の雰囲気を和らげたり、また同時に際立たせたりするものだ。そんな光景を目にするのが、わたしは好きだった。それで思い出すのはポルト・ドーフィネでのある晩の出来事だ。ほとんど人影のない歩道の端に、車のライトに照らされて、とても背の高い黒髪の男性が二人立っているのが見えた。二人は鬱蒼とした郊外の土地に迷い込んでしまって、わけもわからずバスを待っているといった風情だった。その二人はわたしとエリックを近くにある女中部屋のようなところに案内した。部屋もベッドも小さかった。二人は一人ずつ交代でわたしの相手をした。一人がわたしの上に乗っている間、もう一人はベッドの端に座っていて、いっさい手を出そうとしなかった。ただ、じっと見つめているだけだった。二人とも愛撫の動作はゆったりとしていた。そしてペニスは、わたしがこれまで見たこともないくらい長かったが、それほど太くなく、脚を大きく開かなくても体の奥のほうまで先端が届いた。二人はまるで双子のようだった。慌てる様子もなく、一人がゆっくりと愛撫をしセックスをすませると、もう一人が交替でやって来て、同じ動作を繰り返すのだった。二人はわたしの体のすみずみまで愛撫の手を伸ばした。その快感は、体ぜんたいに広がった。一人が終わると、もう一人が同じことを繰り返すので、わたしは、同じ快感を何度も味わうことができた。このときは、ペニスが挿入される感触を、最初から最後までじっくりと堪能した。すべてが終わって、わたしが服を着ている間、二人はエリックとおしゃべりをしていた。話題はブーローニュの森でいつも繰り返されていることや仕事のことだった。別れ際に二人はわたしに礼を言った。その言葉は礼儀正しく、心のこもったものだった。この二人の思い出は、わたしの心の中にしっかりと刻み込まれている。

当時、〈シェ・エメ〉という有名なスワッピング・クラブがあった。そこでは人々は挨拶はおろか、ろくに言葉も交わさなかった。参加者はずいぶん遠くから来ていた。中には外国から来て宿を取っている人もいた。クラブが閉鎖されてから数年経って、エリックがそこで会った映画スターや歌手、スポーツ選手、政治家などの名前を数え上げたときには、わたしはまるでミーハーな女学生みたいに驚いた。あのときは、ちゃんと目を開けていなかったので気づかなかったのだ。わたしたちがクラブに頻繁に通っている頃に封切られた映画で、大胆な性描写のシーンが出てくるものがあった。その場面に登場するクラブは、〈シェ・エメ〉にそっくりだった。男性がひとかたまりになり、ひとつのテーブルを囲んでいる。そのテーブルの上には一人の女性が横たわっている。ただ姿は見えず、ブーツを履いたままの脚が高く持ち上げられているのだけが見える。まわりに群がる男性の頭の上で、その脚が奇妙に動いていた。女性が履いている乗馬用のブーツは当時の流行で、わたしもそれを履いていた。映画のシーンのようにテーブルの上に横たわり、何も服を着ていなくても、ブーツだけは脱ぐのが面倒なので履いたままでいることがよくあった。それが、わたしが身につける最低限のものだと思っていた。映画の監督が、自分と同じように考えてこのシーンを作ったのだと思うと、何だか誇らしかった。

〈シェ・エメ〉では、長い時間をかけてゆっくりと快楽に身を委ねることができた。大きな木のテーブルに腰を据えると、ビリヤード台が明かりに照らされているように、天井から吊り下げられたランプの光で上半身がくっきりと浮かび上がった。クラブはパリから遠くて、そこへ着くまでの道のりは大変だったが、その光景を見るだけでここへ来た甲斐があったと思えるほどだった。

〈シェ・エメ〉へ行くには、ヴィル・ダヴレイにあるフォース・ルポーズという暗くて陰気な森を通らなければならなかった。その森を抜けると、小さな庭付きの家が見えてくる。庭の奥の一軒家は、わたしが幼い頃住んでいた郊外の家に似ていた。エリックが、その晩の趣向を事前にわたしに教えてくれたことは一度もなかった。その日の計画をじっくりと練り上げ、わたしをびっくりさせることが、彼の楽しみのひとつだったからだ。エリックにとって、それはまるで小説の一場面を作り出すようなものだったのだ。だから、わたしはなにも質問したりせず、その場の状況を楽しんだ。しかし、そうはいっても、クラブに着くまでの間は、どんな男性と関係を持つことになるのか、自分のエネルギーを全部使い切ってしまうようなことになるのではないかと、心配もした。それはたとえていえば、演説を行う前の気持ちに似ている。わたしの話に耳を傾けてもらわなくてはならないのだが、すべては聴衆次第なのである。ところが、会場で会った人たちも、会場の暗がりに溶け込んでいる聴衆も、顔がまったく見えなかったりすると、まるで魔法にかかったように、話をはじめる前から落ち着かなくなり、疲れ切ってしまうものだ。そして、自分が何を話しているのかもわからなくなってしまう。そういうときの気分と同じようなものだった。

クラブに着くと、バーを通ってから中に入るようになっていた。モールスキンを張ったスツールに直接性器が触れたときの感触や、愛撫の手がスツールに座ったままの形のつぶれたお尻に伸びてきたときの感覚、そして、自分がどんな快感を覚えたか、そういったことは、わたしはあまり覚えていない。自分のまわりで起こっていることにも、カウンターの上に女の子たちが乗って、ヒップのラインやもっと奥の隠れた部分を人目にさらしていたことにも大して関心がなかったように思う。奥にはいくつか部屋があった。そのうちの一つにわたしは陣取った。前にも書いたように、わたしの場所はいつもテーブルの上だった。壁には装飾らしいものはなにもかかっていなかった。部屋の中は、天井からランプが吊り下げられ、民芸風のテーブルが置いてあるだけで、椅子もソファも他の家具もいっさいなかった。その部屋でわたしは二、三時間過ごした。

わたしがとる姿勢はいつも同じだった。何人もの男性の手がわたしの体を愛撫し、わたし自身の手はどちらもペニスでふさがっている。頭を左右に動かし、両側に立っている男性のシンボルを口に含む。その間、また別の男性がわたしの中に入ってきて、下腹部を刺激する。一晩で二十人くらいの男性と次々に関係を持った。女性が仰向けになって寝ると、男性が女性に覆い被さったとき、ペニスの位置と女性の恥骨の高さが同じになる。わたしが経験した中で、これがいちばん楽な姿勢だ。女性の体が十分開けば、男性も無理のない姿勢で、平行な位置からペニスを挿入し、女性の体の奥まで小刻みに刺激を与え、力強い、確実に快感を得られるセックスができるのだ。だが、ときには、テーブルの端を両手でしっかりつかまなければならないくらい、激しくせめられることもあった。そんなときは尾骨のちょうど上あたりに小さな引っ掻き傷ができて、それがいつまでも消えずに残った。あるいは、背骨が木のざらざらした表面にあたって、皮膚がこすれてしまうこともあった。

〈シェ・エメ〉は、結局、閉店してしまった。最後に行ったときには、人もあまりいなかった。カウンターの向こう側に、経営者のエメがいて、上半身だけが見えていた。エメは、小声で奥さんを叱りつけていた。警察署への出頭命令が出たのだった。わたしたちが、出直して来るといって逃げ出してしまうと、エメはまた奥さんを叱っていた。

わたしとクロード、その友人のアンリは、とても仲の良い三人組だった。三人とも

〈グリシーヌ〉へは一度行ってみたいと思っていて、その晩、初めてチャレンジしてみたのだが、中へは入れてもらえなかった。アンリは、シャゼル通りにある小さなアパルトマンに住んでいた。〈グリシーヌ〉の庭を取り囲んでいる、明るいモルタル塗りの塀が、ちょうどそのアパルトマンの正面にあった。塀は高く、建物が外から見えないようになっていた。わたしとクロードは、日曜日ごとにそれぞれの両親の家を訪問していた。その途中にアンリのアパルトマンがあった。わたしとクロードとアンリは、三人でセックスを楽しんだ。クロードとアンリは、同時にわたしの中に入ってきた。一人が口の中を占領すると、もう一人は、ヴァギナかアナルに挿入した。画家のマルタン・バレがアンリの友人で、部屋には画家からプレゼントされた有名な作品が飾られていた。「スパゲッティ」と呼ばれているもので、その絵がいつもわたしたちの姿を見下ろしていた。ことが終わると、わたしたちは窓から〈グリシーヌ〉の出入り口の様子をじっとうかがった。そのクラブには、何人もの映画スターが頻繁にやって来るという話を、アンリがどこかから聞いてきたので、もしかしたらそのうちのだれかを見られるかもしれないと思ったのだ。そういう意味では、三人ともまだ子どもだった。やたらと物見高くて、想像もつかないような秘密の冒険に魅せられ夢中になっていた。対象が近寄り難い存在であれば、なおのこと興味をかきたてられた。上品な車が入り口のポーチの前に停まり、中からいかにも金持ちそうな雰囲気の人影が降りてくる。それから何年か経って、やっと正面のポーチをぐるぐることができたとき、自分には〈シェ・エメ〉のまるで洗練されていないスタイルのほうが合っていたとわたしは即座に思った。

わたしたちは細い小道を上っていった。そこには日本人がたくさんいて、通りをふさいでいた。クラブの入り口でスチュワーデス風の若い女性に追い払われてしまったのだ。わたしはその女性に社会保険カードの提示を求められた。だが、定職も持っていないわたしにそんなものが出せるはずがなかった。給与の支払い証明書でも見せてごまかすこともできたかもしれないが、そうしたところでわたしには分が悪かった。わたしはいつも——しかもいまだに——年齢に関係なく、自分よりも背の高い女性を前にすると——相手が男性なら決してそんなことはないのに——まるでどぎまぎした子どものようになってしまうのだ。

それでも、わたしたちはなんとか中へもぐりこむことができた。すると、そこは、まるで食堂のように明るかった。大勢人がいて、床の上に置いたマットレスの上に裸で横たわっていた。そこで「警察の手入れが来たぞ」と脅される以上に驚いたのは、その場にいる男たちが冗談を言い合っていることだった。人びとの間に色の白い、化粧もしていない素顔の女性が一人いた。スチュワーデスのように髪をまとめて丸めていたのだが、そのときはもうすっかり乱れてしまっていた。その女性は人びとの笑いの種になっていた。というのは、彼女の小さな息子が「今夜は、ぼく、どうしてもついていく」といってきかなかったからだというのだ。

わたしたちはあるカップルとスワッピングをする交渉をとりつけた。しかし、相手がもっと照明を落したほうが気分が乗るというので、壁の幅木に沿って電灯のスイッチを探していた。そんなことをしているうちに、わたしはエリックのことを思い出した。彼はこんなときとても役に立ってくれたからだ。部屋の中には、シャンパンの入った細身のグラスをお盆に載せ、それを手のひらで支えうまくバランスをとりながら、人の間をすりぬけて運んでいく女給たちが何人かいた。やっと明かりを消したと思ったら、その女給のうちの一人が、電灯のスイッチの紐に脚をとられ、また部屋を明るくしてしまった。そして、いかにも忌々しそうな仕草をした。その後、射精にこぎつけるまでの余裕があったかどうか記憶が定かではない。

ブーローニュの森以外では、その場の仲間に加わるときには、互いに挨拶をしたり、近づきの印に二言三言言葉を交わしたり、グラスを近づけたり、あるいは灰皿を取ってあげたりするものだ。――そして、何といまだにそうしたことが続いている！――こういう前置きはできればないほうがいいと、わたしはいつも思っている。もっとも、ある種の癖のようなものの中にはまだ我慢できるものもある。たとえば、アルマンは、まだみんながおしゃべりをしているうちからいつも服を脱ぎはじめ、事がはじまる何分も前からすっかり裸になっていた。そして、脱いだ服は、まるで身の回りの世話をする下僕のように、折り目正しくきちんとたたんでおくのだった。そういうことはせいぜいおかしいと思うぐらいのことだった。毎回同じレストランで食事をしてからでないとパーティを始めないグループもあった。ばかばかしいとは思ったが、わたしもそれに付き合った。レストランではまるで同窓会のようなばか騒ぎになる。給仕がテーブルの間を回っているときに、ズボンや女の子のストッキングを脱がせたりするのだ。それに対して、秘密クラブでいやらしい話をすることは、本当にわいせつな感じがした。これからセックスをするというときに、わざわざいやらしい話をするというのは、役者が本番でいい演技ができるように、舞台の前にちょっとした芝居をして見せるようなものだ。だが、レストランでばか騒ぎするのは、乱交パーティを先延ばしにする気取りのようなものだ。わたしにその違いがわかっていたのかどうか定かではないが、それは舞台に立つ前の準備とは違うものだ。だから、どうしても場違いな感じがしてしまう。

わたしは、今でもカトリックの教義を守っている（たとえば、何か間違ったことをしたり、過ちを犯してしまったときには、その後何か悪いことが起こるのではないかと不安になる。それでこっそり十字を切ったりするのだ）。しかし、神の存在を信じることはもうできない。神への絶対的な信仰心をなくしてしまったのは、男性と性的な関係を持つようになってからのことだと思う。それと同時に、宣教師になりたいという目的を失ってしまってからは、心が空っぽになったような気がして、自分からすんで何かしようと思うことはなくなった。何かをやり遂げたいという目標もなく、だれか他の人がやるべきことを見つけて与えてくれないかと期待して待っていた。そのほうが、わたしはずっと辛抱強くなれるのだ。もし、人生に終わりがなければ、わたしは永遠に人から与えられた目標を追い求めつづけるだろう。わたしは追求すべきことを自分自身で決められないからだ。

わたしは与えられた仕事を途中で投げ出すようなことは決してしない。〈アート・プレス〉の編集長の仕事を長く続けているのもその姿勢からだった。当時、わたしはこの雑誌の創刊に携わっていた。雑誌と一体感を持てるよう、わたしは仕事に全力を尽くした。しかし、わたしは自分自身をどこに出入り口があるか知っている案内人というより、レールから外れないように見張る監督と感じている。

セックスをするときも同じだ。フリーな状態にあっても、職業生活においてと同様、愛情においても到達すべき目標を定めようとは思わない。わたしのことを、タブーをいっさい持たない、めずらしく抑制のない人間だと言う人がいる。そう言われても、わたしは生き方を改めようとは思わない。乱交パーティやブーローニュの森で過ごした夜のこと、友達の恋人と関係を持ったことなど、さまざまな思い出が、まるで日本の城の内部構造のように、すべて頭の中でつながっている。日本の城は仕切られたひとつの部屋の襖を開けると隣の部屋とつながっていて、また先へ進むと、また次の部屋につながっている。そして、それがどこまでも続き、いくつ部屋を通ったのか数えられなくなってしまうのだ。

しかし、こうしたさまざまな思い出の中で、スワッピング・クラブへ行ったときの記憶は、わずかしかない。それでも〈シェ・エメ〉は別格だ。というのは、わたしはそこでセックスを覚えたようなものだからだ。それから、〈グリシーヌ〉へもぐりこもうとして、失敗したときのこともよく覚えている。ちょうど子どもから大人への過渡期に、ずっとあこがれていたことを実現しようとしたことだからなのだろう。わたしの記憶はかなり視覚的だ。また、目で見たことに、より強く影響を受けてもいる。〈シェ・エメ〉に通っていた客がオープンした〈クレオパトラ〉というクラブがあった。驚いたことに、そのクラブはなんと十三区のショッピング・センターのど真ん中にあった。わたしも行ったことはあるが、覚えているのは、室内の装飾も、その中で行われていたこともありきたりなものだったということだけだ。逆に、場所であれ、出来事であれ、なにか視覚的に強く訴えるものがあれば、それをテーマごとに分類して記憶することができる。

車の長い行列の情景がある。わたしたちが乗った車に続く長い列。フォッシュ通りに入ったところで、わたしたちの車は脇道にそれていった。わたしが急に尿意を催したからだった。車を止めると、その後に四、五台の車が続いていた。わたしは車を降りて、芝生の道を一目散に走っていった。そして木の陰にしゃがみこんだ。すると後続の車のドアがいくつか開いた。何人かがなにを勘違いしたのか、わたしのところへ近づいてきた。エリックが慌ててわたしと他の男たちとの間に割って入ってくれたものの、その場が強烈なライトに照らされ、遠くからでもはっきり見えるようになってしまった。わたしが車に戻ると、後からついてきた車もまた走り出した。そして、ポルト・サン・クロードの駐車場で一休みすることになった。駐車場の警備員はさぞかし驚いただろう。一五台ほどの車が次々とやってきたかと思ったら、一時間もしないうちに、今度は、来たときと同じように数珠つなぎになって出ていったのだから。あのとき、わたしは三〇人以上の男性と関係を持った。最初は、何人かの男性がわたしを持ち上げていた。それから、壁を背にして立ち、最後には車のボンネットの上に横たわった。

何台もの車が連なって走っていると、ときどき面倒なことになったりする。運転する人は、前を走る車について行かなければならない。そして、その次の車も前の車の後について行く。そうして、車の列がつながっていくのだが、そうした場合は列が長くなり過ぎないように参加者を制限しなければならない。ある晩、わたしたちは、他の車の後について車を走らせていた。ところが、何だか旅行にでも行くみたいにずいぶん長い時間走っても目的地に着かなかった。先頭の車を運転している人は行く先を知っていたはずなのだが、車を走らせているうちに、どの道を走っているのかわからなくなってしまったようだった。わたしは、後ろを振り返ってみた。後部座席の窓ガラスに、後続車のヘッドライトが映っていた。そのライトが左右に揺れ、ときどき見えなくなったり、またどこかから現われたりした。先頭の車の運転手は、何度も車を止め、そのたびに他の車を運転している人たちとこそこそとなにか話をしていた。そして、やっと、ヴェリジー・ヴィラクブレ（ヴェルサイユ南東の町、空軍基地がある）の傍にあるスタジアムに辿り着いた。その晩、わたしは、スタジアムのスタンド席の下で、はぐれずについてきた何人もの男性の辛抱強いペニスを迎え入れた。

　車であちこちさまよったときのことを書いたら、それだけでひとつのテーマになりそうだ。何台もの車が連なって走り、停車し、また車を走らせる。ラジコン・カーみたいに、急に方向転換することもある。ポルト・ドーフィネでは、こんなことをしていた。そこを通りかかる車を一台一台チェックして、声をかけるのだ。「部屋に行ってもいい？」そして、何台かの車が列を抜け、まるで知らない場所へと向かっていく。さんざん待って、結局ばかばかしい結果に終わったことが一度だけある。そのとき、わたしはある友達のグループと一緒にいた。その友人たちは、ブーローニュの森へはあまり来ていなかった。一台のルノーに六人が乗り、車内はぎゅうぎゅう詰めだった。何も収穫がなく、あきらめて帰ろうとして、広めの並木道のひとつに入った。すると、車が二、三台駐車しているのを見つけた。そこで、わたしたちも車を停め、わたしが駐っている車に行って、運転している男性にフェラチオをすることになった。わたしにしても、全然怖くないと言えば嘘になるが、勇気のあるところを見せたかったのだ。ことが済んで、わたしがその車から抜け出そうとしたとき、目の前に二人の警官が立っていた。ハンドルの下で窮屈そうに手を動かして、シャツのボタンをかけていた男にちゃんとわたしに金を払ったかと聞き、身分証明書を書き止めたのだった。なにか体に関係することを思い出そうとするとき、まず記憶にのぼってくるのは、そのときの感覚よりその場の雰囲気だ。わたしは、何年もの間、ノーマルなセックスと同様に――あるいはもっと頻繁に――アナル・セックスをしていた。アンヴァリッド（廃兵院）の裏手にある大きなアパルトマンで、乱交パーティをしていたときのことだった。参加者はそれほど多くなくて、中二階の部屋に集まっていた。見晴しのよい部屋の長く大きな窓は一枚ガラスで、ベッドと同じ高さのところにたくさんのランプがとりつけられていた。わたしはそこでアナルに丸太のようなペニスを受け入れようとしていた。テーブルの代わりに、女性が一人楽々と寝そべられるくらいの、樹脂を塗った巨大な手が置いてあったせいだろうか、その場所にはなにか途方もない、非現実的な雰囲気があった。その男性がペニスをわたしの前と後ろのどちらから挿入しようかと迷っているのが分かったとき、わたしはこの巨大なチェシャ猫とのセックスが恐くなった。ところが、あまり力を入れなくてもわたしの体の中に入ってこられたので、わたしは驚くと同時に誇らしい気持ちにもなった。何の障害もなく、すんなりとそれだけのサイズのものを受け入れることができたからだ。このときはアナルは一回だけだったが、それで数的には十分だった。大勢が参加している乱交パーティのときでも、みんながわたしとアナル・セックスをしたがるのはなぜだろう――排卵の期間だったから、それとも淋病のため？

カンカンポワ通りにある建物の狭い階段の下で上に上がっていこうかどうしようか決めかねていたときのことを思い出す。わたしとクロードがその場所を知ったのは、ほとんど偶然に近いことだった。二人ともその場にいる人をだれも知らなかった。部屋の中は天井が低くて暗かった。

「あの子は、オカマを掘られたがってるぜ」

わたしの近くにいた何人かの男性が、そんなことをいっているのが聞こえてきた。すると、向こうのほうを向いていた男性がこう言った。

「いや、後ろからしかやらせないのさ」

そのときは、最後にはお尻が痛くなってしまった。それでも最後までやり遂げたことで個人的には十分満足だった。

空想

前のページを読み返していると、ずっと昔のことが甦ってきた。はじめて男性と性的な関係を持つようになるよりずっと以前、なにも分からないままに、そこには何か惹かれる秘密があるのだと考えていた。ときには、断片的なこと——〈シネモンド〉に載っている写真や、母が何かをほのめかしたように言う言葉——で、なんとなく現実に触れたような気がすることもあった。たとえば、カフェで、男の子のグループが大勢の女の子の中から一人だけに声をかけているのを見かけたとき、母は帰りがけに「あの子はきっとだれとでも寝るんだよ」などと言ったりしたときだ。あるいは、父の帰宅が遅くなって、どこかで飲んできたのではないかと思うような時間に帰って来ると、母は文句をいっていた。そういったことを寄せ集め、つなぎ合わせて、また、体のいちばん奥にある襞の一つ一つと自ら対話していくうちに、将来自分がどんな経験をするのか、本能的にわかっていったのだろうか。

ある犯罪事件のことが、そうした記憶と一緒にいまでも鮮明に頭の中に残っている。

かなり年配の女性——職業は何だったかはっきりしない。おそらく、農場の手伝いのようなことをしていたのだと思う——が、恋人を殺した容疑で逮捕されたのだ。犯罪の動機などはもう忘れてしまった。わたしが驚いたのは、その女性が殺した恋人との思い出をすべて手帳に書きとめ、写真や手紙、髪の毛など、ありとあらゆるものをそこに貼りつけていたことだった。そうした手帳が膨大に発見されたのだ。わたしも夏休みの宿題に出される植物標本を作ったり、アンソニー・パーキンスやブリジット・バルドーの写真をアルバムにきれいに並べて貼るのが好きだった。だから、恋人を殺した女性が、それだけの量の恋人との思い出を手帳のような小さな紙に整理していたことを知って、感嘆に近い思いを抱いたのだった。その女性が醜く、結局は孤独で人付き合いが悪く、だれからも無視されていたという事実が、よりいっそうわたしの心の奥底の隠されたリビドーを揺さぶった。

現実の生活と空想の世界とは、構造上類似点が数多くある。しかし、わたしは自分から望んで空想の世界を現実に再現しようとしたことはない。また、現実の細部が想像力を膨らませるのに役に立つようなことはほとんどなかった。ただ、子どもの頃から思い描いてきた幻想が、さまざまな経験をすることになる基になったとは考えられるだろう。空想を抱くことを恥ずかしいなどと思ったことは一度もないし、夢想にふけることを抑制しようとしたこともない。それどころか、常に新しいアイディアが生まれ、想像力はよりいっそう豊かになっていった。空想の世界が現実の世界と対立するようなこともなかったし、むしろ、普通の人が常軌を逸していると思うような世界が、わたしにとってエネルギーに満ちたものとして現われる通路になったのだ。

わたしと弟は、公園へ遊びに連れて行ってもらったことはほとんどなかった。だが、学校へ行く途中に、いつも近道をして公園を通り抜けていた。その公園の片側には、敷地に沿って長い塀が立てられていた。その塀はレンガと緑色に塗られた木材でできていて、木立を取り囲むようにして立っていた。そこには格好の隠れ場所が三ヵ所あった。一ヵ所は、公園の手入れをする庭師の道具入れ。二つ目と三つ目は公衆トイレだった。公園にはいつも少年たちのグループがたむろしていた。わたしは、そのうちの一人に、隠れ場所に引っぱり込まれるところを想像した。わたしがはじめてマスターベーションをしたときに空想したのもそのことだった。そして、何年もの間、自慰行為にふけるたびに空想したのもこの場所だった。空想の中で、わたしは隠れ場所に連れこまれ、少年が唇にキスをし、体中に触っているのを見ている。すると他の少年たちもやってきて、その場に加わる。その中は狭くて、わたしたちはずっと立ったままだった。わたしは少年たちの真ん中にいて、あっちを向いたりこっちを向いたりして、その場でくるくると回っていた。

冬の間はほとんど毎週日曜に父と母が交代でわたしと弟を〈カリフォルニア〉座のマチネーに連れていってくれた。上映時間は短くて、内容も半分くらいしかわからなかったが、恋愛映画や他の映画の上映予告を見ると、想像力が搔き立てられた。そこで、わたしは一人で映画に行ったところを想像した。

映画館の前は、大勢の人が並んでいる。突然、だれかがわたしの背中を押す。すると、列に並んでいるわたしのまわりの人たちも、それに倣ってわたしの背中を押しはじめる。切符売り場の窓口に辿り着いたときには、わたしはスカートを捲くり上げられている。そして、窓口の人と言葉を交わしている間、だれかがわたしのお尻を触っている。そのときには、わたしはもうパンティを履いていない。すっかり体が火照り、胸元がはだけたまま、わたしはホールを横切っていく（わたしは、自分が大人になった姿を想像していた。だから、はだけた胸元からは、大きな胸がのぞいていた。実際にはわたしの胸は標準的な大きさなのだが、空想の世界では、今でも、自分の胸は大きいままだ）。

ときには映画館の支配人が登場して、ふしだらに抱き合うつもりなら映画が終わるまでホールで待っているように、と静かだが威圧的な口調で言うのだった。はじめのうちは、わたしは男の子と座席に横になって、手脚をバタバタ動かしているだけだった。興奮を最高潮にまで引き上げてくれたのは、無口なバンド・マスターの男だった。

だが、その男性は急にわたしに背を向けると、別の女の子のところへ行ってキスをしはじめた。見捨てられたわたしは、座席と座席の隙間に落ち、カーペットの上で他の男たちを相手にした。想像はどんどん膨らんでいった。立派な紳士たちが、隣に座っている奥様方が疑わしそうな目で見ているのも構わず、暗闇のなかをこっそり抜け出し、わたしのところへやってくる。そんなふうに男性ともつれ合っている間、わたしが明かりをつけさせることもあった。ときにはトイレに立ち、その途中で腰を落ち着けてしまうこともあった。警察官がやって来るのではないかと、本気で心配したりもする。

別のバリエーションでは、わたしは映画館の支配人の部屋に呼ばれる。すると、そこには少年のグループがわたしを待ちうけている。さらに別のバリエーションでは、列に並んでいたときにわたしを口説いたグループの後について、わたしは暗いところに行く。そこでフェンスを背にして、すっかり裸にされてしまう。そして少年たちがわたしの体を撫でまわしはじめる。たくさんの少年たちが集まってきて、周囲を取り囲む。まるで少年たちが垣根を作って、通行人の視線からわたしを守ってくれているようだった。だが、少年たちは徐々に垣根を離れ、だんだんに一人ずつわたしのもとを去って行く。

他の場面では、わたしはディスコの長椅子にゆったりと腰掛けている。両脇には一人ずつ男性が座っている。わたしが、片側の男性とむさぼるようにキスを交わしている間、反対側の男性は、わたしの体をしきりに愛撫している。今度は向きを変えて、反対側の男性とキスを交わそうとするが、もう片方の男性はわたしを抱きしめたまま放さない。そうかと思うと、今度は別の男性がやってきて、また同じことを繰り返す。わたしは、絶えず右と左を行ったり来たりしている。こんなふうに頭の中でいろいろな空想をしていた頃、実際に男の子とふざけあったり、決まった男の子と唇にキスをしたりしていたのかどうかはっきり覚えていない。

わたしはそういうことをはじめたのが遅かった。グループで学校帰りにどこかへ行ったり、弟と共用の部屋へみんなを呼んだりすることはあった。だが、それは性的なことをするよりも、むしろ喧嘩をするためだったのだ。子どもの頃は、女の子のほうが男の子より体の発達が早いものである。わたしは、男の子よりも体格がよくて、喧嘩をするといつもわたしのほうが強かった。

子どもの頃や思春期に空想していたことまでさかのぼって書いたのは、頭の中で考えていたことと、実際の行動に差があったということを示したかったからなのだ。とくに思春期の頃は、そのギャップが大きかった。ヘミングウェイの小説を読みはじめたとき（たぶん、『陽はまた昇る』だったと思う）、ある女性の登場人物がたくさんの恋人を持っていることに強い衝撃を受けた。それが原因で本を読むのをやめてしまった。その本はそれっきり読み返したことはない。母と話をしていたときに、ひどく心を傷つけられたこともあった。それは、いまだに小さな傷となって残っている。どうしてそんな話題になったのか、もう覚えてはいないが、母がキッチンで食器を並べていたときのことだった。母は、わたしに、これまで全部で七人の恋人がいたと打ち明けたのだ。

「七人なんて言ったって、大した数じゃないわよ」

母はわたしの顔を見ながら言った。そして、おずおずとした探るような目でわたしを覗きこんだ。わたしは顔をしかめた。実際に女性の口から複数の男性を知っていると聞かされたのはこれがはじめてのことだった。それを見て、母は少しだけ言い訳をした。母と二人きりで話をしたことなど、滅多にないことだった。ずっと後になって、そのときのことをもう一度よく考えてみた。そして、なぜあんな態度をとったのかと後悔した。七人くらいなら、決して自分を安売りしたとは言えない数だろう。

現実の男女の性行為がどんなものか理解できるようになってからは、当然のことながら、空想の世界は遠のいていったが、だからといってセックスのパートナーを次から次へと変える空想を排除しなければならないということはない。そこでわたしはこんなふうに想像してみた。

わたしはレストランの特別室でビジネスの会食をしている。わたしの連れは伯父らしい、太った、下品な感じの男だ。個室には二〇人から三〇人くらいの男性が一緒にテーブルについている。わたしはテーブルクロスの下に隠れて、テーブルの下をひとまわりする。そしてそこにいる男性のズボンの中のものを取り出し、次々に自分の口へ入れていく。テーブルの下に隠れながら、わたしは自分の頭の上のしまりのない放心したようすの男性の顔を思い浮かべる。その間、ズボンの中のものをわたしにくわえられた男性は会話の輪から外れている。ひととおり終わると、今度はわたしがテーブルの上にあがる。タバコやソーセージの代わりにわたしを堪能してもらうのだ。中には、わたしの股間にソーセージを挟んで、それを食べている人もいる。食事が進むにつれて、わたしは自分からキスを受け入れるようになる。わたしをソファへ連れていく人もいれば、立ったままだったり、テーブルの上で前のめりに手をつかせて、後ろから挿入する人もいる。その間も、ビジネスの話は続けられている。そばを通りかかったレストランの支配人やその部屋の給仕も加わってくる。もし、そこでまだ絶頂に達していなかったら、わたしはまだマスターベーションを続けていただろう。そして、厨房にいる料理人まで引っ張ってきて、その場に参加させていたはずだ。

オフィスで仕事に熱中している男性が大勢いるところに、わたしがいる場面を想像したこともある。各人が一人ずつ仕事の手を休めて、わたしのところへやって来るのだ。それが、いつも繰り返される光景だった。伯父を義理の父親にしてみたり、オフィスの場面をカード・ゲームのテーブルを囲んでいる人たち（あるいは、アマチュアのサッカー選手たち）にしたり、設定はその都度少しずつ変えていた。一人がわたしとセックスしている間、他の人たちはカードに熱中して（あるいは、テレビの前で興奮して）いて、自分の番が来るのを待っているのだ。

わたしはこうした空想の細かい部分に常に修正を加えた。作曲家がフーガを作曲するように、どんどん場面を膨らませて楽しんでいた。今でも頭の中でいろいろなことを空想して、現実とは遠い世界のことを空想することがある。映画のワンシーンをちょっと思い浮かべるだけでも、そこから空想を広げていくことができる。

エリック・ロメールの「コレクションする女」という映画をもとに、頭の中でその場面を想像してみたことがある。その映画を実際に見たことはないのだが、たぶんテレビかなにかで短いあらすじのようなものを見たのだと思う。その場面はこうだった。夏の休暇を過ごす別荘で、ある男が部屋の中へ入っていく。ベッドの上では、一組の男女が絡み合っている。だが、男はそれには無関心で、ただベッドの上の若い女と一度だけ視線を合わせる。わたしは何度も登場人物を自分に置き換えて、その場面を想像した。何か商品を配達に来た男が家の中に入ってくる。なぜかドアには鍵がかかっていない。わたしは、寝室でポルノ・ビデオを見ている（部屋の中には映画のシーンと同じように、窓からやわらかい光が射しこんでいる)。男は何も言わず、わたしの上に覆い被さる。しばらくすると、また、商品を配達しに男がやって来て、同じことを繰り返す。それが終わると三人目の男がやって来る。すべてがごく自然に展開していく。ときには、その先が続くこともある。ボーイフレンドが来ることになって、わたしは慌てて身支度を整えなければならない。それでも立ったままセックスは続けている。化粧が落ちないように、服が乱れないように注意していても、スカートは背中のほうまでまくり上げられてしまう。ボーイフレンドが、ドアのところまでやって来て、玄関のベルを押そうとする。わたしはよたよたと歩きながら、ドアのほうへ向かっていく。商品配達の男のペニスの先端は、まだわたしの体の中に挿しこまれたままだ。ボーイフレンドも、もうすでに興奮していて、ズボンの前を開けて待っている。

性的な幻想は個人的なもので、だれか他の人と共有することはできない。それでもわたしは想像力を鍛え上げ、貯えを作って、よく話をする人の許を訪れたときそれを活用することがある。わたしの経験から言えば、ほとんどの男性は、セックスの相手の女性に対してある種の表現や言葉を好んで使う。たとえば「一晩中やりまくっているあばずれ」などといった表現よりも、「しゃぶるのが上手」とか「たまを口に入れるのが好き」といった言葉のほうがよく使われる。「奥まで入れる」とか「底を突き破る」といった表現を使うことは滅多にないし、大きな声を上げて襲いかかってくるようなこともない。逆に女性のほうが「やられた」といって相手を刺激することもあるし、「突っ込まれた」「ものにされた」といった表現を使っても構わない。「大きなペニス」や「硬いもの」に貫かれて、射精の瞬間を「発射された」とか「ジュースを飲み込んだ」というふうに表現することが期待される場合もある。しかし、間投詞を連発したり、喘ぎ声やいつもの調子で叫び声を上げたりするのは、かえって盛り上がった興奮を鎮めてしまうことになる。男性は、言葉よりも優しく触れられることを期待している。というのは、性的な表現は、どれも同じようなものばかりだし、おそらく、男性はそういった表現をはっきりと自分たちの特権にしていたいと考えているはずだ。どんな場合にどんな言葉を使うのかを見分けることは難しいし、そんなふうに考えていたら、すぐに疲れてしまうことにもなる。

セックスの最中に、体の動きと並行しながら、実際に起こっていることとは別の場面を想像することもある。わたしは、いつも、たくさんの男性と関係を持つ場面を頭の中で思い描いていた。その空想の世界を幻想的に、そしてとてつもなく大きく広げてくれた一人の男性がいた。その男性は、わたしをホテルに連れていくところから話し始めた。どんな種類のホテルかは、はっきり言わない。ベッドの前には男の人がずらりと並んでいて、その列が廊下まで続いている。

「あの男たちは、きみの中に射精するのにいくら払うと思うかね」

その男性がわたしに聞く。わたしは、

「五〇フランくらいかしら」

と、答える。すると、その男性はそっとわたしの耳に囁く。

「それは高すぎるよ。だめだね。ノーマルなら二〇フラン、アナルなら三〇フランだ。さあ、きみならいくら取る？」

わたしは、自分が低く評価されていることが充分わかっている。

「二〇フラン」

わたしがそう言うと、男性は乱暴にペニスでわたしの体を突き上げる。

「それだけ？」

「三〇フラン！」

また、わたしの体が激しく突き上げられる。

「一〇〇フラン払わせろ。そして、その後は体を洗わずにおくんだ」

「ものすごく若くて、中に入れる前に出しちゃう子がいるかもしれないわよ」

「そのときは、きみのお腹か、胸の上に出すだろう。体がベタベタになるぞ」

「そうね。それに、ものすごく歳取っている人や、ずっと体を洗っていなくて垢がたまっている人もいるかもね」

「上に乗られて、小便をひっかけられるとしたら、いくら取る?」

「大きいほうもするの?」

「そうだ、その後、きみはケツを舐めるんだ」

「その前に断わったら? 抵抗したら?」

「そうしたら、平手打ちだ」

「そんなこと絶対嫌だけど、お尻の穴のしわの中まできれいに舐めてあげるわ」

「相手の男は夜やって来て、次の日の昼までいるんだぞ」

「それじゃあ、わたしが疲れちゃう」

「きみは寝てもいいんだよ。でも、その間も相手のほうは、セックスするのをやめないけどね。そして、翌日またやって来るんだ。それから、ホテルの支配人も、犬を連れてやって来る。きみが犬に乗っかられているところを見たくて、金を払うんだ」

「イヌのもしゃぶらなくちゃいけないの」

「それは好きにしたらいいさ。イヌのはすごく長いんだぞ。雌イヌに乗っかるみたいに、きみの上によじ登って、ぴったりくっついて離れないだろうな」

また別のときには、二人の空想の場面は、建設現場の作業員小屋に変わった。わたしはその現場にいる全員を相手にした。男たちが行列をつくって並び、ことが終わるとショートタイム料金の五フランだけしか払っていかなかった。そうした場面を思いつくと、体の動きがイメージに反応することもある。だが、そうはいっても、いつも同じイメージに決まった反応をするわけではない。実際の体の動きと頭の中のイメージとは、いつも並行して進み、ときに同じ動きをすることもある。わたしたちは、互いに落ち着いたトーンで話し、詳しい説明を要求し、細部まで注意して場面を展開していった。実際に見たことのある者がそれでお互いの曖昧な部分を補い合い、まるで事件の証人にでもなったように、几帳面なくらい正確に場面を再現した。

その男性は絶頂に近づくと、口数が少なくなった。男性のほうが、わたしたちの作り上げたイメージの世界に集中していなくても、わたしは別に構わなかった。わたしにしてみれば、その男性は、空想の世界を現実味のあるものにする手助けをしてくれているだけなのだ。改築工事の現場では、作業員小屋が、建物の警備員の宿舎も兼ねている。狭い小屋なので、警備員のベッドは簡素なカーテンで仕切られているだけだ。そのカーテンがわたしのお腹や脚の上をそっと撫でていく。作業員たちは一塊になってわたしのところへやって来て、顔も見ずにわたしの体の上でせわしなく動いていく。わたしも作業員たちの顔を見ることはない。だが、警備員がきちんと整列するように促すと、彼らはそれには従うのだった。

集団

人が集まってできるカテゴリーには二つの種類がある。まず、すべての人がまとまってできたもの。このカテゴリーの中では、一人一人の個性が混ざり合い一つに固まっている。それから、多くの人がつながっているもの。この中では、一人一人の個性がはっきり見分けられる。それでも、しっかりとしたつながりができているのだ。そして、互いの弱点を補い合うこともできる。いつも反発しあっている父と子が、実際にはよく似ているのと同じようなものだ。わたしが出会った男性はみんな、知り合うとすぐに、わたし自身でも覚えていない遠い親戚のことまで家族構成を知りたがった。

前のページで少し触れたかもしれないが、わたしは社会生活の中では臆病なほうだ。男性と性的な関係を持つことは、一種の避難場所のようなものになっている。ばかにしたような目で見られたり、わたしにはまだ経験が足りないといった言葉を聞かないですむのなら、喜んでその避難場所に飛び込んでいく。しかし、わたしのほうから進んで行動を起こすようなことはあり得ない。自分から男性に声をかけたことは一度もない。ところが、わたしはどんな状況でも何のためらいもなく、素直に自分から体を開くことができる。また、どんなときにもパートナーに対して誠意を尽くす。プルースト的な考え方をすれば、わたしは他人によって描かれたイメージを通して、自分のパーソナリティを見つめているということになる。わたしにあってはそのイメージが優勢なのだ。わたしは人からよくこんなことを言われる。

「きみは、いやだと言ったことが一度もないね。拒絶することも絶対にない。自分のやり方もないんだね」

「何も反応しないで、じっとしていることはないけど、感情が顔に出ることもないんだね」

「きみは、何でも自然にこなしている。ためらったり、質《たち》の悪い冗談を言ったりすることもない。でも、ときどき、ちょっとだけマゾっぽいところがあるね……」

「乱交パーティのとき、いつもきみがいちばん最初にはじめるんだ。先頭は、いつもきみなんだ」

「ロベールがきみをタクシーで送っていったことがあっただろう？　何だか慌てた様子だった。きみもそうだったよ」

「きみは変わった人だね。どんなにたくさん男がいても、絶対に最後まで残って、あいつらのなすがままになっているんだから。それでも、男を喜ばせようとしたり、下品なことをしたりすることはないんだ。まるで、ただの〝女友達〟みたいだ」

あるいは、友達がつけている日記にこんなことが書いてあったので、書き写したことがあった。

「カトリーヌは、どんなときでも落ち着いていて、付き合いやすい性格だ。そこが、彼女のいちばんいいところだと思う」それはわたしの自尊心を満足させてくれた。


二度目の相手をわたしに引き合わせたのは、初めの男性だった。わたしの最初の相手、クロードには、わたしたちよりも一〇歳も歳上の、カップルの知り合いがいた。男性のほうは背はあまり高くなかったが、スポーツマンらしい体つきだった。女性はモンゴル人のようなきれいな顔立ちで、ブロンドの髪を短く刈っていた。知的な女性で、真面目そうな雰囲気をしているのだが、セックスのときには自由奔放な性格に変わってしまうのだった。わたしが男性のほうと知り合う前、つまり、二人がセックスするようになる前から、クロードはその女性と関係があったのかもしれない。クロードとわたしは二人のアパルトマンの隣にワンルームの部屋を借り、それぞれ別々の部屋に分かれてスワッピングをすることになった。カップルの女性のほうがわたしたちの部屋へ来てクロードと一緒にいる間、わたしは男性のほうとカップルのアパルトマンにいた。わたしたちは壁で仕切った両側で、お互い干渉し合わないようにしていた。

部屋で見ている映画もそれぞれ別のものだった。

一度だけ、この習慣が守られなかったことがあった。それは、二人が所有しているブルターニュの別荘に休暇で行ったときのことだった。やわらかな午後の光がうっすらと部屋の中に差しこみ、男性のほうが横になった寝椅子のところまで伸びていた。わたしはその足元に座っていた。女性は部屋の中を行ったり来たりしていて、クロードはその場にいなかった。男性がぼんやりとした目でわたしを見つめ、男の人がよくやる威圧的な態度でわたしを自分のほうへ引き寄せた。そしてわたしの顎を手で支えてキスをすると、今度は頭を抑えて、顔をペニスのほうへ持っていった。わたしはそのほうが好きだった。背筋を伸ばして長いキスをするよりも、体を丸めて男性自身を硬くすることに専念するほうが好きなのだ。わたしはその人のものを一生懸命にしゃぶった。その行為が上手だということを自覚したのは、たぶんその日だったと思う。わたしは手と唇の動きをうまく組み合わせて使っていった。男性がわたしの頭を押す感触で、動きのリズムを速めてほしいのか、緩めてほしいのかがわかった。しかし、その日のことではっきりと記憶しているのは、女性の視線だった。わたしは何度かくぼみから顔を上げ、深く息を吸いこんだ。そのとき、女性が彫像のような虚ろな目をして、ぼんやりと男性を見つめているのが見えた。その瞳には呆然としたような驚きが映っていた。

もし、友達同士の関係をつる草が伸びるように広げ、増やしていくことができたら、そしてお互いに完全に自由な状態で関係を保つことができたら、あとはその勢いに任せて関係をどんどん伸ばしていけばいい。そうすればかえってわたし自身の行動を、はっきりと自分一人で決めることができるはずなのだ。今考えると、あのときにそれがぼんやりとでもわかっていたらよかったと思う。わたしはそんなふうに友達との関係を保ちながら、だれからも切り離された孤独な状態でいるのが好きなのだ。

美術の世界は、いくつもの集合体やグループから構築されている。わたしが美術評論という仕事をはじめた頃、芸術家が集まる場所はカフェではなく、仕事場やギャラリー、雑誌の編集室などだった。そういった小さな場所に人が集まれば、当然、恋が芽生えることもあった。当時、わたしは現代美術のギャラリーがひしめいているサン・ジェルマン・デ・プレのど真ん中に住んでいた。そのため、展覧会の合間に、数メートル離れた家に戻ってセックスすることもできた。

ボナパルト通りの歩道を新しく恋人になったばかりの画家と一緒に歩いているとき、ある少年と出会ったことがある。その少年ははにかみ屋で、わたしとすれ違っても顔を上げられないくらいだった。それでも精一杯笑顔を作り、分厚い眼鏡の奥からじっとわたしを見つめていた。わたしにはその少年がわたしを欲しがっていることがわかった。「分かるでしょう？　ぼくはあなたとセックスしたいんです」とおずおずとした調子でいっているような気がした。少年がわたしの体に触れてもいないうちから、どうしてそんな気持ちが読み取れたのか、今ではもうわからない。少年に対してなにもする必要はなかった。ただ、自分の役割に集中するだけでよかった。わたしはそのまま自分の部屋へ戻った。少年は後をついてきた。少年はわたしにすっかり魅了され、ぼんやりとしたうつろな視線をわたしの背中に投げかけていた。それがわたしに先を急がせていることなど、本人はまるで自覚していないようだった。わたしがなにより も喜びを感じたのは、わたしが決心を固めたそのとき、少年も心を決めたことがわかった瞬間だった。自分が映画のヒロインになったような気がして、わたしはその場の雰囲気に酔いしれていた。少年を安心させるためには、自分が両親の束縛からやっと解放されたばかりの小娘だなどと話さないほうがいい。「あなたのすべてがほしい」という言葉の意味を教えてやるのだ。少年はじっとわたしを見つめ続けていた。同じような経緯でわたしと関係した別の人が、後になってこんなことを言った。

「今だから言えるけど、きみの部屋に入ったとき、売春婦がショートタイムに使う部屋かと思ったよ。ベッドカバー代わりの布地はごわごわで、制作中の作品を隠すシートみたいだったんだからね」

ゲルマノ・セランの展覧会へみんなで行ったときのことだった。会場はイタリアのジェノヴァの美術館だった。クロードとゲルマノ、それに他の人たちは先に行ってしまって、わたしはウィリアムと展示室の中をまだあれこれと見て回っていた。ウィリアムはゲルマノの展覧会に一緒に作品を出品しているアーティストの一人だった。すばやい動作でウィリアムがわたしの陰部に手を押しつけてきたので、わたしはズボンの上から盛り上がった部分をつかんだ。ずっと握ったままでいると、その部分がだんだん固くなって、生きている人間の体の一部とは思えないくらい、動かなくなった。ウィリアムの笑い方には特徴があった。その笑顔を向けられると、唇いっぱいに彼の唇が押し当てられ、ディープ・キスをされているような気分になるのだ。ウィリアムは「コック」とか「プッシー」といった英語の単語をわたしに教えて面白がっていた。その後しばらくして、ウィリアムがパリにやってきたとき、彼はリュームリーの出口でわたしの耳に唇を押し当て、一語一語区切りながら、はっきりとこう囁いた。「きみとセックスしたい（アイ・ウォント・トゥ・メイク・ラヴ・ウィズ・ユー）」レンヌ通りとフール通りの角に郵便局があり、その裏手はあまり人目につかない場所になっていた。そこまで来るとわたしも、「あなたのアレをわたしの中に入れてほしいの（アイ・ウォント・ユア・コック・イン・マイ・プッシー）」と言った。そして笑いながら、他の人たちとそうしていたようにボナパルト通りのアパルトマンまでの道を辿った。ウィリアムはアンリや他の男性たちと同じように、何度もわたしの部屋を訪れてセックスをするようになった。

二人のときもあれば、三人以上ですることもあった。他の女性を交えてセックスするようになったのは、わたしの部屋に通ってくる男の子の一人が女の子をナンパしてきたことがはじまりだった。その男の子は二人でするよりも人数が多いほうが楽しめると言い張った。だが、他の女の子を誘っても、いつもうまくいくとは限らない。嫌がる子を安心させたり、なだめたりするのは、わたしの役目だった。そういうとき、男性は階段の踊り場で煙草を吸っていた。わたしはなにも言わず、その子の背中を優しくなでてやり、そっとキスしてあげた。女性同士のほうが、気持ちを落ち着かせやすいからだった。しかし、結局そういう子たちは逃げ出してしまう。気持ちが落ち着いてから、セックスに参加する子は一人もいなかった。クロードが女友達を連れてきたときでさえ、うまくいかなかった。その子は絶対に承知しようとはせず、泣き出してしまった。それから二〇年以上経ってから、その子がまだ処女だったことをクロードから聞いた。

アンリが連れてきたまた別の女の子は、トイレも兼ねたキッチンに閉じこもって出てこなくなってしまった。わたしは一緒にそこに入って、涙でマスカラがおちて黒い線がついた顔をきれいに洗ってやった。ふと窓の外を見ると、アンリが階段の踊り場にある共同トイレを使っているところが見えた。わたしたちがトイレを占領してしまっているので、仕方なくそこを使っていたのだ。そこで、わたしたちはアンリに聞こえるように、大きな声で泣きはじめた。女の子のほうはアンリをからかってやるつもりだったのだろう。わたしも意地悪な気分になって、それに同調したのだ。

セックスへの感性とは裏腹に、わたしは男性が誘ってきても、その仕草や態度に気がつかないことが比較的多い——そんなものは省略してしまったほうがいい、と思っているせいなのだろう。このことについては、後で触れることにする——それとは逆に、どんなときに自分が女の子を喜ばせることができるのかはよく知っている。とはいえ、女の子たちがわたしに特別な感情を抱いているわけではないし、わたしもそれを期待したことはない。ほとんどの女性の体は肌がなめらかで、軽く触れただけでうっとりするような心地よさが味わえる。男性がそんな肌をしていることは滅多にないことだ。それはわたしにもよくわかっている。だが、女性同士のセックスにはどうしてもなじめない。なにか遊びのルールを壊してしまうような気がするからだ。わたしに三人のセックス——女性二人に男性一人が加わる構図——をさせたがる男性がいるが、わたしはそういう構図は退屈ですぐ飽きてしまう。そんなわたしでも、女の人をじっと見つめていることがけっこうある。いつのまにか身に付けているものの詳細なリストを作ったり、化粧バッグの中になにが入っているか当てられるくらいすみずみまで目で探っている。一緒に生活している男性よりも、わたしはその女性のことを詳細に描き出すことができるだろう。街中でナンパしようと待ち構えている男性よりも、わたしのほうがずっと女性を見る目に愛情がこもっている。なぜなら、女の子のズボンのお尻にしわが寄っているのは、小さなパンティを履いているせいだとか、脚元がよろけるのはヒールの高いパンプスのせいだということが、わたしには容易に想像がつくからだ。しかし、どんなに気持ちが高ぶっても、女の子を見るだけで満足し、それ以上求める気持ちにはならない。わたしが女性に対して抱く気持ちは、共感でしかない。一生懸命働いている女性や、同じ宗教に属する同じ名前（戦後、いちばん多くつけられた名前の一つ）をもつ女性、セックスについて自由な考え方を持つ勇気のある女性、そういう人たちに対して抱く共感だけなのだ。わたしが共感を抱く女性の中に、正真正銘のレズビアンの友達がいる。その友達にある日、こう言われたことがある。「友達（コパン＝パンを分け合うの意）になるということは、パンを分け合うということなのよ。わたしたちは同じ気持ちを分け合っているから、本当の友達ね」

　同性愛にはなじめないといっても、例外はある。急に乱交パーティをすることが決まったときのことだった。参加者の半分はだれかの同伴者で、これまでパーティの経験がない人だった。このときわたしは、ブロンドの女の子と二人きりで取り残されていた。その女の子はどこもかしこも、顔も、首も、胸も、お尻も、ふくらはぎまで丸々と太っていて、バスルームの分厚い黒いカーペットの上に倒れこんでいた。その子の名はびっくりするほどすてきな名前——レオーヌだった。レオーヌはわたしがいくら誘っても、なかなか承知しなかったが、やっとのことで裸になってくれた。その姿はまるで日本のお寺にある金の仏像のようだった。レオーヌが、浴槽を一段高くするために敷いてある段の上に乗っていたので、わたしがレオーヌの下になった。パーティ会場のアパルトマンは広くて快適だったのに、わたしたちはどうしてこんな隅っこに来ることになったのだろう。レオーヌの決心がなかなかつかなかったからなのか、それとも、わたしが先に慰める役を買って出たからなのだろうか。

わたしの顔全体がレオーヌの肉感的な陰部に埋もれた。体のいちばん奥をとりまく部分も、ぽっちゃりと膨らんでいた。わたしは、今までその部分を口に含んだことはなかった。試してみると、口の中いっぱいに広がり、まるで南仏の大きなアプリコットを食べたときのような感じがした。わたしは奥の襞をしつこく攻めたてた。それがすむと、しばらく果物のような部分から顔を離した。舌を休めるためでもあったし、レオーヌがわたしを受け入れる部分がやわらかくなってきたためでもあった。胸の表面や丸い肩も硬さがとれてゆるやかになってきたが、それはわたしにとって大した影響はなかった。レオーヌは体を小刻みに揺らしたりはしなかった。だが、短い、小さなうめき声をあげていた。その声も、体と同じようにやわらかな響きを持っていた。レオーヌの体が素直に反応してくれるので、わたしも異常に興奮してしまった。わたしはレオーヌの乳首を夢中になって吸った。レオーヌもすっかりのぼせ上がって声をあげていた。わたしたちがまるでスポーツ・クラブのロッカー・ルームで女の子たちがするように、大きな声でおしゃべりしながら服を着ていると、ポールがやって来て、他の女の子たちにもいつも聞く同じ質問をレオーヌにした。

「それで、どうだった。よかったかい。されるがままに身を任せるっていうのも、いいもんだろう」

「一人だけよ。そう思わせてくれたのは」

そう言いながら、レオーヌは下を向いた。だが最初の言葉は、聞きまちがえようがなかった。そのときのわたしの心境はこうだった。

「ああ、神様！　わたしの行いをお許し下さい！」

バタイユでも読めば、わたしたちのことはひとつの哲学に要約できるだろうが、あの熱に浮かされていた時代のことを、わたしはいつもアンリの名前とともに思い出す。アンリはセックスに執着するのも、夢中になって異性を誘うのも、若いうちだけの遊びだといっていたが、それは至極もっともなことだった。

四、五人で小さなアパルトマンの部屋の隅にあるベッドの上に寝転がっていたことがあった。そうしていると隠れ家にみんなで寄り添っているような気分になれるからだった。食事のときにテーブルの下で「くすぐりっこ」をすることもあった。テーブルについた人たちが靴を脱いで、脚で触り合うのだ。きれいな色の、いい匂いのするソースが出たりすると、それに指を浸し、隣の人となすり合ったりもした。どれもアンリにとってはただの遊びだった。つい三〇分くらい前に美術館で知り合ったばかりの女の子を仲間に引き入れたりすることも、そのひとつだった。何人かで朝の四時ごろ街中をさまよい歩き、だれか女の子が家に入れてくれて、きれいなシーツに寝かせてくれないかと探し回るのも、わたしたちにとってはちょっとした冒険だった。そんなことも二回に一回はうまくいくことがあった。

わたしたちを家に入れてくれた女の子は、体を撫でまわされても、ブラジャーのホックをはずされても、それを下まで引きおろされても、なすがままになっていた。そして、みんな椅子に座ったまま朝を迎えるのだった。その女の子は口に出しては言わなかったが、そんなふうにされるのが好きだったのだ。だれかが車で家まで送ってくれたら、こんなことになるのではないかと期待していたはずだ。場違いな椅子に腰掛けたり、長椅子の端に腰をのせて、目だけはしっかりと数センチ先で行われていることを見ている人たちを、わたしは何度か見たことがある。女性だけでなく、男性の場合もあった。だが、その数センチ先は別の世界に属しているのだ。彼らは魅了されているのに参加しない。彼らはものおじして――あるいは進みすぎて――模範演技の熱心で辛抱づよい観客に甘んじているのだ。

わたしも他人を自分の部屋へ来るように誘うことがあったが、それはごく表面的な誘いだった。というのは、いろいろな人に声をかけていた頃は、誘った相手を自分の部屋へ連れて行くことよりも、相手の部屋に誘われることのほうがずっと多かったからだ。わたしとアンリは、知識人が多く住む、ボナパルト通りの大きな高級アパルトマンに誘われたことがあった。床は寄木張りで、歩くと靴音が響き、天井から吊り下げられた照明が、ぼんやりとあたりを照らしていた。わたしとアンリが知り合ったのは、濃い髭の奥からいつも張りついたような笑顔を見せている男性だった。その男性の妻は進歩的な考え方の女性だったが、わたしたちが訪ねると嫌な顔をしてさっさと寝てしまった。そこで、わたしたちは普通は絶対できない遊びをやった。アンリともう一人の男性が、わたしを真ん中に挟んでおしっこをしたのだ。二人が描く放物線の間に立って、わたしはおかしくて体が痙攣するほど笑った。正確に言えば、わたしの上からその液体をかけたのは、アンリだけだった。とはいえ、部屋を汚してはいけないので、七宝に銅版細工を施した大きな浴槽に入って、わたしたちはそれを実行した。それから三人でバルコニーへ移動してセックスをした。

女友達が何カ月間か家に泊めてくれたこともあった。わたしは家具もない屋根裏部屋で眠った。ときどきネコを部屋に入れて一緒に寝ることもあった。ボーイフレンドが来たときでも、その女友達はドアを開けっ放しにしたままで喘ぎ声を抑えようともしなかった。二人の興奮した声を聞いても、わたしは仲間に加わろうとは思わなかった。わたしは他人の情事に関わりあったことはない。そのときも狭いベッドの中で小さくなって、じっと身を潜めていた。まるで小さな女の子になったような気分だった。だが、自分の情事となると——つまり、わたしがセックスしたくなったとき——何とかしていつも二人を引きこもうとした。そういうときは、わたしは動物や子どものように頑固になって、絶対譲らなかった。というのは、わたしとその女友達はある程度生活を共有していたのに、友達がそのきれいな両脚の間に迎え入れるペニスを絶対わたしと共有しようとはしなかったからだ。それでも二人を引きこむことに、わたしは三回か四回成功した。友達は腰をベッドにぴったりくっつけて、まるで蝶の羽のように脚を高く持ち上げていた。まっすぐに前を見つめ、大きな声をあげ、ボーイフレンドのジャックに訴えかけている。ジャックのペニスが、いきなり下着から顔を出し、その先端が振動していた。まるで「馬のペニス」だった。ジャックを相手にしたそのときから、わたしの本当の人生が始まったようなものだ。ジャックとセックスしているとき、わたしは発作を起こしたようになり、脚がぴくぴくと痙攣した。今思い起こしても、そんな経験は一度しかない。

これまでだれにも話したことはなかったが、男の人の嫉妬心をくすぐったことをよく覚えている。その相手、アレクシスはサン・ペール通りのメゾネットに住んでいた。パン屋で夜明かしなどしないで、アレクシスのきれいなアパルトマンで目覚めると、映画に出てくる自由で、暇を持て余したお金持ちのお嬢様になったような気がした。その朝、わたしは元気いっぱいでさわやかだったが、隣に寝ているアレクシスのパジャマは、少し汗ばんで湿っていた。わたしがどんな男性と関係を持とうと、アレクシスは普段はあまり気にしていないようだった。だが、そのときまでは、少なくとも自分が一日のうちいちばんはじめにわたしの中に挿入する男だと思いこんでいた。ところが、正確にはいちばんではなかったのだ！　わたしは他の人の部屋で一晩過ごしてきたところだった。そこを出る前に、セックスをしてきていたので、わたしの体の中にはその人の精液がまだ残っていた。わたしは枕に顔をうずめ、喘ぎ声を押し殺した。アレクシスが気を悪くしたことがわかったからだった。

クロードに勧められて、『O嬢の物語』を読んだのもそのころだ。わたしには自分と本の主人公の姿が重なってみえた。それには三つの理由がある。わたしはいつも用意ができている。何人もの男性と続けてセックスすることもできるし、しかも、ノーマルなセックスと同様、アナル・セックスも普通にする。しかし、もし世界の果てのような場所にぽつんと建った家に、一人で引きこもって暮らしていたとしても、その生活がものすごく性に合っていただろう。

だが、現実では引きこもって暮らすどころか、仕事を持ち、精力的に活動している。芸術家が集まる場所には打ち解けた雰囲気がある。はじめは心配していたのだが、その雰囲気のおかげで、わたしはいとも簡単にいろいろな人と関係を持つことができ、その関係は自然に肉体的な関係へと発展していった。そのことからわたしは、性的関係が生み出される場所は、閉ざされた、円滑な、プラズマを発生させる空間だと考えるようになった。

これまで何度か「ファミーユ（家族）」という表現を仲間の意味で使ってきたが、比喩はあくまで比喩でしかない。思春期の頃には血のつながりがあるもの同士でセックスをすることがある。わたしにはずっと後までその傾向が続いた。たとえば、男の子、あるいは女の子が、少年であることや少女であることから別れようとするとき、完全に決別する前に、自分の兄弟や姉妹、いとこたちとセックスをすることがある。わたしは二人の兄弟とその叔父にあたる人と同時に関係を持ったことがある。わたしはその叔父とずっと関係を持っていたが、彼はわたしと同年配の甥たちをよくわたしのところに連れて来ていた。相手が血のつながりのあるもの同士だと、何の前置きも格好をつける必要もなかった。叔父がわたしに準備させると、そのあと二人のいとこがわたしを激しく攻めたてた。すべてが終わると、三人は日曜大工や情報処理関係の新製品のことを話すのだった。わたしはまどろみながら、男同士の会話に耳を傾けていた。

わたしには出会ったはじめの頃、定期的な肉体関係を持ち、その後も友達としてい い関係を保っている男性が何人もいる。その一方、お互いすっかり疎遠になってしまった人たちもいる。しかし、頻繁に会ったほとんどの人のことは今でも覚えているし、その頃のことは純粋に楽しかったと思える。男性と一緒に仕事をしているときには、相手と親密な関係を持つようになると、仕事をスムーズに進められる（仕事上のことが原因で仲たがいしたことは、一度しかない）。その上、肉体的な関係を持つと、その相手を彼の友人や仕事の関係から切り離して見ることができる。

数多くの美術出版関係の若い批評家やジャーナリストの集まる場所で、わたしはアレクシスと知り合った。わたしはアレクシス以外にも、その中の二人の若い男性と関係を持っていた。そのせいでアレクシスに、「きみは、フランス人の若い批評家全員と寝るようにプログラムされているんじゃないのか」といらいらした口調で言われたことがある。仕事をするときには、お互いの出身階級にはとらわれなかった。アレクシスは独身だったが、ほかの二人の男性は既に結婚していた。それでもセックスはあまり上手なほうではなかった。二人とも顔に吹き出物ができ、身だしなみがきちんとしていなかった。

一人は翻訳の原稿を見せたいからといって、わたしを自分の家に引っ張って行った

（彼のアパルトマンのある場所もサン・ジェルマン・デ・プレの近くだった）。その男性は、わたしがどんな男とでも寝ると、いつも不平ばかりいっているので、わたしは何でも相手の言う通りにしていた。わたしにしてみれば、その男性と関係を持たなくなることのほうが、ずっと嫌だったからだ。もう一人の男性はもっとわたしを信頼してくれていた。会うときは、自分の出版社にわたしを呼んだ。出版社へ行くと、受付の女の子がてきぱきとその人に連絡する。受付の女性は気がきいていて、わざわざ「シャツの下にブラジャーも着けていない若い女の子がホールで待っています」と電話口で相手に告げていた。一人目の男性との関係はすぐに終わってしまったが、二人目の男性との関係は何年間か続いた。後にその二人とともに、〈アート・プレス〉で一緒に仕事をすることになり、仕事仲間としての関係は長く続いた。

エリックの友人たちと付き合ったり、その人たちが彼のことを話題にするのを聞いたりしているうちに、わたしは次第にエリック自身と出会うように導かれていったような気がする。その導き手の一人がロベールだった。ロベールとは彼がアトリエとして使っている鋳造所を取材しているときに知り合った。ロベールはわたしをル・クルーゾ（ブルゴーニュ地方の工業都市）まで連れていった。そこでロベールは巨大な彫像を鋳造していた。夜、パリへ戻る途中、ロベールはわたしと一緒に車の後部座席に座った。そして、わたしの上にのしかかってきた。わたしは抵抗しなかった。車が狭かったので、完全には横になれなかったが、体を横に傾け、ロベールの頭がわたしのお腹の上にくるようにした。腰の位置は、ロベールの愛撫を受けやすいように、車のシートと対角線になるようにした。ときどき顔を上げてキスを交わした。ふと車のバックミラーに目をやると、運転手と目が合い、わたしは居たたまれない気持ちになった。その日は、ロベールの鋳造所にも、そこにあった大きな窯にも度肝を抜かれたが、この予期していなかった状況にも驚かされた。しばらくの間、ロベールとはほとんど毎日のように会っていた。ロベールはたくさんの人を紹介してくれた。その人と肉体関係を持てるか持てないかを、わたしは直感で見分けることができた。ロベールにもその直感が備わっていた。ロベールはわたしが肉体関係を持ちそうな男性を見分けると、その人たちにわたしとの関係を思いとどまらせるため、わたしがちょっとした影響力のある批評家になりつつあると吹聴するのだった。わたしに「マダム・クロード」の話をしてくれたのもロベールだった。高級娼婦になれるほど、わたしは背も高くなかったし、容姿も十分でなかった。それを職業にできるほどの気品も備わっていなかった。そう自覚してはいても、わたしは高級娼婦にあこがれていた。わたしの性欲が職業的な好奇心と結びついていることを、ロベールは面白がっていた。もし、わたしが、配管工と付き合ったら、きっと、配管工事の図面が書けるようになるはずだと言うのだった。そういうわたしの性格からして、絶対にエリックに会うべきだと主張した。

しかし、結局、エリックと知り合ったのは、ロベールとエリックの共通の友人を通じてのことだった。その友人はひどく神経質で、力ずくで激しく攻めたてる上に、動作もまるで機械のようにいつも同じだった。おかげでその友人と夜を過ごすと、わたしはすっかり疲れて果ててしまった。ところが、朝になると、まだ十分満たされていないのか、他の人と共用で使っている広いアトリエにわたしを連れていって、もう一度セックスをするのだった。わたしは、疲れきって体がだるくなっているので、されるがままになっていた。ある晩、その友人がわたしとエリックを夕食に招待した。そのとき、わたしはまだエリックのことを知らなかったが、人伝てに話を聞いて、彼が美術関係の業界でだれよりも友人が多い人物だということは知っていた。わたしに厳しく仕事の手ほどきをしてくれたのはエリックだった。そして、わたしは彼が教えてくれた仕事の手順を、今でもきちんと守っている。

　こんなふうに、わたしの男性との関係の思い出は鎖状につながっていて、場面の一つ一つが美術界の仲間と重なり合っている。ジルベールは、わたしが美術関係の仕事をするようになって間もないころ付き合った画家だった。ジルベールは家族と一緒に住んでいたので、わたしが彼のアパルトマンへ行くときは、控えめにフェラチオをするだけだった。ペニスを挿入するのは、ジルベールがわたしの部屋へ来るときまで我慢していた。はじめのころ、ジルベールは〝最後までいく〟ことができないでいた。

というのは、ジルベールが絶頂の瞬間を迎えそうになると、わたしがアナルで射精してくれと頼んでいたからだった。世のモラルも、相手の性的な快感のことも、まるで理解していないかのように、わたしはこの原始的な避妊の方法をとっていた。体の一つ一つのパーツが、他の部分の代わりになると思っていたのだ。

別のある画家もジルベールと同じ傾向があった。その画家は性器の中で射精したほうがずっといいことを、なんとかわたしに教えようとした。ある朝、早い時刻にわたしはその画家のアトリエを訪れた。インタビューが目的だったが、その画家が感じのよいハンサムな男性だということをわたしは事前に知らされていなかった。アトリエに入った瞬間、わたしは帰りは翌日になるだろうと確信した。画家のアトリエには、たいがい天窓の下か大きな窓のそばにベッドかソファが置いてあるものだ。まるでなにかするのは光の枠の中でやるべきだと言いたげだった。仰向けになると、目を閉じていても、まぶたの上に光があたっているのが感じられた。そこでもわたしはまた同じ反応を示した。何でもないことのように、ペニスをアナルに入れてくれと頼んだのだ。終わった後で、その画家はわたしにこう言った。

「いつか、きみも、前に挿入するのが上手な男性に巡り会うときが来るはずだ。そして、他の場所に挿入するより、そこのほうがずっと快感が得られることを教えてもらえるさ」

まるで将来をはっきりと確信しているような口ぶりだった。ジルベールは友達の画家の一人とわたしが付き合っているのを知るとびっくり仰天した（近視なのでじっとわたしの目を見る癖があった）。しかし、自分自身については、奥さんを裏切っているとは全然思っていないようだった。逆に、わたしがスワッピング・パーティ——会場はいつも決まってボナパルト通りの小さなワンルームのアパルトマンだった——で相手にしたのは彼の友人だということを思い出させるのは、いつもきまってジルベールのほうだった。その男性はジルベールに、男はみんなつながりがあるんだ、などといっていたという。男性にはそういう幻想が必要なのかもしれない、とわたしも納得した。

ウィリアムがある芸術家の団体に参加していたとき、そのメンバーの一人のジョンとわたしは一夜を過ごしたことがあった。ジョンとはそれ以前に何度か会っていたが、会議で同席していただけだった。わたしはジョンを魅力的だと思っていた。ジョンは理論的に話を進めようとするのだが、わたしの英語の理解力が足らず、いつも内容はかみ合わなかった。ジョンの頬は若さで輝いていた。話すときに唇を動かすと、その若々しい頬がますます強調されるのだった。そのとき、わたしはソル・ルウィットに会うためニューヨークに来ていた。ルウィットはしわくちゃにしたり破いたりした紙を使った芸術作品を完成させたところだった。ウィリアムが泊めてくれることになっていたので、わたしは空港に着くと彼に電話を入れておいた。ウィリアムはロフトに引っ越したばかりだった。天井から四分の一くらいの高さのところで壁が仕切られていて、上の部分が小さな部屋になっていた。壁にはまるで積み木を並べたような正方形の部屋が並んでいた。わたしとウィリアムは立ったままむさぼるようなキスを交わした。ウィリアムはジョンにも自分と同じようにするように促した。アパートには、四、五人が出入りしていたが、みんなそれぞれ自分の仕事で忙しそうだった。ウィリアムはわたしを抱き上げ、マットレスが敷いてあるロフトの部屋の一つへ連れていった。ウィリアムはヒステリーを起こしたみたいにひどく興奮していた。それをジョンが優しくなだめた。ウィリアムはわたしとジョンをそこに残して行ってしまい、ジョンは最後にはそこで眠ってしまった。わたしたちは互いに体を寄せ合い、丸くなって眠ったが、ジョンの手はわたしの恥丘の上にしっかりと置かれていた。翌朝早く、わたしはもぞもぞと体を動かしてジョンの手から逃れ、シーツから抜け出て、床にはい出すことができた。大きな窓ガラスから、朝の光が部屋の中に降り注いでいたにもかかわらず、ジョンはまだ眠ったままだった。わたしは通りへ走り出ると、タクシーをつかまえ、空港まで急行し、間一髪のところで飛行機に乗ることができた。その後もウィリアムが所属する団体での仕事は続けていたが、何年もの間、ジョンに会うことはなかった。ジョンとのことを思い出したのは、わたしが彼の言うことを理解できないことがあって、ほとんど言葉を交わさなかったからだ。

わたしは、人前に出ることを恥ずかしいと感じていた。それが次第にわずらわしいと思うようになった。友達と一緒にいれば楽しいし、はじめのうちは会話にも加わっている――人と話をすることが、怖いと思うことはもうなくなったので――が、急にまるで興味が持てなくなってしまう。問題なのは時間の長さなのだと思う。突然、嫌になって、飽き飽きしてしまう。みんなが話題にしていることを聞いていると、まるでテレビの連続ドラマを見ているような気分になる。話の内容があまりにも日常生活の出来事と近すぎて、なにも感じなくなってしまうのだ。一度そうなると、感覚を元に戻すことはできない。そういう場合は、わたしはなにも言わず、ときには目をつぶり、身振りだけで反応することにしている。そうすると目の前に別の世界が拓けてくるのだ。わたしはあまり動作が素早いほうではないが、その場の思いつきで隣の席の男性、あるいは女性（男性よりも反応は鈍かったが）の腿にちょっと触ったり、踝《くるぶし》に自分の脚を掛けたりした。そうすると、まだ続いているその場の光景を遠くから眺めているような気分になれるからだった。

グループで休暇を過ごすときなど、何人かが集まって一緒に生活することがある。どこへ行くのも何をするのもみんなといっしょに行動していると、わたしはそこからどうしても抜け出したいという欲求に駆られる。後先のことなど考えず、行き当たりばったりに行動してみたくなるのだ。何年間か、夏になると熱にうかされたようにひっきりなしにパートナーを次々と変え、絶えずだれかと肉体関係を持っていた頃があった。ときには乱交パーティを開いたりもした。真夏の太陽の下で、海を見下ろす庭園の石垣の影で、あるいは大きな別荘の中であちこちの部屋を移動しながらセックスをした。

ある晩、わたしはポールといたときに、みんなと一緒に行動するのをやめてしまった。ポールはわたしのことをよく知っているので、わたしのすることをばかにしたりはしたが、言葉や態度はとても優しかった。しかし、ときには、わたしが自分の言いなりになるのを見て楽しんだ。たとえば、わたしをバスルームに閉じこめ、さんざん興奮を掻き立てて、わたしがまだ一度も会ったことのない男性――絵画に囲まれていてもまるで興味を惹かれない、自動車の修理工だったりする――をバスルームに入れるのを承知させたりした。わたしは他の人とレストランへ行くよりも、ポールのことをもっとよく知りたいと思っていた。そのことは、ポールも知っていたはずだ。レストランの後で、ナイト・クラブにでも行って、テラスかどこか目立たない場所で声がかかるのを待つことを考えると、それだけでうんざりしてしまう。声をかけるほうにしても、投げやりな気持ちになっているかもしれないのだ。わたしはそういう場所で誘いに乗ることはほとんどない。一晩中一人でいても構わないと思っているからだ。自分の周囲になにもない場所ができると、その空間だけでなく、時間的な感覚も大きく広がっていくような快感が得られる。そんな機会があったら、意識を解き放って、ゆったりとソファに体を委ねるだけでいいのだ。そうすれば時間や空間といった感覚もなくなってしまう。

別荘のキッチンは建物の奥のほうにあった。わたしはその夜、そこでサンドイッチを作って食べていた。サンドイッチを口いっぱいに頰張っているとき、庭へ直接つながるドアからポールの友人の一人が現われた。うす暗い場所に立っていても、背が高く、澄んだ褐色の瞳をしていることが見て取れた。その男性は、食事を邪魔して申し訳なかったと、笑顔を見せて言った。その人がキッチンに入ってきても、わたしはまだサンドイッチを食べ続けていたので、わたしの口のまわりはパン屑だらけだった。わたしは急にそれが恥ずかしくなった。

「いいのよ。そんなにお腹は空いてないから」

わたしはそう言いながら、手にしていたサンドイッチを放り出した。

その男性はわたしをキッチンから連れ出し、ニースの海岸線に沿って崖っぷちの道をオープンカーで走った。わたしがざらざらした感触のジーンズの上から盛り上がった部分を愛撫すると、その男性はハンドルから手を離してそれに応えてきた。硬くて体にぴったりと張りついた布地の上から、脚の間のふくらみに触れると、わたしはいつも興奮してしまう。そのとき、わたしはどこかへ食事にでも行きたかったのだろうか。そうではなく、わたしはその男性に自分の部屋へ行くのに、少し遠回りをしてもらいたかったのだ。わたしがズボンのベルトをゆるめている間も、男性は車を走らせ続け、ズボンのファスナーを下ろしやすいように、前のほうに腰を動かした。しかし、二重になっているコットンの生地から、大きく膨らんだ体の一部を引き出すのは骨の折れる作業だった。全体を手で包みこむようにして、抜き出さなければならない。そういうとき、わたしはいつも、相手に痛い思いをさせているのではないかと心配になってしまう。結局、相手に協力してもらうことになるのだった。やっと男性自身が顔を出すと、わたしは優しくそれを刺激した。はじめは、絶対に手の動きを速めたりはしない。弾力性のある、敏感な皮膚の表面をゆっくりと時間をかけて刺激するのだ。口に含むのはそれからだ。車の速度が変わったので、わたしは運転の邪魔をしないように、体の位置を元に戻した。そして、控えめなリズムで相手を刺激し続けた。こんな状況で車に乗っていても、あまり危険は感じなかった。わたしにはそういう感覚がないのだ。記憶に残っている限りでは、そのときの経験はとても楽しいものだった。だが、その男性の部屋に朝までいるつもりはなかったので、他の人たちが帰って来る前に、別荘まで車で送ってもらった。外泊したくなかったからというわけではなく、そのときは、ただ、その人とどこかで時間を過ごしたかっただけだったからだ。たとえば、みんなの話の輪の中にいながら、自分の思考は空想の世界をさまよっている。そんなときは、目に見えなくても、他の人との間には垣根ができているものだ。そして、だれにもその垣根は越えられない。そういう感覚を味わいたかっただけなのだ。

これまで書いてきたように、わたしは、性欲やそれに関わることを自由意志からあるがままに受け入れてきた。また、前段で述べたように、グループの中から抜け出すようなこともやっていた。いずれにしても、わたしが自分の思うとおりに行動したのは、それとは逆に自分では自由にできないもの、つまり人との出会いの定めと戦うためだった。

男性との出会いは鎖の輪のようなもので繋がっている。一人の男性と知り合えば、ひとつ鎖の輪が繋がり、その次の鎖へと繋がっていく。またその次の鎖が三つ目の鎖を繋げていくのだ。思うとおりに行動しているといっても、わたしの場合はやり直しをするということはできない。一度、ある男性を無条件に受け入れることを承知したら、それを取り消すことはできないのだ。それはわたしにとって神にその身をささげることを宣誓する修道の誓いと同じことなのだ。

メトロや電車の中、あるいはエレベーターやカフェの化粧室で男性に声をかけられ、そこから情熱的な関係に発展したという話をよく聞くが、わたし自身はそういう場所で言い寄られた男性と関係を持ったことは一度もない。声をかけられても、すぐに話を打ちきってしまう。あまり感じが悪くならないように、冗談を言ったりして相手の気をそらすようにすると同時に、相手に関心がないことがはっきり伝わるように、あくまでも断固とした態度をとる。偶然ある人と出会って、それが肉体的な関係に至るまでには、相手を口説いたり、冗談を言ったり、まわりくどいことをしなければならない。それがわたしには煩わしいのだ。

たとえば、駅には、コンコースを待ち合わせに利用したり、電車に乗り降りする人たちが大勢集まってくる。それらの人たちは自分たちが利用する場所に最も卑しむべき人たち、つまり浮浪者がいてもまるで気にかけない。それと同じように、もし最も恥ずかしい行為、つまりそこでセックスをしていてもまるで気にかけないのだとしたら、わたしは動物が交尾をするように、そこでセックスをすることができる。実際には起こり得ない極端なたとえだが、それがわたしの流儀なのだ。しかし、わたしは、「冒険」を求めているわけではない。だれかに誘われて、それに応じることはめったにないし、ましてそれが全然知らない人だったら、誘いに乗ることは絶対にあり得ない。

ところが、電話で声を聞いて、いついつの夜に会いましたね、などと言われて相手の顔が思い浮かばないままにデートの誘いを受けてしまったことがある。それは、どんなときだったか思い出すのは簡単だ。日記を見るだけでいいのだから。あれは、オペラ座へ「ラ・ボエーム」を観に行った晩のことだった……遅れてしまったので、一場目が終わるまで待ってから、顔を思い出せない相手の隣の席へ暗闇の中を進んでいった。その男性は、何日か前、共通の友人の家で知り合ったと電話でいっていた（パーティで知り合った男性とどこか別の場所で出会う機会があっても、その男性の口から「乱交パーティ」という言葉が聞かれることは滅多にない）。舞台の照明だけを頼りにつかんだ相手の特徴は、頭が禿げていることと、頬がたるんでいるということだった。そんな人に会った覚えはまるでなかった。確かに彼がパーティに参加していたとしても、わたしとの接点はなかったのかもしれない。その男性は不安そうな目でわたしの顔をじっと見つめながら、腿の間に恐る恐る手を入れてきた。何だか疲れたような表情をしていて、それが顔から消えることはなかった。ときどき、ひどい頭痛がするといって、骨ばった大きな手で頭をマッサージしていた。わたしを愛撫するときも、それと同じような機械的な動作だった。わたしには少し物足りない、つまらない相手だった。それでもその男性とはそれから何度か会った。そのたびに劇場や高級なレストランへ連れていってもらった。そういう場所へ行くのは決して嫌いではなかったし、その男性との会話は、少なくとも劇場の座席案内係の女の子や、レストランの給仕、劇場や高級なレストランに集まってくる金持ち連中と話をするよりも楽しかったからだ。頭の禿げた、頰のたるんだ小男だったが、なかなかのインテリだった。

つい最近も、こんなことがあった。〈アート・プレス〉で電話交換手をしているオルタンスが、ある男性からの電話を取り次いできた。相手は、全然聞き覚えのない名前だった。

「あなたは自分のことをよくご存知だと、相手の方はおっしゃっているんです」

オルタンスがそう言うので、わたしは電話に出てみた。相手は言葉を慎重に選びながら、お互い秘密を共有しているようなことをほのめかした。その様子から、わたしはすぐに、相手はわたしの知らない人で、どこかで噂を聞きつけて自分もいい思いができるのではないかという下心から近づいてきたのだとわかった(同じように、展覧会の初日や、レストランへ食事に行ったとき、これまで会った覚えのない男性が話しかけてくることがある。わたしが、「会うのは今日がはじめてだ」と言うと、相手の男性は、探るような目で、必要以上に長い時間わたしをじっと見つめて、「そんなことはありませんよ。どこかで、お会いしているはずです」と言い張るのだ。そう言われると、わたしはその男性の顔ではなく、股間を見ていただけで、相手はわたしの顔をちゃんと見ていたのかもしれないと、つい思ってしまうのだった)。

わたしは、相手の要求に応じるつもりはないが、それが好感の持てる人なら、スケべ心でいっぱいの男性から突然電話がかかってきて仕事の時間を中断されても一向に構わない。そういう相手と話をするのが好きなのだ。おそらく、こうした男性が女性との肉体関係を享受していた時代は、一〇年、あるいは二〇年も前のことになるのだろう。それなのに、こと女性についてとなると、それがまるで昨日の出来事のような口ぶりで話をするのだ。彼らにとって、その頃に味わった悦びは、季節に関係なく咲く花のようなものなのだ。自分の体はすっかりしおれて、硬くなってしまっても、その花は温室の中で外界の出来事に影響されず、大切に育てられている。その花はいつでも傍にあって、自分の体を見るように好きなときに眺めることができるのだ。いずれにしても、わたしの経験から言うと、そういう男性は現実を直視すると、それには逆らわないものだ。電話での会話が続いていくうちに、お決まりの質問が出る。それは、魔法をかなえる呪文のようなものなのだ。

「きみは、もう、結婚したの」

「ええ」

「ああ、そう。それは、よかったね。ところで、今度、パリへ行くときには連絡するよ。そのとき会おう」

だが、もう二度とその男性から電話がかかってくることはない。

多くの女性は男性と肉体関係を持つようになるまで、口説かれたり、相手がいろいろな手段を講じてくるのを楽しんでいる。ところが、わたしはそういう期間はできるだけ短くしたいと思っているし、そういうことをされてどうして嬉しいと感じられるのかわからない――従ってそれを長引かせようとしたこともない――これから書こうとしていることを読んでもらえれば、その理由がもっとはっきりすると思う。一つは、相手に対する欲望が自分でも気づかないうちに深い愛から若木のように伸びていたときのことで、もう一つは――例外ともいうべき場合だが――比較的長い期間、だれとも肉体関係を持たなかったときのことだ。

後者の場合だが、しばらくだれともセックスをしていない期間も、遠まわしに誘ってくる男性はいた。だが、それだけでは、わたしには口説かれていることがわからないのだ。それは、自分の事務所で写真展を開催していたときのことだった。わたしにわかるようなはっきりした意志表示をしてくる男性がいないので、その期間中は肉体関係にまで発展するような相手はだれも現われなかった。そんなことはまったく予期していなかったので、わたしはその間中ずっとイライラしていた。まるでエレベーターの中にいるか、墓地で葬式に立ち会っているようだった。みんな前を向いていて、まわりの人には注意を払わない。そういう状況で、唇をかすめるようなキスをされたり、むき出しの腕にそっと触られたりしても、わたしはなにも感じない。レイアウトを広げたテーブルの上でしてくれるのならわかるのだが……。たとえば、喘息患者が暑い温室の中に入ったりすれば、まわりの人には、その人がどんな病気を患っているかすぐにわかる。そのくらいはっきりとした行動を起してくれないと、わたしには相手の欲求が読み取れないのだ。そのことは十分自覚しているが、微妙な意志表示をされても、相手の意志を察することができない。わたしのエロティックな生活がブルジョワ的になってしまったからだと思っているのだ。

前者の例は、まだ相手に会ったことのないうちから、声の印象で官能的な気持ちにさせられてしまったときのことだ。わたしがオペラ座へ行くときは、いつも音楽や観劇以外の理由からだった。それほど音には敏感ではないのに、心のどこかでジャックとセックスをしたいと思うようになったのは、彼の声に惹かれたからだった。ジャックの声は一般的に言う官能的な甘い声とは違っていた。ビロードのようななめらかな心地良さもないし、ハスキーな響きもなかった。はじめてその声を聞いたのは、電話を通してだった。ジャックが原稿を読み上げ、それをテープに録音したものを、電話で聞いたのだった。その電話を切ってからは、いつもジャックの声が体の中の小さな組織の末端にまで響き渡っているような感じがした。わたしはジャックの声にすっかり夢中になってしまった。ゆっくりと話す声の調子から穏やかな人柄が目の前に浮かんでくるようだった。声の印象からはっきりとしたイメージが伝わってきて、まるでその人が光の中に佇んでいるように、キラキラと輝いていた。そして、「こっちへおいで」というふうに、手招きをしていた。それからしばらく経って、また電話でジャックの声を聞くことができた。しかも、そのときは本人からの電話だった。わたしが担当しているカタログの、ジャックの作品が掲載されているページに間違いがあることを知らせてきたのだ。ジャックは一緒に間違いを直す手伝いをしようと申し出た。わたしたちは何時間も小さな事務所の中で互いに数センチしか離れていないところまで接近して仕事をした。ところが、わたしは自分がミスをしてしまったことにすっかり困惑していて、間違いを直すことしか頭になかった。ジャックは親切だったが、わたしに好意を持っているような印象は受けなかった。やっと仕事が終わると、ジャックは自分の親しい友人の家で夕食を食べようとわたしを誘った。食事の後、わたしとジャック、それにジャックの友人たちも一緒にソファ・ベッドの上に横になった。ベッドが狭いので、完全に体を伸ばすことができず、不自然な姿勢をとらなければならなかった。そのとき、ジャックがわたしの手首の内側を人差し指で愛撫した。それは思いもかけないことだった。はじめはびっくりしたが、だんだん快い気分になってきた。しかも、驚いたのはそれだけではなかった。ジャックは、体のほかの部分を使って、わたしの体を愛撫し続けた。それからわたしは、ジャックのアパルトマンへついて行った。朝になって、ジャックはわたしが今までだれと寝たことがあるのかと聞いた。

「世界中の人よ」

わたしがそう答えると、ジャックはこう言った。

「なんてことだ。世界中の男と寝るような子を好きになっちまったのか」

告白することの快感

わたしは自分の性生活の広がりや好みについて隠しはしないが、わたしの両親はそうではなかった（子どもの頃、わたしにとって「新婚初夜」という言葉は曖昧で、なにを意味するのかわからなかった。母はその日を迎えたら、そのときに心配すればいいことだ、ぐらいのことしか教えてくれなかった）。わたしは漠然とだが、だんだんと人生のそうした面がわたしにもたらすものを理解するようになった。いろんな可能性がわたしの中で大海原のようにどこまでも広がっていくような幻想が生まれた。その反面、新たにさまざまな束縛も受けることにもなった（面倒な仕事を引き受けなければならなかったり、仕事のせいで不安を感じたり、お金がなくて苦労したり、それ以外にもなにか問題が起こったり、家族間のトラブルやほかの人間関係でうまくいかないことがあったりと実にさまざまだった）。しかし、どんな状況にあっても、相手がそれを望んでいるのであれば、どんな人とでも肉体関係を持つことができるという自信が芽生えた（わたしの主義では、相手が望んでいるか、いないかだけが、重視すべき境界線なのだ)。その頃のわたしの心境は、狭い桟橋を端まで歩いていって、広い外海の空気を胸いっぱいに吸いこんだときのような気持ちと同じだった。だがもちろん、だれとでも自由に関係を持つことができるといっても、やはり現実には限りがあった(ほんの一部の人とのつながりの中に、行動の範囲が限られていたからだ。もし、本当に、何の制限もなく、だれとでも関係を持つことができたとしても、わたしはやはり限られた範囲の中で行動することしかできなかっただろう)。

セックスに関するこれまでの経験から言うと、可能な限り多くの人と関係を持つためには、できるだけ行動の範囲を広げ、すぐにでも目的を果たせるように、相手をその気にさせる言葉も、手段も、なるべく短く、早く切り上げる必要があった。「わたしはここにいるわ。あなたの傍に。あなたたちの傍に」そう言いながら、わたしはベッドから抜け出し、次に待っている男たちを部屋に迎え入れるため、ドアをほんの少し開けておくのだった。

最初はなにも起こらなくても、相手のさりげない行動から何となくその気があるようなところが読みとれる場合がある。そのようなとき、わたしは三、四回くらい会ってから、思いきって相手を名前で呼んでみる。もし、それで確信が持てたら、セックスをすることのできるどこか変わった場所へ行かないかと誘ってみる。そうやって相手の反応を見る。前にも書いたとおり、わたしは熱心に誘うことはしないし、誘いかける行動も取らない。子どもっぽい倒錯趣味を持っている男や身元の確かな相手にしか声をかけないような人物には近づかないようにしている。わたしには自分なりの理論があって、常にそれに忠実であるように慎重に行動している。それには三つの段階を設けている。まず、新たにだれかと肉体関係を持つ場合には、自分自身を守るために、これまでのセックス・グループとのつながりの範囲内でしかアプローチしない。次に、相手がそのグループに属しているかどうかを確かめる。最後に、相手の反応によっては、相手の好奇心を打ち消して自分の身を守る。

セックスをしているときに、わたしにいろいろ質問してくる相手は、当然のことながら、どんなふうに感じたかとか、どんなことをしたのかとか、やたらと細かいことを聞きたがるものだ。おかげで、わたしはだれと寝たか具体的に名前を挙げ、どんなところで、何回ぐらいセックスをしたのか言わなければならなかった。相手が知りたがっていることにいい加減に返事をしていると、すぐに「あいつとは寝たのか」と聞いてくる。相手が興味を持っているのは、わたしがだれと寝たかということだけではない。「あいつのものを出したとき、亀頭はどんな色だった。茶色、それとも、赤？そいつを股の間に挟んでしごいてやったのか。それとも舌？ 指？ あいつのケツの穴に、何本指を突っ込んでやったんだ」さらにそのときはどんな状況で、どんな場所で、どんなものが置いてあったのか、ということまで細かく質問される。

そこで、わたしはこんなふうに答えるのだ。

「ボブール（旧パリ中央市場の一区画で、ポンピドー・センターがある場所）通りのアパルトマンへ行ったの。床にはムートンのカーペットが敷き詰めてあったけど、セックスしたのはマットレスの上だったわ。あの人、そこへわたしを引っ張っていったの。すごくそっけない態度でね」

「あの人、ジョニー・アリデーの公演でガードマンをしてるの。だから、わたしも、いつも舞台の隅っこで見せてもらっているのよ。舞台の袖だから音がすごくて、お腹に音が響いているような感じがするわ。それから一緒にメトロで帰るの。ハーレーは後ろのサドルがなくなっちゃったから使えないの。あんなのに乗ったら、体の芯まで痺れちゃうわ。そうしたら、セックスするときには、もうあそこがグレープフルーツを割ったみたいに全開になっているでしょうね」

　相手がどう思っているか、ということに関する質問も、単純なものなら簡単に答えることができる。

「あいつは、きみのことを愛していると思う？」

「うーん、そうね……」

「おれは、そう思うよ」

「そういえば、このあいだ、朝、ねむったふりをしていたら、『カトリーヌ、愛してるよ。カトリーヌ、愛してるよ』ってあの人が囁いていたわ。同時にお腹の底から息を吐くような音も聞こえたんだけどね。キスをするときのような、優しい吐息なんかじゃなかったわよ。昼寝をしていた大きなネコが、飛び起きたみたいな感じだった」

相手の気持ちに関する質問は、わたしが他の男性と関係を持ったら相手が嫉妬するか、ということに発展する。

「きみがみんなとセックスしていることを、あいつは知っているのかい。焼き餅を焼いているんじゃないか」

だれかと付き合っている最中に、他の人と関係を持つときは、だいたい相手の仕事場でセックスをすることが多い。ハイテクの機材が並んだアトリエでペニスを見せられたこともある。その男性は、女性用のパンティのようなフリルのついたブリーフをはいていた。下着の割れ目からそれが出てきたときには、まるで花冠から大きなめしべが顔を出したようだった。——禁欲的な環境に加えられたバロック的なタッチだ——その男性はそんなことをわざと面白がってやっているのだった。付き合っている相手には、何度もその話をさせられた。しかし、おかしなことをするなとか、もうその仕事仲間に会ってはいけない、とは言われなかった。

わたしは、男性に会いに行く前にちょっとだけマスターベーションをするのが癖だった。朝目が覚めたときでも、事務所でも、どんな姿勢でもかまわない。すると何度でも喜びが訪れるのだった。マスターベーションをするときは、起こりえないような冒険を思い描くことはないし、頭に思い描いた場面がいつのまにか現実の出来事を越えてしまうというようなこともない。前のページで、注意を促したように、空想の世界と現実の世界は、よく似ている場合でも、わたしにとってそれぞれ独立したものなのだ。それは、現実の風景とそれを描いた絵画ほどの違いがある。絵画にはそれを描いた画家の思いがこめられているが、現実の風景にはそれはない。逆に絵画に描かれた風景は、木が伸びることもなければ、葉が落ちることもない。画面を通して、いつも変わらぬ風景を鑑賞することができる。乱交パーティのときには、他の男性とさんざんセックスをした女性を相手にしたがる男性がよくいる。そういう男性は必ず前の相手がどうだったか詳しく聞いてくる。

「ついさっき、大きな声を出していたね。あいつのがすごく大きかったからかい。ねえ、教えてくれよ。そうなんだろう。無理矢理入れられたんじゃないの。それとも、大きいのが好きなのかい。あいつにすっかり夢中になっているようなふりをしていたね。いや、ごまかしたってだめだよ。ちゃんと見ていたんだから」

わたしはそんな質問には答えないつもりだった。だが、そんな気持ちとは裏腹に、こんなふうに素直に答えてしまう。

「そんなことないわ。だって、あの人のが好きなんだもの」

わたしはもともと几帳面な性質で、何にでも真面目に答えてしまうのだ。あの頃は、まだ状況に応じて自分の性格を変えることができなかった。それに何度も同じ質問をされて、疲れてしまっていたせいもあった。

しかし、普通セックスをしているときは、むしろ人のことをあれこれ聞くことは避けるものだ。そして質問をする人は、トランプで城を組み立てるように、一つ一つ慎重に言葉を積み重ねていく。質問する側も、答える側も、話の内容がきわどい打ち明け話になったり、興味本位であまりにも不躾なことを言ったりして、せっかく組み立てた城が崩れてしまわないように注意する。そうしてゆっくりと、会話が進められていくのだ。ある友達と、その人が自分で改造した小さな車でドライブをしているときだった。その友人は運転しながら、何気なくわたしにこんなことを聞いてきた。

「乱交パーティに参加するようになったのは、いくつのときだった。パーティには、どんな人が来るんだい。お金持ちの人？　女の子はたくさんいた？　一晩で何人くらい相手にした？　いつも快感を得られるの」

わたしは事実を答えた。すると、その友人は歩道の脇に車を駐めた。わたしに触れるためではなく、質問を続けるためだった。表情は穏やかで、道路の端のさらに向こう側をじっと見つめていた。

「複数の男性を、同時に受け入れたことがある。たとえば、性器と口の中とか」

この質問にもわたしは正直に答えた。

「それが理想ね。両方の手にもそれぞれ握っていると、もっといいわ」

その友人は、ジャーナリストだった。結局、これが縁でその友人が編集に関わっている雑誌にわたしのインタビュー記事が掲載されることになった。

わたしのごく身近な人たちの間では、言葉で興奮をかき立てるようなことをすることがある。場所は仕事の集まりでもパーティでもかまわない。たとえば、招待客が大勢集まる新築祝いなどで、その場に合わせたやり取りをすることで、クラブのメンバーはお互いに親近感を持つようになる。あるアトリエのお披露目パーティのときだった。たくさんの人が広いアトリエの中を座ることなく行ったり来たりしていた。

「きみがあんなにイッてたというのはあの男かい。そんなにひどくはないけど、たいしたやつじゃない。あいつのどこがそんなによかったんだい」

わたしはその男性と実際にセックスをしたわけではなかった。だが、わたしは返事をするかわりにうなずく。確かにその人物はさえない男性だったが、その集まりの中ではましな方だったからだ。

わたしはあちこち移動するのが好きで、さまざまな場所に顔を出していた。そうすることで男性の数を増やせるのだ。そうすれば知らない相手を誘うこともない。ところが、ある人がわたしのそばへやって来て、こんなことを聞く。

「あの、ヒッピー風のチュニックを着ているやつはだれだい。すごいダサいやつだな」

　その男性に対する批評はさらに続き、わたしがその男性と何夜か過ごしたことがある、という想定で話が進められる。話の中で、わたしたちははじめからシックス・ナインの姿勢で、何時間もお互いをしゃぶり合った。そのときわたしはものすごく興奮し、自分の胸を相手のゴムみたいな感触のお腹にこすりつけたのだった。

「そうか、きみは太鼓腹の男が好きなんだ」

「わたし、いつか乱交パーティでレイモンド・バーに会いたいと思っていたのよ！……お腹の出た男の人ははっきりいってあんまり好きじゃないけど……。それに、あの人、一度も歯を磨いたことがないんじゃないかと思うわ」

「ひどいことを言うな。ところで、あいつは結婚していたんじゃなかったのかい」

「奥さんの写真を見せてもらったわ。びっくりするくらいブスよ」

　話が進むうちに、わたしもだんだん調子に乗って興奮してくる。それでも声の調子はいつもと変えず、少しずつ詳しい話を継ぎ足していった。その男性が不潔なことや、結婚相手の女性までが醜いことなどを想像して、どんどん話題を膨らませていった。だが、それと同時に、話をしている相手がちょっと憎らしくなってくる。

「あいつと舐め合ったんだって？　それからどうしたんだい」

「あのひと、うめき声を上げたのよ。そんなところ、想像できる？……わたしが、あの人を舐めてたときにね……セックスは後背位でしたわ。あのひとのお尻、真っ白なのよ……わたしが、そこに鼻を突っ込んで舐めているとき、アヒルみたいにお尻を振っていたわ。その後、今度はわたしのほうが四つん這いになって……。イクのは早かったわね。何回か突いてきただけよ。そういうの、何て言うんだったかしら。でも、相性はぴったりだったわよ」

話題の主とわたしが一度も関係を持ったことがないのは、質問してくる当人も知っていた。その人はただセックスに関する話題が好きなだけなのだった。話のネタになっている男性のほうは、わたしにこんな質問をしてくるような人ではなかったが、わたしたちの会話を聞いていた。なぜこんなことをするのかというと、要するに、それまで顔を合わせたことなどなくても、話が終わればお互いに名前で呼び合うようになり、友達同士になれるからなのだった。それで、仲間に溶け込むことができるのだ。

わたしはもともとセックスに関してまわりくどいことはせずに、すぐ実行に移すほうだったが、人との付き合い方がわかってくると、それがもっとうまくできるようになった。いろいろ試してみて、最初の出会いでは、三人で話をすると、お互いの話を受け入れやすいことがわかった。三人ならわたしも会話に参加することができる。前のページで書いたように、三人いればそのうちの一人を話題の中心にすればいい。そして自分がその人と軽いペッティングをしているところを想像する。すると、頭の中にいろいろなイメージがわいてくる。実際にあったことや、相手について知っている本当のことを話に加えることはあっても、それだけで話を進めることは絶対になかった。そのときの印象から頭に思い浮かんだことが、必ず付け加えられていた。

ジャックとはじめて話をしたときには、二人きりで会ったので、わたしは一人でなにもかも想像しなければならなかった。一人で考えてうまく話が進んだことも多少あるが、いくつかタブーを犯してしまったことが後になってわかった。わたしたちが愛し合って、一緒に暮らすところを想定して話をはじめたのだが、セックスの描写のところで、ジャックの小説を一、二度そのまま引用してしまったのだ。わたしの思考自体が、彼の作品に影響を受けていたせいだった。もっとも、頻繁に肉体関係を持ち、しかもその関係が長続きした男性の中で、そんなふうにわたしが想像を広げて話をしているときにすぐにそれを遮ってやめさせた人が二人いた。二人の間で話題にするいろいろな要素の中で、相手の男性が知りたくないと思っていることが何なのか、曖昧にしておきたいことは何なのか、わたしにもだんだんわかるようになってきた。

いつも気持ちを落ち着かせ、冷静でいられる人のほうが、自分の感情をすぐ爆発させてしまう人よりも、相手から嫉妬の感情を向けられても上手に対処できるようだ。人間にとってもっとも寛大であり、もっとも誠実であることは、肉体の喜びを共有することに理解を示すことなのだ。相手を許せないという気持ちがあっても、それを表にいっさい出さないようにすることが大切なのである。嫉妬という感情は、はじめは心の奥底でさざなみが立つようなものだ。それが泡になって、さらに心を苛み、密かにそして確実に、だんだんと大きくなる。その頃には、自分で感情をコントロールすることができなくなっている。そして、ある日突然、嫉妬の感情が、洪水のように一気に噴き出してくる。そうなると、自分の意識は、嫉妬の渦に飲みこまれてしまう。平静であろうとしても、何度も何度も冷静な自分の姿を頭に思い描いても、自分ではどうすることもできなくなってしまう。わたしは、他の人が嫉妬の感情に苛まれている姿を見て、そうしたことを学んだ。

わたし自身についていえば、だれかに嫉妬の感情を向けられると茫然自失状態になってそれに対抗する。相手の感情がどんなに激しく攻撃的であっても、わたしは死んだような状態になって、心には何の感情も起こらない。わたしはヴィクトル・ユゴーの作品を読んで、そこに父なる神のあの言葉を見つけるべきだった。そうすればこの茫然自失の状態は、子どもがなにも分からなくなると自分の殻に閉じこもってしまうのと同じ状態だということが分かっただろう。それはごく自然なことなのだ。「理解するということは、子どもにできることではない。子どもはただ、心の中で恐怖が大きく膨らんでいくことを〝感じ取る〟だけなのだ。それを意識できても、どんな感情なのか理解することはできない」ある日、わたしはこの文章を、ユゴーの作品『笑う男』の中で見つけた。それが、まさに、わたしの茫然自失の状態を言い表している言葉だった。最高潮にまで達した嫉妬の感情を相手からぶつけられたとしても、それを受け止める側が、わたしのようになにも感じなければ、どんな感情でも受け流すことができるはずだ。つまり、嫉妬を理解しないということは、相手の嫉妬の感情そのものを受け入れることさえできないということになる。

そのとき、わたしはノートル・ダム・デ・シャン地区のラス・カズ通りへ続く道にいた。わたしは側溝の中で殴られ、踏みつけられ、立ち上がると、首や肩を突き飛ばされて無理やり歩かされていた。昔、学生寮にまだ懲罰房があったころ、いたずらをした学生がこんなふうに懲罰房に引きずられて行ったのだろう。その夜、わたしたちは乱交パーティにくり出したのだったが、セックスに至るような展開はなにもなく、いっとき騒々しい連中がその場を盛り上げただけだった。その中に一人だけ目立つ男性がいた。その男性はわたしを明かりもついていないサロンに連れていくと、長椅子の上に寝かせ、耳を舐めまわして耳の中を唾液でいっぱいにした。わたしを殴ったボーイフレンドはそれまでわたしを乱交パーティに連れて行ってくれた男だった。殴られた拍子に落としてしまった装身具を見つけようと空しい希望を抱いて、わたしは夜も更けた道をたどり直した。そのときわたしの頭にあったのは、ボーイフレンドの嫉妬ではなく、失った宝石のことだけだった。

また別のときに、相手のことをよく考えもしないであれこれ詳しい話をしてしまったことがあった。このときは殴られる程度のことでは済まなかった。相手はもっと手荒な手段を講じてきた。わたしがうつ伏せになって寝ているときに、右の肩を剃刀で切りつけてきたのだった。幸いなことに、相手は事前に剃刀の刃をキッチンのガス台の火であぶって消毒していたが、そのときの傷跡は残ってしまった。その跡は、ばかな話をしてしまったことを諫めるかのように小さな口の形になっている。


わたし自身もときには嫉妬を感じることがある。知的好奇心や仕事上の好奇心を満足させるためにセックスを利用する場合は、相手がだれを愛しているかとか、だれと結婚しているかといったことがまったく気にならない。無関心であると同時に、結婚していることに対して相手を少し軽蔑してしまうこともある。

生活をともにした男性の中でわたしが嫉妬を感じたのは二人だ。ふしぎなことに、嫉妬の原因はそれぞれ違っている。わたしはクロードが自分よりもきれいだと思う女の子に声をかけるのを見ると、いつも胸が苦しくなった。わたしの特徴である目立つ性格は判断の対象に入れなくても、体を総合的に評価するとしたら、わたしは醜くはない。だが、セックスのときには、傍から見て、これ以上文句のつけようがないというくらい完璧な状態になりたかった。それが実現できなくて、本当に口惜しくて仕方がなかった。わたしはフェラチオがプロ並に上手になりたかったし、どんな乱交パーティに出席してもいちばんにセックスをはじめたいと、心底から思っていた。外見的に不満なところは、背が低いとか、目が鼻に寄り過ぎているとか、他にもいろいろあった。

わたしはクロードの好きなタイプの女の子が、どんな顔立ちをしているか詳しく知っていた。顔の形は三角形で、髪は秘書風にまとめ、華奢な上半身に、円錐形の胸と丸みのある肩、澄んだ瞳はわたしと同じこげ茶色で、こめかみのところがすべすべしていて、人形みたいな頬をしている。他にもまだあるが、だいたいこんな感じだった。セックスに対する自由な考え方とはかなり矛盾するが、わたしはクロードが自分よりもその理想に近い女の子を誘っているのを見ると、言葉では言い表せないくらい胸が苦しくなった。あるとき、ヒステリーを起こして大声で泣き喚き、ポール・リシェーのデッサンにあるようなひどい醜態を演じたのだった。

ジャックに対しては、自分の存在を消したくなるくらい強烈な嫉妬の感情を抱いてしまうことがある。自分の留守中に、だれか女性がやって来たのではないかと思いこみ、家の中での何気ない光景に女性のお尻やその性器の部分までもが想像されてくるのだった。そして、それが体の全体像になり、今度はさまざまな生活のシーン――車を降りてステップに脚を置いたときや、枝葉模様のソファ・カバーの上に寝転んだとき、お腹を流し台の仕切りの板にぴったりくっつけながらカップを洗っているとき——に登場する。自分のオートバイのヘルメットに違う女性の髪の毛がついているだけでも、胸が締めつけられるように苦しくなり、もっとも絶望的な方法でその痛みを静めてしまいたくなる。

そしてこんな場面を想像するのだ。なにか証拠になるものでも見つけてショックを受け、家を飛び出し、ディドロ通りを抜けてセーヌ川まで辿り着き、そのまま川に身投げをする。あるいは、力尽きるまで歩きつづけ、病院に運ばれ、気づいたときには言葉も記憶もなくしてしまっている。それほど悲壮ではない逃げ道として、激しいマスターベーションをすることがあった。なるべく長くマスターベーションが続けられるように、頭の中でまずセックスの場面を思い浮かべ、話の細かい内容を考えた。そしてどんなときにどんな台詞を言うかを想像する。場所が空き地だったり、相手が商品の配達係だったりすると、話の展開が思いがけない方向に進んでしまうので、男性はジャックだけで、あとは女の子を一人か二人登場させるだけにしていた。頭に描くシーンは、自分の想像で作り上げていくところもあれば、ジャックの手帳をこっそり盗み見て、そこからイメージしていく部分もあった。ジャックはセックスのことに関して、手帳に細かなことまで書いていたからだ。

場面はこんなふうに展開する。場所は高架下に停めたオースティンの狭い車内。女の子は、頭をジャックのお腹のところにのせて、高価なガラス玉を扱うように両方の手でそっと男性自身を刺激している。精液が溢れだし、女の子はしゃっくりをしてから、ためらいがちにそれを喉の奥に流しこむ。また別のときには、長椅子の上に女の子が寝そべっている場面を想像することもあった。女の子はマッシュルームのような大きな白いお尻を堂々とさらけ出している。するとジャックが、欲情をむき出しにしてその女の子に襲いかかるのだ。あるいは立ったままのときもあった。女の子がスツールに片脚を乗せて立っている――生理用のタンポンを使うとき、この姿勢で挿入する人もいる――ジャックは、女の子の腰をしっかりとつかみ、爪先立ちで体をぴったり重ねるようにして、後ろから女の子の体の中に入り込んでいく。頭の中でジャックが射精をすると、同時にわたしの快感も絶頂に達するのだった。そして、射精した瞬間の引きつったような、アンバランスなジャックの表情が目の前に浮かんできた。こんなふうにマスターベーションをすることで、わたしは自分の気持ちを抑えることができた。空想の世界に嫉妬の対象であるジャックを中心人物として登場させ、自分の思うとおりのことをさせる。すると、主人公が当事者なので、よけいに空想に夢中になってしまうのだった。

わたしはたった一度だけ売春をしようとして失敗したことがある。そのことに触れずに、この章を終わらせるわけにはいかない。というのはこれまでセックスに関わることを書いてきたが、このままでは蚕の繭に包まれているようで、はっきりしない部分があるからだ。「マダム・クロード」の話を聞いたときも、わたしは例によって高級娼婦の世界についてあれこれ自分勝手に空想してみた。わたしは「昼顔」でカトリーヌ・ドヌーヴが演じた役に憧れていたが、もしわたしがあの役の女性だとしたら、あの種の交渉をあんなふうに控え目にはできないだろうと思った。

そんなときリディアの噂を聞いた。わたしが知っている女性の中で、乱交パーティのときに男性に先んじて行動を起こすことができたのはリディだけだった。そのリディがパレルモの売春宿で数日間客をとっていたという。豪華なパーティを恋人に開いてやるために、お金を稼いでいるというのだった。その話はにわかには信じられない驚きだった。なぜそんなに驚いたのかを説明するためには、自分は気が小さくて、生まれつきの性格は控え目なほうだからということで十分だろう。

金銭が目的でだれかと肉体関係を持つに至るまでには、言葉を交わしたり、身振りでなにかを伝えたり、いずれにしてもかなりやっかいなことをしなければならない。それは普通の会話みたいに行われなければならないし、わたしが避けたいと思っている相手を誘う前置きと同じように面倒なものだ。金銭が目的でも、そうでなくても、相手の言葉や態度をよく理解しなければ、自分に与えられた役をうまく演じることはできない。ところがわたしの場合は、最初に会ったときから、相手の体に神経を集中させてしまう。次にはもう相手の肌のきめや、とくに皮膚の色に自分がなじめるかどうかを見極めようとする。あるいは自分の体との相性はどうか探るのだった。はっきりと自分に合うことがわかると、相手への関心がだんだん高まっていく。それからわたしは、自分がその人に対して誠実な気持ちを抱いていること、そして二人の関係を長続きさせたいと思っていることを伝える。そうなるともうお金を要求する余地などなくなってしまうのだ。

それでもわたしは一度売春を経験してみたいと思っていた。そこで高校時代の古い友人に一役買ってもらうことにした。その友人は、客をとれる女の子を探している女性がいるので、その人に一度会ってみてほしいとある知り合いから頼まれたのだった。友人は自分では行くつもりはなかったが、わたしが興味を持つと思ってその話を教えてくれた。その友人の考えでは、いきなり客の男性と会うよりも仲介役の女性に会ったほうが、「影響が少なくてすむ」というのだった。

わたしはまずその話を持ち込んできた友人の知り合いという男性に会うことになった。待ち合わせのモンパルナスのカフェに現われたのは、三五歳くらいの、一見したところ不動産業者風の男性だった。相手のことを完全に信用していたわけではないので、念のため男友達が遠くからわたしたちを見ていてくれることになっていた。そのとき、どんな話をしてどんな取り決めをしたかについては、今ではまったく覚えていない。その男性は、これから引き合わせてくれることになっている女性について用心しながら話し出した。わたしは男性の話を聞きながら、仲介役の女性のことを歳をとったコールガールとして頭の中に思い描いていた。髪はすっかり白くなって、身につけている下着も少し弛んだ感じで、体にぴったりと張りついていない。毛羽立ったベッド・カバーの上に寝そべり、まわりには静かだが、威圧的な雰囲気が漂っている。そんな場面が思い浮かんだが、売春をする場所についてはまるで想像がつかなかった。

その男性はわたしをジュール・シャプラン通りにある、一軒の小さなホテルに連れていった。その通りに小さなホテルがたくさんあることはわたしも以前から知っていた。わたしは恥ずかしくて、おどおどしていた。ところがそのホテルに入ってすぐに、その男性にはわたしに仲介役の女性を引き合わせるつもりなどないことがすぐに分かった。カフェで話をしていたときにはその男性があまりいろいろなことをしゃべっていたので、わたしの思考はすぐに空想の世界に飛んでしまって、そこに入りこんだままだった。おそらくそのせいでホテルに着くまで相手の真意が読み取れなかったのだろう。

しかし、ホテルの部屋は温かくて快適だった。わたしをホテルに連れてきた男性は天井の照明がついているのに、さらに枕もとのランプを二つもつけた。そしていきなりズボンのファスナーを下ろすと、フェラチオをしろとわたしに命令した。その口調は、混雑したメトロの車内で、だれかに押されたときに逆に自分のせいだと言われて言いがかりをつけられたような感じだった。それ以上横柄な態度をとられるのは嫌だったので、わたしは拒絶せずに、相手の言うとおりのことを実行した。男性はサテンのような艶のあるベッド・カバーの上に横になった。男性自身は勃起して、しっかりと硬くなっていたので、扱うのは簡単だった。わたしは、男性の腰のあたりに、床と垂直になるように膝をついた。フェラチオをするときは、この姿勢がいちばんやり易かった。ときどき顔を上げて息を吸った。疲れたからではなく、呼吸を整えるためだった。それから早くことが終わるようにリズムを早めていった。

頭の中は混乱して、いろいろな思いが駆け巡っていた。仲介役の女性に会わせてもらえるのかどうかもう一度聞いたほうがよかったのだろうか。フェラチオをするのにお金を要求したほうがよかったのだろうか。お金も要求しないうちにしてはいけなかったのだろうか。相手がわたしの反応を待っているとき、なにを言えばよかったのだろう。わたしが刺激を与えると、相手は素直に若々しい反応を示し、くつろいだ顔を見せた。それがフェラチオを要求したときの態度とあまりにも対照的だったので、わたしは唖然としてしまった。虫の好かない男性にフェラチオをして相手が絶頂に達することを見たのは、この一回きりだ。ホテルを出るとき、わたしは部屋の中をじっくりと見まわした。文句のつけようのないきれいなベッド・カバー、結局一度も座ることのなかった椅子、シェード・ランプが置いてある以外、ほかには塵一つ落ちていないナイト・テーブル。そうしたものを一渡り見渡した。その後、わたしは最初に待ち合わせをしたカフェのテラスへ戻った。

男友達はそこでわたしを待っていた。男友達はついさっきまでわたしが口いっぱいに何かを頬張っていたことにすぐ気づいた。わたしは否定しようとしたが、隠しきれなかった。というのは、相手が早く絶頂に達するようにと急いでフェラチオをしたために、唇の内側がすっかり腫れてしまっていたからだった。ペニスを口の中で絶え間なく上下に動かすときには、ペニスを傷つけないように唇を内側に丸め込んで歯を包みこむようにしなければならない。その方法でフェラチオをしたせいで、唇を歯で傷つけてしまったのだ。

「唇がものすごく腫れちゃってるよ」

友達はそういってわたしをからかった。不動産業者風の若い男はわたしの跡をつけてきていた。そしてわたしたちを見つけると、一杯食わされたと口汚く罵った。わたしには何をいっているのかよく分からなかったが、相手はそれ以上は何も言わなかった。

わたしはすぐ相手の意のままになって、簡単に自分の体を許してしまう。自分が得をするにはどうしたらいいか、まるでわかっていない。そう言われて、よく人にからかわれた。わたしにも経済的に余裕のある男性と付き合った経験がある。だが、わたしには物をねだる才能がないのだ。なにか物を手に入れるためには、それが欲しいということを相手に示さなければならない。それがわたしにはできないのだった。一国の元首というものは、各国の大使や外国の国王からの贈り物について一覧表を作ったりしているのだろうか。作っていると仮定して、わたしも同じように自分が貰ったものをここでひとつひとつ挙げてみることにする。といっても内容はひどくお粗末なものになるだろう。

一度も履いたことのない、スパンコールをちりばめたオレンジ色のストッキング。ベークライト製の大きなブレスレットが三つ。オフ・ホワイトで網目模様のショート・パンツ。これは一九七〇年冬のプレ・タ・ポルテで発表された当時の最新モデルで、お揃いのチュニックもついている。それからベルベル人（北アフリカに古代から住んでいる人種）の本物のウェディング・ドレス。雑貨屋で買ってもらった安物の腕時計。八〇年代はじめに流行した特殊な幾何学模様のプラスティックのブローチ。「ゾロタ」のネックレスと指輪が一つずつ。残念ながら、これは二つともすぐ色が褪せてしまった。角のところに真珠がちりばめてあるパレオ。ゴムでできた日本製の張形。それから、膣に入れておくと、歩いているとき気持ちがよくなるというメタリックの小さな玉。だが全然効果はなかった……。イブ・サンローランのブティックでドレスを買ってもらったこともあった。これは、わたしがはじめて着たドレスだった。イブ・サンローランのブティックでは大判のバスタオルも手に入れた。

それから、物ではないが、ただで歯の治療をしてもらったこともある。丁寧に手入れをしてもらって、治療費はかなりの金額になったはずだが、とうとう一銭も払わずにすんだ。タクシー代や航空券のチケットをくれる人もたくさんいた。ある人はわたしにこう言った。「きみはまるで迷子みたいだね。おかげで、ぼくはどうしてもきみに一〇〇フラン札を渡したくなってしまうんだよ」それはまだわたしが若い頃だったが、男性に与える印象はそれからも変わっていないようだ。もちろん男性から何かをねだろうとしている女性は、わたしに対してそんな印象を抱くことはない。だが、男女の関係をまだ金銭に結び付けて考えたことのない若い女の子は、ポケットのおこづかいをわたしにくれようとしたりするのだった。今挙げた中にはジャックから贈られたものは入っていない。ジャックとわたしの関係は、これまで列挙してきたプレゼントをくれた人との関係とは本質的に違っているからだ。アーティストから贈られた作品についてもここでは触れていない。それでも、わたしの仕事に対する好奇心は、常に男性との肉体関係と結びついていた。アーティストが恋人のときには、セックスがわたしの美術批評に影響を与えることもあった。

一度しかしないこと

一生を通じていつも同じやり方でセックスをする人はいないはずだ。セックスは愛情の状況に応じて変わるべきものだ――たとえあなたの欲望がたった一人の人間に導かれるものだとしても――あるいは、引越しをしたり、病気になったり、職場や学校、または研究に携わる場所が変わったりして、自分を取り巻く環境に変化があった場合には、それがすぐさま愛情生活を左右することがなくても、相手が変わったときと同じように、セックスに対する考え方や対処の仕方に影響を与えることがある。なぜなら、それは自分が競技をするフィールドを替えたことになるからだ。わたしは多くの人と肉体関係を持ってきたが、それに歯止めをかけるきっかけとなった出来事が、これまでに二回あった。一度は、わたしとジャックが同棲しようという話になったときのことだった。共同生活において、わたしたちは、絶対隠し事をしないこと、嘘をつかないこと、この二つをお互いに確認し合った。ところが、それまでわたしはジャックの気に入らないようなことをさんざんやってきていた。そこで他の人とセックスをする機会を一回か二回減らし、乱交パーティに行く間隔をなるべくあけるようにした。それまでわたしは自分の行動について罪悪感を覚えたことはなかったが、セックスに関わる時間が少なくなってみてはじめて、それを自覚するようになった。おかげで、いっそうジャック以外の人と肉体関係を持つ機会が抑制された。何か物足りない感じはしたが、それが現実なのだった。

二度目のきっかけになったのは、ある乱交パーティがあまりに月並みで、わたしにとって拷問のように感じられたことだった。それが一つの転換になった。その日、パーティの会場にはあるカップルが来ていた。女性のほうは有名なニュース番組の進行役で、歌手でもあった。二人はまるで「市民ケーン」の登場人物のパロディのようだった。わたしはそのカップルと一緒にセックスをしたことはなかったが、男性のほうとはしたことがあった。会場は二つの部分にはっきりと分かれていた。一つは寝室で、もう一つはシャンデリアの明かりが灯ったサロンだった。サロンの真ん中には変わった形のソファが置いてあった。わたしはそのソファの上に横になっていた。明るい部屋のほうが好きなせいでもあったし、普通はそのほうが賑やかだったからだ。パーティの主催者は男性モデルで、贅肉のないしまった体つきをしていた。そのプロポーションと同じく、均整のとれたがっしりとしたペニスがわたしは好きだった。ところが、会場にある変化が起こった。寝室のほうで、ベッドの羽根布団に若い女性が潜りこんで、まるで赤ん坊が揺りかごの中で手脚をばたつかせているように、体をしきりに揺すって暴れ出したのだ。まわりをだんだん人が取り囲み、その女性の姿は集まった人の背中で見えなくなった。そして女性のうめき声が会場のアパルトマン全体に響き渡った。そういうふうに過度に自分の感情を体で表現されると、わたしはかえってしらけてしまう。じっとその光景を見つめていた人が、「あの子は大いに楽しんでいるみたいじゃないか」と言ったが、その言葉がわたしにはとてもばかばかしく思えた。

わたしはソファへ戻ってまた寝転んだ。それまでパーティではいつもわたしが中心になっていた。しかし、このときからその若い女性がわたしにとって代わってしまったのだということを実感した。わたしはその若い女性に対して嫉妬心を抱いて当然だった。だが、心はいたって穏やかだった。しかもパーティの最中にこんなふうにソファに寝そべってゆったりしていることなど、本当にこれがはじめてのことだった。そのときまではパーティに参加すると、絶えずなにか行動を起こしていたからだ。乱交パーティのときに、ソファでゆっくり休んでいるなんて、食事のときや友達と集まったときに隅っこに一人で丸くなっているようなものだ。

だが、わたしはしばらくそのままでいて、自分がとった新たな行動について自問自答してみた。そして、その場で行われていることについて、だれかと率直に話をすることにした。相手が自分の話を熱心に聞いてくれるかどうかは、この場合大して重要ではなかった。多少乱暴でも精神分析的な知識を総動員して、意見を言ったり、自分の気持ちを代弁してもらうことが必要だった。――それは、わたしがインディアンだとすれば、一向に投降しないインディアンの野営地に、突然騎兵隊が乗り込んできたような効果があった――その結果、週に三回はそんなふうにソファの上に寝転ぶことになった。目的はセックスのためではなく、話をするためだった。なにもせず、ただまわりを観察することができる場所を手に入れたのだった。

自分がこれまでしてきたことを、少し距離を置いて見るようになったおかげで、わたしはあることに気がついた。最初に体験したときの悦びは、その後二回、三回と同じ経験をしても、最初のときと同じように感じることはできないということだ。それは、セックスのときもそうだし、キスのときも同じことだ。わたしにとっては最初の抱擁が最高だ。もちろん例外はある。だが、いずれにしてもほとんどの場合、二回目以降に経験するときは、その行為自体が不愉快なものではなくても、アイスクリームを食べ終わった後に仕方なくウエハースを食べているような気分になってしまうものだ。すばらしい絵画でも、何度も観ていれば、その感動が薄れるのと同じことなのだ。思いがけないことが起こるから、抱き合うだけでも性的快楽が満足させられるのだ。セックスをしなくてもオルガズムに達した経験は数多くある。

船で大陸間の周遊をしたときのことだった。二週間の航海の間、上品で洗練されたある男性がアシスタントとして付き添ってくれていた。ある晩、わたしとその男性は船内の大きなホールにいた。もう遅い時刻だったので、おやすみなさいの挨拶をして、お互いの部屋へ戻るところだった。すると、突然、その男性はわたしの腕をとると、わたしを自分のほうへ引き寄せ、唇にキスをして、「明日の朝、あなたの部屋へ行きます」と言ったのだった。わたしは全身が震えるのを感じた。震えは胃の中にまで響くようだった。だが、そこでわたしは踵を返して、遠くのほうに見えているフロント係のいるほうへ歩いて行った。

また、別のときにはこんなことがあった。ある人の家に呼ばれたとき、招待された人みんながカーペットの上に寝転がっていた。すると、その日の主催者がセーターの襟をつかんでわたしを自分のほうへ引き寄せ、頭を軽く左右に振りながら映画のワンシーンのようにながながとキスをした。その日の集まりは乱交パーティになるようなものではなかったし、その男性の奥さんもすぐ隣の部屋でおしゃべりをしていた。わたしとその男性がキスをしているときに、隣にいた友人の一人がなんの気なしにわたしたちのほうへ顔を向けて、すっかり驚いていたくらいだ。しかし、わたしはそのキスで全身の力が抜けてしまった。

ブルーノとジョルジュ・ポンピドー・センターへ「晩年のピカソ展」へ行ったときもそうだった。その頃はまだわたしはブルーノをセックスの対象として見ていなかった。わたしが絵に近づくと、ブルーノはわたしの視界から見えなくなったが、わたしは相手が傍にいることをはっきりと感じとっていた。すると、突然、ほんの一瞬だが、はっきりと自覚できるくらいの量で体の奥から体液が溢れ出した。その後、絵を観て回っているあいだじゅう、体の奥の襞から液体が流れ出し、ストッキングがべとべとになってしまった。そして太ももの間の部分が膨らんでいるのが、脚を動かすごとに感じられた。わたしも最初の頃は抱擁で深い感覚が得られるかどうかに無関心だった。ペニスを挿入されているときには快感を感じていても、相手が絶頂に達すればそれ以上の快感は得られない。それで、下腹部のあたりが締めつけられるような感覚とそれに続く波のように押し寄せてくるあの悦びが、人間関係の追求の中に再現されることを願うようになったのだ。

男性との関係には、セックスとは無関係なものと、情動に左右されるものとがある。はじめのうち、相手の男性をセックスの対象として見ていなかった場合でも、後になってその男性と肉体関係を持つようになることもある。また、その逆もあり得る。わたしの場合は人生も半ばに近づいた頃から、セックスの対象外だった男性との関係が肉体関係にまでに発展することが起こるようになった。それは自分が相手に対して欲望を抱いていることや、その欲望がどれほど激しいものであるかということに気づくまでに時間がかかったからだ。そして欲望が最大限にまで高まったとき、情熱的なセックスをした。だが、セックスから得られる満足感は、はじめに相手に触れられたときの一瞬の悦びには到底及ばなかった。

「晩年のピカソ展」へ一緒に行った相手とは、何年もの間ずっと友達として付き合ってきた。そのため、自分の欲望に気づいたとき、その感情をあるがままに受け入れることがなかなかできなかった。頭の中は混乱し、いてもたってもいられないような心境だった。自分自身の思考や心理がこれほど混沌とした状態になったことは、後にも先にもこのとき一度だけだった。

何週間もの間、わたしは毎日のようにブルーノの家へ行き、玄関のドアを叩いた。何の返事もなく、ドアは閉じられたままだった。それは何週間も何カ月も続いた。だが、わたしは決して諦めなかった。いつかブルーノが玄関のドアを開けてくれるはずだと信じて、しつこく通い続けた。そして、ついにある日、しわがれた声が遠くから聞こえ、玄関のドアが開いて、わたしの目の前にブルーノが現われた。ブルーノはためらいがちにわたしを中へ入れてくれた。おそらくこの不安定な雰囲気のせいだと思うが、彼といるときに感じる瞬間的なオルガズムが何度でも繰り返された。

わたしたちは他愛ないおしゃべりをしたり、最近読んだ本についてお互いの印象を話し合った。その間ほとんどクエーカー教徒みたいに、部屋の中で立ったままだった。

しばらく経つと、二人の間は少し距離が縮まった。すると、ブルーノが「ちょっとやりたい気分なんじゃない？」と言った。それはまるで、子どもが仕事の邪魔をしたとき、大人が優しく叱るような口調だった。ブルーノの手がわたしの下着に伸びてきて、二本の指でそれを引き下ろした。わたしは小さな叫び声を上げた。嬉しかったのと同時に、驚いて息が詰まりそうだった。その間にもブルーノは、どんどん先を進めていった。それがどんな効果を生むのか、わたしの反応を見て楽しんでいた。

わたしたちはたっぷり時間をかけて愛撫をし合い、キスを交わした。だが、ブルーノの仕草はかなり大雑把だった。わたしが横になると、ベッドのカバーを引き剥がしたときと同じように、無造作にわたしの胸を片方ずつ撫でまわした。ブルーノの手のひらが、わたしの体全体をゆっくりと這いまわっている間、わたしはなすすべがないと言うように、仰向けになって、体をまっすぐに伸ばしたままでいた。それから、役目を交代して、今度はわたしがブルーノを愛撫した。耳の後ろや、腿の付け根、脇の下、お尻の割れ目まで、体全体の隠れた部分すべてを入念に刺激していった。手のひらにできる線までが愛撫の対象になった。前戯の段階のときには、これから実際にセックスをしたら、すばらしい快感を得られるはずだと思っていた。そこでわたしは、自分のいちばん好きな後背位の姿勢になって、ブルーノを迎え入れることにした。

ブルーノは、わたしのお尻に乱暴につかみかかり、自分の骨盤のあたりを押し付けてきた。そして、少し間隔をあけて、何度もペニスでわたしの体を突き上げた。その三、四回に一回は、突き上げる力の加減が強くなっていて、わたしはそのたびに驚きながらも快感を覚えた。わたしはその動きが特に好きだった。それでもセックスでは、最初にブルーノの指が体に触れたときのような激しい快感を得ることはできなかった。しかし、次にそういう機会があるときには同じような快感が得られるのではないか、そのために必要なら、いくらノックをしてもだれも返事をしてくれないドアの前でいつまでも待っていたり、道徳的なことを話し合ったりするのも構わないと思ってしまうのだった。わたしはその考えにすっかりとらわれてしまった。

ブルーノとのことがある前に、わたしのオフィスに出入りしていた、写真家の成り損ないの男性と関係を持ったことがある。その男性とはゴブラン織りの工房がある地区のホテルか、東駅の近くにあるその男性の知り合いのアパルトマンを借りて会っていた。会う時間帯は、通常のビジネス・アワーどおりに仕事をしている人には、非常識だと思える時間――朝の一一時から正午までとか、午後の三時から三時半まで、四時から四時半までなど――だった。ところが、会った翌日には、もう次に会うのが待ち遠しくて、メトロのシートに座っていると振動が性器に伝わって、体が疼いてしまうほどだった。

あまりにも振動が激しくて、体が敏感に反応してしまうときには、手前の駅で降りて目的地まで歩いて行って、体の緊張をほぐしていた。その男性は、セックスのとき、いつまでもわたしの性器を舐めていた。舌がゆっくりとした動きで、体の奥の襞を一つ一つ開いていき、クリトリスのまわりを円を描くようにして這っていった。それからぱっくりと口を開けた部分を、若いイヌのように夢中になって舐めるのだ。そうなるとわたしは、ペニスでその口を開けた部分を塞いでほしくてたまらなくなる。それから舌で舐めていたときのように、ゆっくりとペニスが挿入され、体の奥の感じるところをすべて刺激するように、小刻みな振動が伝わってくる。ところが、ほしくてたまらなかったときほどの快感は得られないのだった。

その男性と会うときには、短い時間で場所を移動しなければならなかったので、互いに行き違いになることもあった。相手が現われないと、わたしはベッドの上で体を伸ばし、まるで脚の間になにかが挟まっていて、きちんと脚を閉じられないときのように、両脚を左右に揺すっていた。腿の間が疼いて痛いくらいだった。こみあげる欲望をどうにか抑えて、事務所へ戻り、電話をかけたり、重要な事柄――それほど重要でないことも――を決定する、そういったことがとてもできそうになかった。次に会うときまで、どうすれば、何事もなかったように、普通の生活をすることができるのかわからなかった。

わたしはすっかり欲望の虜になってしまっていた。木でできた操り人形のようだった。打ち捨てられたまま、だらしなく身を横たえ、彼が現われないと、手足を動かすこともできないのだ。そのときの状況によって、ずっとその思いにとりつかれてしまうことも多少あったが、運良く、その無気力な状態がいつまでも続くことはなかった。事務所へ戻ってドアを閉めると、自分では意識していなくても、完璧に気持ちに区切りをつけることができるのだった。エアロックのドアで密閉したように、なにもしたくないという気持ちが、オフィスの中まで入り込んでくることはなかった。腿の間は濡れたままだったが、それでも仕事に専念することができた(あるいは、ほかのどんな現象が現われても、それが自然なことなら、仕事中でも気にならなかった)。セックスにすぐのめり込んでしまうように、仕事に対しても、簡単に集中することができるのだった。

人工衛星は軌道上を航行している限り、地球上からその動きをコントロールすることができる。だが、一度その軌道から外れてしまったら、小さな衛星などまったく制御がきかなくなってしまう。自分自身がそんな経験をしたことがなかったら、最初の章を「数」というタイトルにして、この本を書きはじめたりはしなかっただろう。わたしが衛星の軌道を飛び出すまで――つまり、この本を書こうと思い至るまで――には、二つの段階があった。まず、はじめは、セックスをしても、期待したとおりの満足感が得られなくなったことだ。それが頻繁に起こるようになったのだ。

だが、前のページで述べてきたように、それまでのやり方をかたくなに変えようとはしなかった。それでも、挿入の前には興奮を最高潮にまで高めることができた。唇が乾き、鳥肌が立った。それが体全体で快感を得られるサインだった(わたしは自分が興奮している様子を少し離れたところからじっと観察していた)。しかし、まるでそれが当たり前になってしまったかのように、そこに至るまでの過程も短くなっていた。そして、実際にペニスが挿入されても、期待していたような大きな快感は得られなかった。自分の目の前になにか越えられない障害物があって、それが邪魔をしているような感じだった。その障害物に近づくたびに、それが自分から離れていくたびに、あるいはセックスが終わって体をとじたときに、その障害物がどんなものなのか、何とか言葉で表そうとしてみた。自分の記事の中でなにか物を描写するときには、いつも正確に言葉で表現できるように、その物にふさわしい言葉を捜している。それと同じように、その障害物を表す言葉を何とか探し当てようとした。これまで味わったことのないその気持ちを、どう表現したらいいのだろうか。

わたしはこんなふうに自分に問いかけてみた。確かに、期待どおりの快感を得られなかったときに、傍らの男性に対して嫌悪を感じることもあった。だが、障害物そのものに対して感じる気持ちは、その嫌悪感とは違っていた。相手の男性に対して感じる嫌悪感は、わたしの心の中ではその場ですぐに完結してしまうものだった。言い換えれば、溶けた金属を鋳型に流し込み、いっぱいに満たしてしまうような感じだった。わたしは、あくまでも障害物そのものに対する感情を言葉で表現することにこだわっていた。それは、まるで、トニー・スミスの難解な作品を言葉で表現するようなものだった。だれかとセックスをして、期待通りの満足感を得られなくても、そのときの抑圧された気持ちが、帰りのタクシーやメトロの中まで長引くことはなかった。相手に対して一瞬嫌悪感を感じても、ことが終われば、いつものように洗面所へ行っていた。そして、タオルで性器をぬぐっているときに、はじめて、なにもかも本当のことを書かなければならないと思うようになったのだった。

二つ目の段階に達するまでには、さらに三年、あるいはもう少し多く四年くらいの期間を要した。その頃には男性と肉体関係を持つことも少なくなっていた。セックスに至るようなことがあっても、それは多かれ少なかれ、自然発生的な場合によるものだった。

同じ頃、わたしは夏の間数週間、一人でパリで過ごしたことがあった。昼の間はたっぷり仕事をして、夜は暑さと月並みな心配事のせいで早くうちに帰っていた。そのとき、タンスの下着の下に隠してあった張形をはじめて取り出した。何年も前にもらったきりで、一度も使ったことがなかったものだった。それは、ピストン運動の早さを二段階に調節できるようになっていた。先端は人形の頭のようになっていて、正面のところに星が描いてあった。そこからウエーブのかかった毛が生えていて、亀頭とペニス本体のつなぎ目のところまでかかっていた。張形が女性の体の中に半分くらい入りこんで刺激しているときには、頭の部分が大小の円を描くように動いていた。その部分を見ていると、まるでクリトリスを舌で執拗に攻めているときの頭の動きのようだった。はじめに張形を使ってみたとき、すぐさま快感を得ることができた。自分でもはっきりとわかるくらい体が痙攣し、それが長い時間続いた。だが、それがどんな快感なのか、自分でも説明することはできなかった。

わたしはすっかり混乱していた。というのは、商品配達や建設工事現場の作業員とセックスするところを想像しなくても、すぐにオルガズムに達することができたからだ。——張形を使って得られる快感が、普通のセックスのときに得られる快感と同じものだと言うことができるなら、オルガズムという言葉を使うことができるだろう。——はじめて張形を使ったときは、「最初の体験」のために、なにか感情を掻き立てるようなことを想像しなくても、簡単に快感を得ることができたのだった。そして、オナニーのときのように、一度絶頂に達したら、また新しい場面を想像するなどということをしなくても、また新たに快感を得ることができるのだった。

何度も何度、繰り返し、矢継ぎ早にオルガズムに達していくうちに、わたしの頬を涙が伝っていった。あまりにも乱暴なやり方で快感を得ていることに、ひどい胸の痛みを感じたからだった。また同時に、いくらオルガズムに達しても、それが自分一人のものでしかないことに気づいて、苦々しい思いを抱いたからでもあった。一人で快感を得ることと、わたしが日頃求めているさまざまなセックスの快感とは、まったく対照的なものだった。その二つを比較すること自体、滑稽なことだったのだ。そのときはじめて「なにもかも本当のこと」を本に書こうと思い立った。そして、本のタイトルを『カトリーヌ・Mの正直な告白』にしようと心に決めた。そこまで考えて、わたしは一人で笑ってしまった。

生まれつき歯並びが悪かったせいもあって、わたしは最近になってまじめに歯列矯正に通いはじめた。腕のいい歯科医が、丁寧に診療をしてくれているのだが、その医者は一度も請求書を送ってきたことがなかった。診療所へ行くと、普段はまず待合室へ通される。ところが、その日はいつもの待合室ではなく、もっと広く、いつもとは雰囲気の違うクラシックな調度が設えられた部屋に案内された。

何だか奇妙な感じだった。まるで映画か夢を見ているようで、ドアを通って診察室へ行くときもわたしはひどく興奮していた。診察室に通されても、しばらくはだれも入ってこなかった。そこへ、突然、歯科医のジュリアンがやってきて、わたしの胸とお尻をむき出しにして、愛撫をはじめた。ところが、すぐにまたどこかへ行ってしまった。それから一〇分くらい経って、今度は若い女性を連れて戻ってきて、わたしたちは三人でセックスをした。

ジュリアンの診療所が二重になっていたことが分かったのは、ずっと後になってからのことだった。待合室と診察室がそれぞれ二つあり、どちらの待合室も隣り合った二つの診察室に通じていた。医者は片方の診察室の患者に詰め物をして、それが乾くのを待っている間に、もう一つの診察室の患者に治療をするという具合だった。もしわたしが医者だったら、どちらかの診察室で患者の上にのしかかり、ペニスを奮い立たせ、性器を刺激した後、すぐにそれをしまって、隣の診察室へ行き、またすぐ戻ってくる、ということができたろう。実際には、診療の合間にジュリアンのペニスがズボンから顔を出すことはほとんどなかった。ジュリアンは、夜、最後の患者が帰ってから活用するつもりで二重の診察室を考え出したのだった。

週末になると、ジュリアンはかなりレベルの高いテニスのトーナメントに参加していた。ある日の午後、わたしはジュリアンと外で会う約束をした。ジュリアンは観光客の多く泊まるホテルの一室を予約していた。わたしが先にチェック・インして部屋に入ると、一五分後にジュリアンが部屋にやってきた。部屋を出るときも、わたしがチェック・アウトした。ジュリアンは部屋の料金をわたしに渡して、先に部屋を出てしまった。それでも、わたしは相手に対して、別に嫌な印象は持たなかった。ジュリアンはホテルでも同じことを繰り返しているのだった。つまり、わたしのいる部屋の壁を隔てた向こう側の部屋には、別な女性が待っていて、ジュリアンはその二つの部屋を行ったり来たりしていたのだ。ある意味ではわたしもジュリアンと同じだった。一つところにとどまることができないのだ。どこか一つの場所へ行っても、すぐまた壁を隔てた向こう側へ行きたくなってしまうのだ。

わたしは散歩をするときでも、いつも同じ道を通るのが嫌な質《たち》だ。今まで見たことのない景色や建物、好奇心を満足させてくれるなにかに通じる新しい道がないかと、地図をくまなく調べたりする。地球上でわたしの家から最も遠く、しかも、わたしが行くことのできる場所はオーストラリアだった。その国を訪れたとき、わたしはセックスを隔てるものは距離ではないということを直感的に悟った。同様に考えていって、子どもを持つ喜びとセックスとの快感は、もともとは同じグループに属するのではないかと思うようになった。そのとき、わたしはエリックのことを思い出した。エリックはいつも、パーティの新趣向を次々と考え出していた――エリックの企画力は、新しいツアー企画をどんどん編み出していく〈パッケージ・ツアー専門の旅行業者〉なみだった――同時にエリックの言葉も思い出した。エリックは、はっきりとこういっていた。「いちばん重要なのは、空間を広げることだ」

2 ＊ 空間

著名な美術史家が著述の中で建築学について触れる機会がますます多くなってきている（わたしはここでアンドレ・シャステルやジュリオ・カルロ・アルガンのことを思い浮かべている）。彼らがそうする理由は研究に値する事柄ではないだろうか。また、絵画に描かれた空間を分析する美術史家たちは、どのようにしてその分析を現実の空間を改修する現代絵画に適用するのだろうか。近代や現代美術の絵画的な作品は、想像の世界の空間とわたしたちがいま現在生活している空間とを結ぶちょうどぎりぎりの境界線のところに位置している。たとえば、バーネット・ニューマンの作品には反論の余地を与えない絶対的な色使いで、無限に広がる空間が描かれている（ニューマンの言葉を借りれば、「空間を言葉で表現している」ことになる）。「空間を描く画家」として知られるイヴ・クラインは青い線を放射線状に描き、空間を表現している。そして、アラン・ジャッケは位相幾何学を応用して、絵画の表面やオブジェに逆説的な深淵を描いている。もしこれらの芸術作品に出会うことがなかったら、わたしも美術評論家として先輩美術史家の道をたどったかもしれない。いま述べた芸術作品は、空間を開く役割だけをしているわけではない。空間を開き、またそれを閉じる役割を果たしているのだ。ニューマンはファスナーを閉めることで、クラインは絵具を塗った人体を画布に押しつけることで、ジャッケはメビウスの輪の繋ぎ目で、それを表現している。もし作品の与える印象をそのまま受け止めるとしたら、計り知れない大きな肺の中に吸いこまれてしまったような気分になるだろう。

パリ周辺

ポルト・ド・サン゠クルーには周辺の道路に沿って駐車場があった。だが、道路と駐車場の境には、透かし格子の塀がところどころに立っているだけだった。車から出たとき、わたしは靴しか履いていなかった。車を降りる寸前にはおっていたレインコートは脱いでしまっていた。素肌にはコートの裏地が滑り落ちていったときの感触がまだ残っていた。わたしはまず壁に押しつけられて、まっすぐに立たされた。わたしのその姿を見て、エリックは「ピンの代わりにペニスでとめられた蝶の標本みたいだ」と言った。二人の男性が、わたしの腕と脚を支え、その間に他の男性が次々にやってきて、まだ少し萎縮しているわたしの腰を揺さぶっていった。いつ何が起こるかわからない状況でセックスをするときには、男性はことを早く終わらせようとして、乱暴になることが多い。男性が激しく動くたびに、ブロック塀のでこぼこした部分がわたしの背中や腰にあたっていた。もう遅い時間だったにもかかわらず、通りを行き交う車がまだ目についた。エンジンの音が聞こえ、車の影がわたしたちの脇をかすめていく。空港のロビーで飛行機を待っていると、わたしはついうとうととしてしまうのだが、ちょうどそのときと同じようにまどろみの中に引きこまれていきそうだった。わたしは体を内側にかがめた。二人の男性に支えられているので、重力に引っ張られてそのまま地面に倒れこむことも、体がねじれるのではないかと心配する必要もなかった。目を半分閉じていたが、ときどき車のヘッドライトが一瞬顔を照らし、また通りすぎていくのがわかった。わたしを支えていた二人の男性が壁から離れると、同時に両脇から強い力で持ち上げられていることが自分でも実感できた。

ずっと以前から、マスターベーションのときに思い浮かべている情景があった。二人の男性がわたしを薄暗い建物の中に連れていく。わたしはその二人の間に挟まれている。そして一人は性器に、もう一人はアナルにペニスを挿入してくる。わたしが頭の中で作り上げたそのイメージと、現実にわたしを支えている二人の男性の姿がおぼろげに交じり合って、わたしの想像力をかきたてた。

だが、力強い支えがなくなって自分の力で体を支えなければならなくなると、意識が現実に引き戻されて、すっかり目を覚ました——「目を覚ます」という言葉を、この場合にも使うことができるのなら、わたしは「目を覚ました」のだった——だれかがコートを車のボンネットの上に広げると、わたしは、今度はそこに寝かされた。そこは自分の体を支えるためにつかまるところが何もないので、あまり居心地のいい場所ではなかった。どこにもしがみつくことができないので、体がボンネットの上で滑ってしまって、姿勢を一定に保つことができなかった。おまけにわたしの体の奥へ導くトンネルの入り口は、体液で濡れていてつるつるすべるので、男性自身がそこから中へ入ろうとしても、なかなかうまくいかないのだった。

あたりには照明もなく、薄暗い中でことは展開していった。そこで起こっていることがはっきりと目に見えなくても、まわりにいる男性たちはじっとわたしを見つめていた。ときどき通り過ぎる車のヘッドライトが、その場の光景を一瞬照らし出していった。その瞬間、びっくりするほどたくさんの人があたりに散らばっているのが目に入った。おそらく射精を済ませてしまったので、その後のことにはもう興味がなくなってしまった人たちなのだろう。わたしの目の前には普通の乗用車よりも背の高い車が一台止まっていた。影だけで、車の形ははっきり見えなかったが、それがトラックだということはわかった。たぶんだれかが、目隠し代わりにしようと思って運転してきたのだろう。

ヴェリジー・ヴィラクブレの小さなスタジアムへ行ったときは、本当におかしな体験をした。目的地までの道のりはとても長かった。先導する一台の車について行くと、森の真ん中に、突然、開けた場所が現われた。なんだか手の込んだ謎解きみたいで、スタジアムを見つけたときにはみんなで大笑いしてしまった。月の明るい晩だった。

普段だったら、目的地に着いたらすぐにセックスをするスペースを確保するのだが、すんなり目的地に辿り着けなかったときには、そんなわかりにくい場所を選んだ人にまずみんなで文句を言うのだった。おまけに、こんな場所で乱交パーティをしたら、水曜日の午後、スタジアムへサッカーをしに来る少年たちを冒瀆するようなものだと言って責める者がいた。グループを先導してきた男性は、自分もよくサッカーの練習にこのスタジアムへ来ていたから大丈夫だと言い訳をしていた。そう言いながらも、まるで昔あこがれていたことを告白させられたときみたいに、どぎまぎしていた。自分がまだあどけない少年だった頃に、足繁く通った場所を汚すようなことをだれが思いつくだろうか。しかも、サッカーをするときと同じように女の子が脚を空中に高く上げるところを、だれが想像するだろうか。

他のみんなはスタジアムの階段座席の裏側にもぐりこむ場所を見つけていた。地平線が正面に広がっている場所や、遠くまで見渡せるようなところでセックスするのは、自然の法則に反していると言える。要するに、そんな場所ではだれからも見られてしまうし、体を隠すこともできないからだ。夏になると海岸の明るい月明かりの下で、セックスをしているカップルがいるが、まわりがあまりにも広いので、かえってその場所には自分たち二人だけしかいないと考えてしまうのだろう。わたしたちのグループは大勢だったので、海岸のカップルのように考えることはできなかった。わたしは階段座席の手すりにつかまって立ったままでペニスを受け入れた。風が冷たかったので、服は全部脱がず、ただ捲くり上げただけだった。それでも何の障害もなくセックスに没頭することができた。

わたしの体は柔らかいので、そういう姿勢で男性を受け入れても苦にならないのだ。ペニスを受け入れやすいように腰を突き出すと、男性も激しく体を動かして、わたしを刺激してきた。その間、わたしの視線は手すりを通り抜けて、何もない芝生の上に注がれていた。

それでも、結局、わたしは服を脱いだほうがよさそうだった。だれかが更衣室のことで冗談を言い、そこを使おうということになった。更衣室は警備室の裏にあって、その前にはビュッフェ・スタンドのカウンターが設えてあった。警備室がビュッフェ・スタンドのオフィスも兼ねていたので、そういう構造になっていたのだ。わたしはカウンターにさっと飛び乗って、その上に横になった。直接カウンターに肌を触れてみたかったのと、注文した商品がカウンターの上を滑っていくときのように、自分もその上で転がってみたかったからだ。それから手脚をばたつかせ、湿った空気を胸いっぱいに吸いこんだ。

警備室の屋根が、ビュッフェ・スタンドのカウンターの上まで延びていて、ちょうど庇の役割をしていた。木でできた壁は、それぞれの板の形がきちんと揃っていて清潔だった。壁にはポスターの類は一枚も貼られておらず、装飾も必要最小限にとどめられていた。レアリスム芸術からはほど遠かったが、劇場などの装飾に使われる、作品の大まかなイメージを描いたレイアウトのような感じだった。スタジアムで最後に愛撫を受けたのは、その場所だった。カウンターの上に乗っているとちょうどいい高さになるので、体の奥の部分を舐める人もいた。だが帰り道もまた長くなるので、結局、そこからは早めに引き上げることになった。

いつもと違う場所へ出かけて行って乱交パーティをするのは、やはり夜が多かった。夜の遅い時間になると、普段は大勢の人がいる公共の場所やいろいろな娯楽施設、昼間なら乱交パーティをしようなどとは思いつかないような場所に入りやすくなるからだった。場所によっては警備員がいることもあるが、監視の目は薄くなるし、見物しているだけで見逃してくれることもあった。だが、エリックのある友人はベルトのバックルでお尻を打たれるというひどい目に遭ったことがある。それは、ブーローニュの森をオートバイで警戒しているグループと、逢い引きするカップルの取り決めだったのだ。

普通は暗がりの中にいれば、自分の身を守れると考えるものだ。だが、わたしのような考え方の人間にとっては、暗闇は何も見えないので、かえって無限に視野が広がり、空間がどこまでもつながっているように感じられる。数メートル先に生垣が見えたら、それが障害物になって先へは行けなくなってしまう。だが、全然目が利かなければ、そこには何も存在しないことになる。一般的には何も見えないよりは、ぼんやりとなにかが判別できるくらいの薄暗がりのほうが好まれるが、わたしは真っ暗闇のほうが好きだ。体が闇に包み込まれ、自分の体も他のなにもかも区別がつかなくなってしまう状態に自分の身を置くと、わたしは悦びを感じるのだ。逆に、その場が急に明るくなっても、わたしはその明るさを利用できる。いきなり強い光をあてられると、光源が見極められず、目が眩んでなにも見えなくなるが、そうなると、あたりの景色はまるで真綿に包まれたようにぼんやりとして体のシルエットもその景色の中に溶け込んではっきりと見分けられなくなる。要するに、不意にだれかに見られるようなことになっても、わたしは全然気にしないのだった。空気中に埃が舞っていても、だれにもそれが見えないように、わたしの体も他の男性の体と結び合わされて空気の中に溶けこんでしまって見えなくなるからだ。だから、だれかに見られているかもしれないなどということは、考えてみたこともなかった。

夕食後の散歩の途中、ブルーノとわたしは直観にまかせてヴァンセンヌの森の道を辿った。森のはずれに少し土が盛り上がっている部分があって、コンクリートの歩道の手前で芝が途切れているように、そこにも芝が生えていなくて、ベンチが一つ置いてあった。わたしたちはベンチに座って、ぴったり体をくっつけた。街灯がその場所を明るく照らしていることも、森から離れたところにベンチが置いてあることもまるで気に留めなかった。

カメラが遠くから人物をとらえ、画面には恋人同士が映し出されている。まわりには他にだれもいない。そして二人の周囲を光が取り巻いている。そんなシーンが戦後の映画にあった。そのときのわたしとブルーノは、まるでその映画のシーンを再現しているようだった。

ブルーノはわたしの服を捲くり上げて、激しくわたしの体を揺すりはじめた。するとまわりの木が、カメラのフレームから外れてわたしの目には映らなくなってしまった。ブルーノもわたしも、だれかに見られているかもしれないとか、なにか予測もつかないことが起こるかもしれないなどとは、まったく考えていなかった。わたしたち二人はすっかり映画の撮影をしているような気分になり、言葉を交わさなくても、カメラに収まるスペースをできるだけ小さくするために大げさな身振りはなるべく避け、狭い場所を体を入れ替えて使うようにしていた。ブルーノの指がわたしの脚の間に入りこみ、体の奥の部分に潜りこんでいった。その間、わたしは体を丸め、脚を折り曲げ、ブルーノの手が届く範囲で、できる限り体を縮めた。上半身はまだ服を着たままだった。今度は、わたしがブルーノのズボンのふくらみの上にかがみこむ。ブルーノは頭をベンチの背もたれの上にのせ、体をまるで板みたいにまっすぐにして動かなくなった。わたしはブルーノがすぐに絶頂に達してしまわないように、一定のリズムを保ってフェラチオをした。

するとと突然、遠くのほうから強烈な光が差してきて、あたりをすっかり照らし出した。ほんの一瞬、わたしたちは動きを止めて身構えた。しかし、その光は何なのか、どこからきているのか、見定めることはできなかった。わたしはフェラチオをまたはじめたが、ブルーノは気乗りがしないようだった。なんの反応も見せず、ただされるがままになっていた。ときにはわたしの動作を遮って止めさせることもあった。ところが、わたしも気づかないうちに、ブルーノはだんだんその気になっていったらしい。前触れもなく、自分でペニスを掴むと、車輪を回すようにペニスをわたしの口の中で回しはじめた。ほとんど力ずくといってもいいほどだった。わたしはうなじに圧迫感を感じて頭を上げた。今度はわたしのほうが動作を中断する番だった。それは滅多にないことだった。それからわたしの口も、手も、一定のリズムを取り戻してまた動きはじめた。その後は強い光が周囲を照らしているだけで、なにも起こらなかった。

横から顔に強烈な光があたっているので、まぶしくて目を開けていられなかった。それでも、わたしは静かにフェラチオを続けた。荒い息づかいが聞こえるだけで、他にはなにも耳に入ってこない。あたりは煌々と照らされ、金色に染まっていた。だが、わたしの目の前は闇に包まれていた。すべてが終わって帰路につくとき、わたしたちはその不思議な現象について話し合ったが、なかなか説明はつかなかった。車のヘッドライトだったのだろうか。パトカーかそれとも観光客の車だったのだろうか。あるいはリモートコントロールのサーチライトが壊れてしまったのだろうか。あのときなぜあんな強烈な光を浴びたのか、それについてはいまだに説明ができない。

屋外

もし、だれかがわたしについて「呼吸をするようにセックスをする」といっているのを聞いたとしても、わたしはそれを喜んで認めるだろう。というのは、その言葉はわたしのことをよく言い当てているからだ。処女を喪失したばかりの頃も、その後さまざまな経験をしたときも、まわりの空気にさえ催淫作用があるのではないかと思うほど、わたしは自然にセックスの経験を重ねてきた。そして、裸でいるのは、閉めきった部屋の中よりも屋外のほうがふさわしいのではないかと感じていた。

気温の高低は肌で感じるものだが、普通は腰の窪みのところにまで気温の変化を感じることはない。空気の流れを体が堰き止めているからなのだ。空気が体中に触れれば、つまり体をもっと解放すれば、もっと気温の変化を感じ取ることができるようになる。広い空間を満たしている空気を肌の表面から吸盤で吸いこむように体の中に取り込むことができたら、わたしの体の奥深い部分も思いっきり空気を吸いこんで、もっと男性を悦ばせることができるようになるだろう。体の奥のほうに少し風の流れを感じただけでも、ものすごく敏感になるのだ。体の奥の襞を一瞬でも空気がかすめれば、その部分が空気を吸いこみ、大きく膨らんだようになる。

そこからもう少し離れたところにも、男性に触れられると感じる部分がある。そのことをもっと詳しく書いていこうと思う。体の一番敏感な部分は、ほんの少し触れられただけですぐに目覚めてしまうものだ。アナルの細かい襞と陰部の感覚とが繋がっていることについてはだれもが知っていることなのに、みんなあまり認めたがらない。お尻の穴と陰部の開口部の間を繋ぐ道は、無視されてしまっている。だが、そこは確実にわたしに快感を起こさせる部分の一つで、そこに空気の流れを感じるだけでわたしは夢中になり、意識ははるか高いところまで飛んでいく。脚を開いていると、腰のまわりと開いた脚の間を空気が流れて循環していく。その心地良さがわたしは好きだ。

一般的に言うと、場所を移動したり旅行をしたいと考えることと、セックスをしたいと考えることは潜在的な繋がりを持っている。そうでなければ、「ザンボワイエ・アン・エール（セックスする）」というよく使われる言い回しも生まれなかっただろう。高台や道路の脇、芝を刈りこんだ草原、普段は通りぬけるだけで何か他のことをすることなど思いもつかないようなどんな場所でも、セックスできる場所に加えられる。駅のホールや駐車場（マルク・オージェは、そういうところは、セックスをしても責任を問われないギリギリの場所だと言っている）も、わたしにとっては開放された、セックスに都合のいい場所だ。

道行く人の視線を遮るような高い塀もない、ただ鉄柵がまわりを取り囲んでいるだけの庭の真ん中で大勢の人の視線を背中に感じながら、わたしは初めて人前で服を脱いだ。この話については、前の章でも書いたと思う。また別の、海に面した、崖のぎりぎりのところまで張り出している庭のことにも触れたかもしれない。そこは格別に興味をひかれる場所だった。庭は家の前に広がっていて、南仏の太陽をほんの少し遮る涼しげな影があった。建物の前面は平らな石を床に敷き詰めたサンルームになっていっていて、中は暑かったが、わたしたちはしょっちゅうそこでセックスをしていた。

もしだれかがその辺の上空を飛行機で飛んだら面白い光景を目にすることができただろう。地上を見下ろすと対照的な景色が並んでいたはずだ。街の中はいつもすごい数の車が渋滞しているのに、少し視線をずらして田園へ目をやると車の影など見えなくなってしまう。いつも繰り返される、なんともおかしな風景だ。二つの対照的な光景を繋いでいるものは、車が走る道だけではない。街中と田園にいる人たちは、互いに敵意に近い反感を抱いている。目には見えなくても道を挟んで激しい感情がぶつかり合っている。高速で走る何台もの魅力的な車は、田園にぽつんと停めてある冴えない車を鼻先で笑っている。

サン＝ジャン＝カップ＝フェラの上空からは、廃屋のような、どこか謎めいた家が見える。その家のそばに少人数のグループが一かたまりになっているのが目に入るだろう。家のすぐ近くには道路が通っていて、岬へ向かう車がひっきりなしに走っている。だが、車はすぐに引き返してきてしまう。家のそばにいるグループも近くの道路を走る車もお互いに無関心でいることが、なんとか見分けられるはずだ。家の庭と道路の境目には低い灰色の石垣があって、地面に小さな影を作っている。上空からだと、道路が庭よりも数メートル低いところにあることは分かりづらいだろう。

その年の夏、わたしは二人の仲間と行動していた。一人はレズビアンの友達で、もう一人は、外に遊びに行ったとき、偶然知り合った女の子のグループの中の一人だった。わたしと友人は知り合った女の子のグループとすっかり意気投合し、夏休みの間中、その仲間に入れてもらっていたのだった。寝るときと食事をするとき以外は別荘にいることは少なかった。だが、庭の外れにあるテラスでは毎日欠かさず日光浴をしていた。同じ別荘に寝泊りしている人と顔を合わせるのは、サロンや廊下の曲り角ではなく、もっぱらテラスに寝転んでいるときだった。毎日のように新しい人がやって来た。テラスで日光浴をしたり、昼寝をしたりしていると、つねになにか新しい展開があった。日光浴や昼寝は、船で遊覧するような、のんびりした夏向きのレジャーの一つだった。

友人のエディットはレズビアンだったが、相手の女性が同性愛かどうかにはこだわらなかった。太っているほうだが、その体をそのまま縮尺するとスリムなモデルの体型になるくらいスタイルがよく、均整のとれたプロポーションをしていた。胸はあまり大きくなく、昔の中国人が被っていた帽子のようなきれいな丸い形をし、乳輪がちょうど真ん中にきていた。もう一人の女の子はエディットとは正反対だった。胸は垂れ下がり、ウエストと腰回りはかなり細くて、両手で腰が摑めそうなくらいだった。仰向けになって日光浴をしているとき、太陽の光がまぶしいので、わたしは肩で顔を隠していた。逆光の中、ふと顔を上げると、ちょうどそのやせ細った上半身が目に入った。彼女が寝返りをうつと、大波が押し寄せるように、垂れ下がった大きな胸が反対側に移動する。体格のいいエディットが上にのしかかってきたら、この細い体ではとても持ちこたえられないだろうと、わたしはぼんやりと思った。その子は天使のように優しい性格をしていたので、大騒ぎをすることもなく、欲望を満たしながら、三人で仲良く楽しむことができた。

そこでは別の女友達の思い出もある。彼女はわたしたちよりもずっと背が高いのに、セックスするときには、体を小さく丸めてヘビがとぐろを巻いたような格好になるのだった。パートナーの男性が彼女より背が低いので、自分が小さくなっているような感じだった。その友人はできる限り体を小さくしようとして、一生懸命に首を縮めているうちに、真珠の首飾りの紐を切ってしまったことがあった。首飾りの紐が切れて、真珠が床の上を次々と転がっていっても、その日の午後のゆったりとしたリズムが乱されることはなかった。傍を通る車のエンジンの音や虫の鳴き声に混じって、真珠が床の上を滑っていく音が聞き分けられた。首飾りを壊してしまった友人は、呆然としてうめき声をあげていた。だがその声もまわりの音を掻き消すほど大きなものではなかった。

友人がそれほどまでに夢中になっていたのかとわたしは驚きながら、「女性は体をあんなふうに曲げていても、体の内側から溢れるくらいものすごい快感を得ることができるのだろうか？」と考えた。男性はセックスのときに体が緊張した状態にあると、こわばった硬い表情になる。正常位だとすると、男性の体は腰から首までがパートナーの体から離れて弓なりになる。海に浮かんだスクーナーの舳先のような姿勢だ。そのとき体の筋肉はかなり緊張しているはずで、顔もこわばった表情になったり、堪えているような顔をしたりする。わたしはセックスのとき、男性のそんな表情を見るのが好きだ。

しかし、セックスしている女性を見ることはあまりしない。同性の姿や表情を見るということは、自分を鏡に映して見るのと同じことになるからだ。わたしにもナルシシズム的な傾向がまったくないわけではないが、セックスのときの自分の体を頭に思い描くことはない。だが、どんな体勢が自分にいちばん合っているか、どんなふうに体を動かしたらいいかはちゃんと分かっている。それから先は、目に見える形で示すことのできない感覚の中にすべてが薄まっていく。あえて言うと、その感覚は具体的なものではないし、屋外の心地よさとも無縁のものだ。

他の人たちから離れて一人でビーチマットに横になっていたとき、マットの上を大きなムカデが歩いているのを見つけた。わたしは虫を避け、低い石垣の上でさっきと同じように長々と寝そべった。太陽の光をまともに見るには、まだ陽射しが強すぎた。わたしは顔を横に向け、地平線の高さにまで視線を落とした。それでも石垣から反射してくる光がまぶしくて、とても目を開けていられなかった。

腰のところから体を後ろ向きに大きく弓なりにそらし、自分の体に手が届くくらいまでいっぱいに手を伸ばす。そのままでは後ろ向きに倒れてしまうので、後ろに立っている人に体を支えてもらう。すると目の前には大きなパノラマが広がる。こんなふうにして自然の風景を楽しむのが、わたしは大好きだ。

ジャックは田園へ出かけると、なんの予告もなしにいきなりそこでセックスをするのが好きだった。わたしもそれを大いに楽しんだ。わたしたちが夏の休暇を過ごしたところには、ブドウ畑の真ん中で行き止まりになっている袋小路の道がたくさんあった。その道の一つに入ってわたしたちはセックスをした。そこは他のところより一段高く、だれも通る人がいない、まるで見捨てられたような場所だった。まわりを乾いた石の壁が取り囲み、その上にイバラが密生していた。

わたしたちはイバラに引っかからないように十分注意して体を寄せ合った。履いていたテニスシューズを脱ぎたくなかったので、パンティを脱ぐときは靴で汚さないように端を思いっきり引っ張って、脚を注意深く抜く必要があった。ジャックはわたしの着ていたYシャツの裾を背中まで捲くり上げた。わたしはパンティを丸めて手の中に押し込み、石の壁に両手をついた。だが、石の壁はぐらぐらしていて、支えにするには不安定だった。こういう状況でセックスするときには、事前に準備をしておくということができない。

わたしの体が少しずつ開いていくと、ジャックがウエストのところを力いっぱい抱きしめ、わたしの体の奥へ入りこんできた。わたしは顔を下に向けた。すると、二つに折れた体の影の中で乳房が空中でゆらゆらと揺れ、お腹が規則正しいリズムで波打っているのが見えた。その先の隅へと目をやると、今度は薄明かりの中でジャックの睾丸の表面にできたしわや体の一部が見えた。視線をさらに下にずらして見ると、まるでなにかで磨いたみたいに男性自身が艶々としているのが分かった。それでわたしの興奮はみるみる高まっていった。

ジャックはわたしの腰をさらに激しく動かしはじめた。その振動に耐えるために、わたしは背中をもっとそらし頭を上げた。わたしたちがいた丘の斜面は、ブドウ畑が途切れ、茨の茂みになっていた。体のいちばん奥のほうまで感覚が鋭くなると、わたしはもう目を開けていられなくなった。まぶたを閉じるとき、右側にラトゥール＝ド＝フランスの村が見えた。谷の真ん中に橋がかかった絵のような風景を、以前にも何度か見たことがあった。垣間見ただけだったが、わたしにはすぐにそこがどこかわかり、心の中で「あっ、ラトゥール＝ド＝フランスだ」と思わずつぶやいていた。田園の風景は頭の中で広がっていったが、もうそれ以上考え続けることはできなかった。ここまでが限界だと、自分でもわかった（刺激が強すぎると、疲れてへとへとになってしまうのだった）。

わたしはジャックのなすがままに身を任せた。ジャックがわたしの体を突き上げる間隔も不規則になっていた。わたしが頭の中に思い描いた風景にうっとりとなっている間に、ジャックもあと三回か四回くらい刺激を与えられれば、絶頂に達するところまできていたのだ。わたしは、意識が描き出す風景の中を自由に駆け巡り、丘の一つ一つが描く輪郭を見分け、遠くに見える山影をじっくりと堪能していた。こうして次々と意識に現われては消えていく風景を楽しんでいる最中にジャックが射精をした。体の奥のほうから精液が溢れ出してくるのが感じられて、わたしの悦びは倍増した。

人を寄せつけないような野性的な雰囲気を残す地方にセレ（ピレネー山脈東麓、ペルピニャン西方の都市）という貴族的な感じの町がある。わたしとジャックはその町の、とてもおいしい料理を出すというレストランで夕食をとることになっていた。だが、町に着いたのはまだ夕暮れで、テーブルにつくには早過ぎる時間だった。それでわたしたちは、四、五メートルの幅の道が砂利敷きになるところまで登っていくことにした。レストランで食事をすることになっていたので、わたしは黒いエナメルのヒールの高いパンプスを履いていたが、幸いにも坂はゆるやかで地面は平らだった。あたりは暗くなりかけていた。地面の白さと道路際の背の高い木々が作り出す影が対照的に際立っていた。

ところどころ木が途切れているところがあって、そこから町を見下ろすことができた。眼下には都会とはまったく違う田園風の一八世紀様式の瓦屋根が複雑な模様を描き、三〇メートルくらいある木々が通り沿って立ち並んだ家の屋根に影を落としていた。その通りを散歩している人の姿も見えた。まるで巨大な平底船が海から押し寄せてきたように向かい側に山があるため、町はこぢんまりと小さく感じられた。

わたしとジャックは立ち止まり、体を寄せて絵葉書のような景色をじっくりと眺めた。男性はふつう女性に触れるとき、最初は用心してまず肩を抱き、その手が胸へ移動し、唇や首筋を刺激してくる。しかしジャックはいつもはじめから腰に襲いかかってくる。わたしはヘビが脱皮をするように、身につけていた千鳥格子のストラップレスのブラジャーを素早く剝ぎ取った。ジャックはわたしの体に触れて、服の下になにもつけていないことを即座に確認すると、わたしの後に回り、ペニスの先をそっとわたしの陰部に押しあてた。

が、すぐには挿入しようとはしなかった。わたしは背中をジャックの体のほうに寄せた。外気は理想的な気温だった。ジャックはわたしから一定の距離を保ち、わたしの上半身やお腹のあたりを、ゆったりとした動作で愛撫した。だが、わたしはジャックのペニスがもう充分かたくなっていることが分かっていたので、その愛撫の手をふりほどいた。少しでもフェラチオをしてからでないと、ペニスを体の中に挿入したくなかったからだ。結局、わたしは自分からジャックを体の奥の入り口へ導いていった。そのつま先が靴の中で滑ってしまうので、脚を少し折り曲げながらバランスをとった。そして、脚を突っ張り、腿に手をついて、指をいっぱいに広げた。なんの支えもなくその姿勢を保つのはかなり骨が折れたが、その夜は十分に快楽に浸ることができた。ジャックはわたしの腰をつかみ、何度も強い力で突き上げ、愛撫を繰り返した。わたしは前のめりになった。すると眼下に広がるルション地方（ピレネー山脈から地中海にかけて広がる地域）の景観がゆっくりと目の前で溶けていった。そのとき、快感が絶頂まで昇りつめる瞬間を意識しながら、わたしは心の中で自分にこう言い聞かせたことをはっきりと覚えている。

「男性と体を合わせているときの体が広がっていくような感覚がどういうものなのか、自分でもはっきりわかるようにいつか文章に書き表そう」そのときの感覚を理解するためには、自分が感じたとおりのことを頭の中でイメージするだけで十分だ。自然のすばらしさをカメラにおさめた映像などで、早送りの技術を使ってバラの花びらが空気を吸いこむところや、だんだんと蕾が開いていく様子を見ることができる。そんなふうに頭の中にイメージを描き出していけばいい。

社会生活においては社会の規範に従い、家庭では家族間のしきたりを守らなければならない。わたしたちは生活する上で「決まりごと」に縛られている。セックスに関しても、二人の間で一種の習慣や「決まりごと」のようなものができる場合がある。屋外でセックスすることはわたしとジャックにとって、「二人の間の決まりごと」になっていた。わたしは地図を広げ、自分で行ったことのある都市に頭に色の付いた丸い玉があるピンを留めて印をつけたりするが、それと同じように、遺跡、岩壁、道がカーブしているところ、木の茂みなどにも地図の上で印すことができる。その場所では双眼鏡を覗きこんでいた人が二つの頭を持つ小さな影を見つけて（つまり、わたしたちのこと）驚いたにちがいない。

朝早い時間、険しい山の岩壁にはミルクのような霧がただよっている。それを背景に、わたしは若木の幹に手をついて、立ったままセックスをするときにいつもやるように体を直角に曲げていた。そのとき一人の男性が通りかかったので、慌ててショートパンツを上に引き上げた。あの場所へわたしたちは休暇で来ていたのだろうか。それとも道に迷って入りこんでしまったのだろうか。ともかく、人里離れた場所をゆっくり散歩するつもりでここまでやって来たらしいその男性は、これから起ることを予測してわたしたちから離れていった。

もともとはわたしたちも、そのつもりだったのだ。平坦な高原の真ん中には朽ち果てた教会があった。背の高い建物の壁と、聖具室があった場所を取り囲んでいる碁盤模様の低い石垣がまだ残っていた。古代の遺跡を訪れたときのように、かつてそこに住んでいた人たちに思いを馳せながら、そぞろ歩きをしてみたくなるような場所だった。

教会堂の廊下があったところには太陽の光がいっぱいに降り注ぎ、それとは対照的に聖歌隊席のところには暗い影ができていた。濃いグレーの石でできた祭壇は完全な状態を保っていた。天まで届きそうなくらい上に伸びたその場の光景に溶け込めるように、わたしは仰向けになって横たわった。ジャックがわたしの上にかがみこみ、脚の間にある敏感な部分をほんの少しお遊び程度に舐めると、体は徐々に開いていった。その間、わたしはしっかりと目を見開いて空を見つめていた。まわりを教会の黒い壁が取り囲み、そのてっぺんには切り取られた空があった。まるで深い井戸の底にいるような感じだった。わたしたちは今度は二人の体がちょうど入るくらいの薄暗い場所で、立ったままで最後までセックスをした。そこはなんのために作られた場所だったのかよくわからなかった。踊り場だろうか、それとも、壁龕だったのだろうか。

別の遺跡に行ったときにも、やはり平坦な場所があった。険しい坂を登って行くと、その先に四方を壁に囲まれた、まるで要塞のような巨大な農場があった。遺跡はその農場の建物と広い平原に守られているような感じだった。屋外でセックスをする場合に、わたしとジャックが、どんな「二人の間の決まりごと」を守っているのか、その遺跡へ行ったときの例を挙げて、もう少し詳しく書いておこうと思う。わたしたちが屋外でセックスをするときは、写真撮影に出かけたときのことが多かった。つまり、一連の写真の一枚がセックスの場面になっているのだ。

その遺跡へ行ったときは、何枚も写真を撮ったので撮影にずいぶん時間がかかってしまった。わたしは撮影用に薄手の服ばかり何枚か持って行っていたが、それらを小枝や石に引っ掛けて破いてしまわないかと冷や冷やしていた。ポーズを変えるときなど、絹のモスリンの服が風で揺れると心配でたまらなくなった。ジャックは光と影が対照的になっている場所を探していた。おかげでわたしも遺跡の影になっている場所を残らず探索させられた。そのときはヒールの細くて高いパンプスを履いていたので足が痛んで、石ころだらけの遺跡の中を歩くときは慎重に足を運ばなければならなかったし、ヤギの糞を踏まないように注意しなければならなかった。わたしたちが写真の撮影をしに来る前に、どうやら家畜の群れが牧草を食《は》みに来ていたようだった。

わたしは、何度も裸足で廃墟の壁をよじ登った。上にあがると、ジャックが靴を手渡した。そこで靴を履き、いくつかポーズを変えて写真を撮った。ジャックは、恥丘の入り口があと数センチで見えるところまで脚を開いたり、シースルーのブラウスが体に張り付いたりしたところを写真に撮りたがった。だが、脚の痛みでバランスが取れなかったり、お尻を茂みのとげで刺されたりして、ジャックの要求どおりのポーズが取れなかった。それで、仕方なく、どのポーズも妥協せざるを得なかった。わたしのまわりには三六〇度のパノラマが広がっていたが、体は縮こまり、必要最小限の範囲にしか手足が動かなかった。一度場所を決めて写真をとられた後は、こわごわ体を動かして、要求どおりのポーズを取るのはもうやめにした。

今度はわたしがジャックに要求する番だった。フィルムのストックが底をつく前に、わたしが高原の真ん中に停めてある車まで緩やかな坂を降りていくところを写真に撮ってくれと頼んだ。裸になって広い道の真ん中を歩いていく姿をカメラにおさめたかったのだ。ぎこちないポーズをとった後だったので、まるでサバンナの野生動物みたいに、温かい風を体に受けて歩きたくなったのだ。

4WDの車のドアを開けて、目隠し代わりにしようとしたが、まったく効果はなかった。ただ、近くには車は一台も見当たらなかった。広い平原に一軒だけ建っている家の住人も留守のようだった。二時間も屋外にいて、石ころだとか、ヤギの糞だとか、茂みのとげだとかに悩まされ続けてきたせいだろうか。それとも、近頃ジャックが、わたしの写真を撮るときと同じように、撮影用の反射板の陰で他の女の子の腰に襲いかかっているのかもしれないという不安があったからなのだろうか。わたしの体はまだ準備ができていなかった。

そういうときには、指の先にほんの少しつばをつけて、素早く体の入り口を湿らせ、自分の指でその部分を開かせるのだった。それでもまだすんなりと男性を受け入れることはできない。だが、亀頭が体の中に入ろうとすると、自然と体の奥から体液が分泌されはじめる。性器がすっかり濡れて、ペニスが完全に奥まで達するのに、そう長くはかからない。はじめは一段高くなったステップ台のようなものに片脚を乗せたほうが、体を開きやすいかもしれない。パートナーに背中を向けなければならないときには、自分のほうから腰をふって相手を挑発したりするようなことは絶対にしない。そうするには腰が柔らかくないといけないし、脚も閉じていたほうがいいからだ。腰を後ろに突き出すと同時に、わたしの思考もわたしだけの空想の世界に入りこんでいく。動きが激しくなればなるほど、わたしの意識も遠くまで飛んでいく。わたしにとって頭の中にイメージを描くことが、生活の中でなにかを考えることの中枢になっているからだ。空想することで、体のほかの部分を自由に解き放つことができる。わたしの体と頭の感覚は、一つに繋がっているのだ。体が快感を感じれば、思考も心地良いイメージの世界へ飛んでいくことができる。

わたしは、自分の体とジャックの体の一部を結び合わせなければならないような気がして、自分からジャックのペニスを求めて体を突き出した。そのときバックミラーに映った自分の顔が見えた。わたしはセックスの間、自分の顔を見つめていたが、表情がまるでないことに気がついた。普通は顔をしかめたりするものだ。だが、わたしの場合は、なにか違うことをしているような雰囲気が感じられた。目は虚ろで、果てしない空間をさまよっているようだ。なにかを探しているのだが、別に探すことにこだわっているふうでもないし、なにか目的のものがあるようにも見えなかった。広い空の下でセックスすることは、わたしとジャックにとって、生活の一部としてしっかり根づいていた。ボース地方（シャルトルとシャトーダンの間に広がるパリ盆地南部の平原）は小さな町が寄り集まっていて、独立して発展した都市がまだないところだった。その町の一つに住むジャックのおばあさんの家へ行ったとき、休憩する場所がどこにもなくて、道路の脇に車を止めて休まなければならなかった。

ジャックは、2CV（シトロエンの車種）を路肩に寄せた。生垣を通りぬけると、地平線まで伸びるのんびりとした田園地帯が広がっていた。藪の中にだれか隠れていそうな雰囲気だった。細いジーンズを履いていたので、それを脱ぐのが一苦労だった。下半身は裸になったが、虫が寄ってくるのが嫌だったので、上着を広げて頭に被った。ジャックの上着も借りて、そちらは腰に巻きつけた。近所に住む子どもたちの姿もなかったので、わたしたちは体の下半分だけ裸になってセックスをすることにした。慌しいセックスになりそうだったが、わたしはその状況を無邪気に楽しんでいた。ところが、ジャックが服を脱ぎかけている途中で、わたしの剝き出しになっている脚と腰の部分が、服を着ている上半身の体温よりもどんどん冷えてきた。仕方がなく、ジャックはブリーフとズボンのベルトが腿のところに引っかかった状態でことを済ませなければならなかった。体の一部分だけ裸になってセックスをすると、まるで服を着ている部分がアリバイを提供しているようで、子どもっぽいいたずらをしているみたいな楽しさがあった。

わたしとジャックが、年に一度、数週間を過ごす地中海沿岸の地域は起伏に富んだ地形をしているが、低地にあるブドウ畑や石灰質の荒地には隠れる場所も横になれるようなところもほとんど見つけられなかった。草や木も生えていないので、何かつかまるものが必要なときには、路上に廃棄され、窓ガラスもなくなった車のドアにしがみついた。車のドアにつかまって下半身を突き出すと、顔のほうは車の内側に入れることになる。ところが、廃棄された車の中にはゴミがたまって、腐ったような匂いが漂っていた。車のドアを支えに使った代わりに、わたしはゴミの光景と悪臭に耐えなければならなかった。

木を植えたばかりの、白い石灰岩を敷き詰めたブドウ畑へ続く坂道を、わたしたちはよく登った。その道にもところどころ目立たない場所はあったが、わたしたちはそこではセックスをしなかった。その道をしばらく行ったところに、いくつかお気に入りの場所を見つけたからだ。坂道を半分くらい登っていくと、急勾配がはじまる一歩手前で道が広くなり、一段高くなったところが砂の台地になっていた。道の脇には丸い岩がたくさん転がっていたが、その場所にはひとつもなかった。傍には川があったが、でこぼこのブリキ缶や壊れたパレットが浮かんでいる泥だらけの水で、カバの背中が見えたとしても不思議ではなかった。

そこには表面がつるつるしている岩があって、わたしはその上に寝転んだ。ジャックは腕で自分の体を支え、庇《ひさし》のようにわたしの上に覆い被さった。そしてペニスをわたしの中に挿入しようとして、何度か軽く突いてきたが、その姿勢でペニスを奥まで入れるのは、なかなか難しかった。そこでわたしが後ろ向きになって、四つ足の姿勢をとることにした。わたしはまるでローマ時代の、台座の上に乗った小さな雌狼の彫像のような格好になった。その姿勢でお気に入りの司祭から特別の捧げものを受け取るのだ。

もっと上まで登って行くと曲がり角があり、片側に溝が掘ってあった。どうやら車で通りかかる人たちが、そこにものを捨てていっているようなのだが、不思議なことにわたしたちが来るたび、捨ててあるものがいつも違っていた。耕耘機の残骸や大型の洗濯機などが、いつも溝に落ちていた。反対側には剝き出しの割れた岩が、まるで壁のように数メートル並んで続いていた。太陽の光が岩に当たって照り返しが強かったが、その場所もわたしたちのお気に入りのひとつだった。

この場所を選んだのは、手のひらで触わると岩の表面がすべすべしていて気持ちがよかったのと、まわりを取り巻く雑然とした雰囲気が無意識のうちに体を解放したいという気持ちにさせるからだった。だが、セックスの後に性器を拭う葉の一枚もそこにはなかった。おまけに、わたしにも、ジャックにも、ハンカチやティッシュを持ち歩く習慣はなく、しかたなくわたしは、ことが済んだ後しばらくの間、岩のほうを向いて脚を開き、体の奥から精液が地面に流れおちるのをじっと見つめていなければならなかった。ゆっくりと落ちていく精液の泡は、地面の上に転がっている白い小石と同じ色をしていた。

そこからさらに上へ行くと、丘の頂上は平坦になっていた。坂を上りきるところまでは、植え込みの間を抜けるように細い道が続いていた。叢の中には、丘の頂上でピクニックをした人たちが帰り道に捨てたらしいごみが乾いた木の葉や枝と混ざり合っていた。葉や枝が乾燥していたので、匂いもなく、あたりの空気もさわやかだったが、わたしたちがそこで立ち止まることは滅多になかった。わたしとジャックは坂を登りきって、そこでセックスをすることが多かった。

わたしが先に立って坂を登っていくと、ジャックがわたしの後姿を見つめる視線が感じられた。一定のリズムを保って、一生懸命坂を上がっていくと、息があがり、ショートパンツやスカートの中のわたしのお尻がジャックの目の前で波打つように揺れていた。ジャックはその誘惑に抗おうとはしなかった。わたしの体も疲れを知らず、親鳥が餌を運んでくるまで嘴を大きく開けている雛鳥のようにいつでもジャックを受け入れる準備ができていた。

「二人の間の決まりごと」については、うまく例を示して説明することができないので、主として田園地帯でのエピソードを長々と書いてきた。たしかにビルの玄関口に隠れてセックスするよりも、見通しの悪い道でするほうがリスクは少なくてすむ。だからといって、そんなことはジャックが他の人と、あるいはわたしが他の人と、都会の真ん中でセックスすることの妨げにはならない。

地下通路ではメトロの職員が人ごみに紛れて、本当に触ったかどうか判断がつかないくらい軽くわたしのお尻を触ってくる。それはバケツや箒がしまいこんである用具入れに誘っている無言の合図なのだ。郊外のカフェでは、奥の座席に座った陰気な顔つきの男たちが、わざわざ振り返っては、わたしの体を品定めでもするようにじろじろ見るのだった。そういう場所でセックスするところを頭の中では頻繁にイメージしても、実際にジャックと出掛けて行ってセックスすることは、それほど多くはなかった。しかも、いまだに、わたしのほうがジャックを引っ張って行くのだ。

屋外でセックスをする習慣がなくなってからは、風景やわたしがいろいろなポーズを取って撮影した写真を、一枚一枚ゆっくりと寝室の壁に貼りつけて眺めた。それを見ながら、どこかへ行くことをジャックがまた承諾してくれないかと期待していた。ところが、ジャックは他のことで忙しいふりをし、無関心なふうを装っていた。——だが、無関心なのはうわべだけで、体はちゃんと反応していた。——わたしが壁に写真を貼っている間中ずっと、ジャックのペニスはゆっくりと時間をかけてわたしの体に擦り付けられていたのだ。こうした考察から、わたしは二つの結論を導き出した。結論の一つはこうだ。あるカップルがお互いに性的な欲求と自分自身の空想の世界を持っていたとすると、それらはだんだんと二人に共通する習慣の中に組みこまれていく。そうなると、空想の世界と現実のはっきりした境目がなくなり、自分の欲求も頭の中の空想も、そのときの状況に合わせて、お互いが期待しているものとぴったりと符合してくるようになる。

たとえば、わたしは子どもの頃、どれくらいの数の男性と関係を持つことができるのかと思い悩んでいたが、クロードやエリックと一緒にグループで行動することで、現実に多くの男性と関係を持ち、答えを見つけることができた。それを実現できたのは、相手もわたしと同じ欲求を持っていたからだ。

ジャックと一緒に乱交パーティへ出かけたことは一度もないが、そのために（たとえわたし抜きで、みんなが乱交パーティをしていると知っても）欲求不満になったりはしなかった。乱交パーティへ行かなくても、わたしとジャックはお互いの欲求を共有することができたからだ。わたしはこれまで経験してきたことをジャックに話して聞かせるだけでよかった。そしてわたしの体験してきたことをジャックがどんなふうに頭の中で思い描いているのかを、自分自身でも空想してみるのだ。それは、ジャックが郊外へわたしを連れて行き、その場所が自然のままの景観を残していようが、ゴミで汚染されていようが構わずに、体を露出させたポーズを取らせ、自分の思い描いた通りの写真を撮るのと同じことなのだ。頭の中でイメージを思い描き、実際にわたしがその通りのポーズを取って見せるだけで充分なのだった。――わたしがもっと自分を引きたてるような場所で写真を撮りたいとか、もっときれいに撮ってほしいと思っていたとしても、そんなことはどうでもよかったのだ……

二つ目にわかったことは、自然の空間と街中《まちなか》の空間とでは頭の中で思い描くイメージも違ってくるということだ。そもそもこの二つの空間は、それを示す定義からして異なっている。街中の空間は人と人とが行き交う場所であり、そこにいると法規に背きたいとか、体を露出したい（あるいは、覗きたい）といった欲動が湧き上がってくる。体を露出すれば、剝き出しになった体の一部が光を発する。二人の体を一つに結び合わせれば、そこにも後光のような光が現われる。街中の空間にいると、そういった光を受け入れてくれる見知らぬだれかが、偶然どこかに存在しているのではないか、その人の視線に出会えるのではないかと思ってしまうのだ。

同じことをしても、厚い雲の下の自然の中にいると、それを見ているのは神様しかいない。空間に立ったときの気持ちも、街中の空間にいるときとはまるで逆の気持ちになる。都会の真ん中で感じるような、そこにいる人たちに刺激を与え、相手にも同じ興奮を共有させたいという欲求は生まれてこない。他にはだれもいない、エデンの園のような楽園に佇んでいると、目の前に大きな空間が開けてくる。その空間の広がりが大きければ大きいほど、自分が今いる場所も、限りなく大きく広がっていくように感じられる。もしかしたら、体力を消耗してセックスでオルガズムを得るよりも、目の前の空間が限りなく大きく広がっていくときに体に浸透してくる快感のほうが、より大きな悦びを与えてくれるかもしれない。

そうはいっても、わたしがマスターベーションをするときに思い描くイメージは、ほとんどが街中の場面になっている（前のページですでに書いたと思うが、よく思い浮かべるイメージを一つだけ例に挙げておく。場面は混雑した地下鉄の車内。一人の男性がズボンの前の部分をわたしのお尻に押し付けてくる。そしてスカートを捲くり上げて、わたしの体の中にペニスを挿入する。一人が終わると、その動きを見逃さず、人ごみの中をすりぬけてきた別の男性が入れ替わる。車内は、快楽に浸る人と、それに不快感を覚えて文句を言う人と、二つに分かれてしまう……)。それ以外にも、大きな幹線道路の路側帯とか、都心の駐車場に車を停めている場面をイメージするのも好きだ。こうしていろいろ考えてみると、いずれにしてもわたしは広い空間でセックスをするのが好きなのだ。

ところで、街中で、しかもそれが夜だと、思わぬ幻想を抱くことがある。わたしがクロードと、パリ郊外の小さなアパルトマンで一緒に暮らしはじめたばかりの頃、二人で夜遅くに帰宅したことがあった。わたしはクロードの前を歩いていた。すると、いきなりクロードが、下着をつけていないお尻の上までわたしのスカートを捲くり上げた。そんなことをしても、クロードにはその場でセックスをするつもりも、その場を通りかかるかもしれない通行人を驚かそうなどという気もなかった(クロードと屋外でセックスをしたことは一度もないと思う)。ただ、わたしのお尻の割れ目に新鮮な空気を吹き込んで、その通りを吹き抜ける風の息吹を伝えたかっただけなのだ。そのとき、わたしはこんなことを考えた。植え込みや駐車場のようなところで、複数で闇にまぎれてわたしと関係する男性は、広い空間にいるときと果たして同じ行動をとるものなのだろうか。あるいは、わたしの体は広い空間にいるときより濃密な空気の流れを感じ取ることがあるのだろうか。わたしはそこからさらに思考を進めていった。

——わたしは知らない道を歩く場合でも他の人とまったく同じように歩いていこうとは思わない。グループの中で次々と男性を変えていたときの態度と、人生のある時期に複数の恋人の間を行き来していたときの態度は、方向感覚に似た同じような心理的傾向によっていたのだ。

街と男性

成人になってからの最初の数年間、わたしにとってセックスをすることは、外気に接したいという欲求とわかちがたく繋がっていた。どちらももとは同じ欲求から発生しているものなのだ。

わたしがはじめて家出をして、処女を喪失したときのことだった。それまでにも両親と口論になったことは、一度ならずあった。わたしはまだクロードのことを知らなかったのだが、その日デートの約束をしていた相手が急に都合が悪くなって、友人のクロードがそのことをわたしに知らせに家まで来てくれたのだった。クロードは一緒に外へ遊びに行かないかと誘った。そして、結局、クロードの車でディエップ（イギリス海峡に臨む港町）までドライブした。わたしもクロードも海岸まで行ってみたくなったからだ。

それからしばらく経って、わたしはベルリンから来た大学生を好きになった。その人とは肉体関係にまで発展しなかったが（とても慎重な人だったので、わたしも自分のほうから欲求を表すようなことはしなかった）、上背のあるその人の体がわたしの横に並んだだけで、白い大きな手が傍にあるだけで、わたしはうっとりとなってしまった。わたしはその人と一緒に、西ベルリンへ行って暮らしたかった。その街では建物の屋根が大聖堂のてっぺんにまで届き、青いステンドグラスがきらきらと輝いている。街中にある公園の風景をわたしは思い描いた。その学生は、なにか将来の約束をするにはわたしたちはまだ若すぎるし、分別のあることだとは思えない、と手紙に書いてきた。つまり、わたしとの仲を解消したいということだった。そこでわたしは二度目の家出をした。その頃にはクロードと頻繁にドライブをしていたので、彼の車でベルリンへ向けて出発した。その学生と話をするのが目的だった。東側へ入国するのに必要な書類など持っていなかったが、西ドイツと東ドイツの国境をなんとか突破できると思っていた。ところが、その考えは甘かった。結局、その学生が事情を説明するために、国境まで来ることになった。検問の係官が常駐する木造の小さな小屋の前には、国境を越える人や車の長い列ができていた。そしてわたしが最初に経験したセンチメンタルな恋物語は、ドイツの深い森の中にある巨大な駐車場のカフェテリアで終わりを迎えたのだった。

わたしはベルリンへ行った時のように、何の前触れもなしに、いきなり家を飛び出して行ってしまうことがあった。その傾向が何年も続いた。付き合っている男性がいるのに他の人に会いに行ったり、その相手に他の男性と会う場所まで連れていってもらって、しかも家まで送り届けてもらったりするのは、道理にかなったこととはいえない。当時、わたしと、クロード、アンリ、それにセックスに関して新しい考え方をしている他の何人かの仲間は、若いオスネコさながら、熱に浮かされたようにいろいろなところへ出かけていった。

ときには仲間と離れて単独で行動することもあったが、戻ってくると、どんなことを体験してきたか、みんなに話して聞かせるのが暗黙の了解になっていた。その場合、欲望と理性とが水と油のように、いつでもはっきりと区別されているとは限らなかった。たいして知らない男性と遠くまで出かけ、二日間一緒に過ごす。あるいは、ミラノに旅行するたびにその街に住む仕事仲間と何年にも渡って関係を続ける。——その場合、相手に会うことを口実に旅行ができるのはいいが、寝るのも、相手に触れるのも、セックスをはじめるときも、いつもとはやり方が違うので居心地の悪い思いをしなければならない。

もしできることなら、わたしは、毎朝、目を覚ましたとき、それまで一度も目にしたことのない天井を眺めたいと思った。そして、ベッドから出て、しばらくの間はトイレへ行くには廊下をどっちの方向へ進んでいったらいいのか、前の晩はどうやって行ったのかを思い出そうと、だれもいないアパルトマンの中を行ったり来たりすることになるのが理想なのだ。だれもいないとはいっても、自分の後ろには数時間前までは見知らぬ他人だった一人の男性が寝ている。だが、朝にはその男性のしつこさも、体臭も、すっかり馴染みのあるものになってしまっているのだ。わたしは、何度、こんなふうに自分が高級娼婦になったところを頭に思い描いてきただろう。今書いたことも、そのイメージの一つなのだ。

厳密に言うと、旅をすることは、ある一定の期間、自分の住む場所を離れて他の場所へ移動するということだ。それはセックスのときに得られる快感の各段階と比べうるものだ。たとえば、空港へ向かうタクシーのなかで出発前のわくわくした気持ちが急に冷え込んでしまったり、空港のロビーで出発を待っている間に気分が沈んでぼんやりした状態になることがある。その感覚はわたしにとって、セックスのときの、体の中の臓腑を絞り上げ、快楽の最後の一滴まで汲み上げる欲望を引き出す巨大な手の感覚と酷似しているように思える。あるいは、それは男性がわたしに心理的に親しくなったことを示す視線を投げかけるときとまったく同じなのだ。

ところが、残念なことに、しょっちゅう旅行したり、仕事で遠くへ出かけたりしても、旅先で恋人を見つけたことは一度もない。旅先でなら仕事をしていても、パリにいるときよりも自由に時間を使えるし、だれかと肉体関係にまで発展しても、翌日からの二人の関係についてあれこれ思い悩む必要もない。それでも、旅先でセックスをする機会は非常に少なかった。どんなに頭をひねって考えても、旅行中に出会って肉体関係を持った男性は二人しか思いつかない。しかも、そのうちの一人とは朝食を食べて日中一度デートをしただけだし、もう一人とは一晩一緒にいただけだった。

それには理由が二つある。一つ目は、そもそもわたしが仕事をはじめたばかりの頃、わたしよりもずっと経験のある女性の同僚にこんなことを聞かされたせいだ。シンポジウムやセミナーのような会合は、普段のしがらみから切り離された人々が閉じ込められた状態になるので、ホテルの廊下をこっそりと行き来するには大変都合がいいのだと。わたしは特別にセックスのために用意された場所に頻繁に集中的に出入りしていた。それにもかかわらず、人品卑しからぬ人たちが一目で休暇中とわかるようなおかしな服装をしているのにショックを受けたのと同様、この話にショックを受けた。

仕事の経験は浅かったが、まだ若くて、妥協を知らなかったわたしは、セックスをすることは、その人の人生そのものにかかわってくるものなのだと考えていたからだ。——この場合のセックスは、精神的に自由な考え方を持つ人が、一人あるいは複数のパートナーと頻繁に関係を持つことを指している。——そうでなければ、いくつかの条件さえ満たせば、ある一定の期間、まるでカーニバルのように快楽をほしいままにできるだろう！（この厳格な判断を相対化するために敷衍してみよう。わたしたちの性的傾向は古い雨傘を反対側に広げるようにひっくり返すことができるとか、現実感覚では風が吹いてもびくともしない建物の骨組みが逆に崩れて、幻想の突風に自分の身をさらすというようなことはありえないのだ。この本の中でも、一度ならず現実と空想を比較対照してきたが、ここではばかばかしい矛盾をはっきりとお見せしよう。いま述べたばかりの道徳観念を持っていたにもかかわらず、わたしは参加者の男性が自分とセックスしているところを想像して、欲情を催すことがよくあった。その男性たちは、ホテルのバーの片隅や電話ボックスなどで入れ替わりわたしとセックスをし、わたしと手をつなぎながら、自分の奥さんには電話でこんなことをいっていた。「ああ、そうだよ。こっちは順調だ。気に入らないのは、飯ぐらいかな……」これはもっとも確実に最低に堕落した状態を味わうようわたしを導いてくれるシナリオのひとつだ）。

旅先で男性と肉体関係に発展したときのエピソードを、現実に起こったとおりに書いていくと、このページと次のページ、あわせて二つのページくらいで収まってしまう。

一人目はカナダまで船旅をしたときに、アシスタントとして同行していた男性だった。その男性については、前の章で少し触れたと思う。ある晩、その男性は、船内の大きなホールの真ん中でわたしを抱き寄せ、「明日の朝、あなたの部屋へ行きます」と言ったのだった。その言葉どおり、その男性は、翌朝、わたしを起こしに部屋へやってきた。前日までの旅の疲れのせいで、――その日は船旅の最終日だった――わたしはまだ眠っていた。相手はすぐにわたしを起こさずに、そっと自分の腰をわたしの体に押し付けてきた。その男性にその気があるのかどうか確信はなかったが、わたしは相手のなすがままにさせておいた。そして玄人の女性がするように、相手の気をそそるような、それでいてあまりいやらしくなく、どちらかと言うとエロティックな言葉を自分の知っている語彙の中から探し出して、その男性に投げかけてみた。すると、その男性は「何日も前からこうしたいと思っていました。でも、仕事に支障をきたしてはいけないので、最終日まで待っていたんです」と言った。その台詞には、わざとらしさは微塵も感じられなかった。

その後も、わたしはその男性と一緒に仕事をする機会があった。だが、相手がわたしを誘うような仕草を見せたことは、それっきり一度もないし、わたしから誘うようなこともしなかった。肉体関係をもち、もう一度会いたいと思った男性との関係が一度きりで終わってしまったのは、これがはじめてだった。セックスをした相手と仕事の仲間として、その後親しく友達づきあいするようにならなかったことも、これがはじめてだった。その当時はもっと貞淑な女になろうとか、それが無理なら少しでも自分の欲求を抑える努力をしようと思っていた時期だった。普段から奔放な生活を送っていない人が、道を踏み外してしまうのは、こんなときなのだと思って自制したのだ。セックスに関して、自分のとった行動をなんとなく後悔したことは、このとき一度きりだった。

ブラジルでの経験はもっと複雑な心境だった。はじめてリオデジャネイロに行ったとき、わたしは人から教えてもらったアーティストの電話番号をリストにして持って行った。全部の番号にあたってみたが、電話に出てくれたのは、そのうちのたった一人だけだった。偶然、その男性はわたしが関わっているフランスの文化についていくらか知識があった。わたしたちはイパネマのあまり人気のないカフェのテラスで遅くまで話をした。その後何年かの間には、その男性がパリへ来たこともあったし、わたしも一、二度、ブラジルを訪れる機会があった。

サンパウロでビエンナーレ（二年に一回行われる美術祭）が開催されたとき、会期の終わり頃に思わぬチャンスが訪れた。わたしとその男性が同じタクシーに乗りこんだのだ。男性は運転手にわたしの宿泊先のホテルの住所を教えた。わたしは運転手の首筋から視線を離さずに、男性の腿のあたりに軽く手を置いてみた。すると、その男性は行く先を自分の泊まっているホテルに変更したのだった。その男性のホテルの部屋は窓ガラスの傍にベッドが置いてあって、窓の外のネオンサインが、部屋の中を黄色く照らし出していた。その男性はわたしに覆い被さろうとはしなかった。まるでわたしの存在を確かめるかのように体のあらゆる部分に、自分の体の一部を押し当ててきた。手、唇、ペニス、それに額、顎、肩、脚まで使ってわたしの体を触るのだった。悪い気はしなかったが、その後ひどい頭痛になって、相手をひどく驚かせてしまった。その男性とも二度目の機会は訪れなかった。

ずっと後になって、今度はパリでその男性と同じタクシーに乗ったことがあった。しかし、そのときには相手が思いやりのある言葉をかけてくれていたのに、わたしはそれを全然聞いていなかった。わたしはそれよりももっと深い悦びに浸っていたのだ。わたしとその男性との間は地理的にも遠く離れていたし、時間的にも長い隔たりがあった。それでも、こんなふうに会う機会が持てたことに悦びを感じていたのだ。――それからはリオに立ち寄ることがあっても、その男性と電話で話をするだけで満足するようになった。――空間と時間がぴったりと符合し、すべてが完璧な形を成した。そんなふうに考えられたのは、このとき一度きりだった。

二つ目の理由には、旅行先でのわたしの行動範囲がごく限られた狭いものであることが挙げられる。そのことについては、最初の章で触れたことと関連がある。わたしはなにか新しいことを見つけるのが好きだ。――だが、それにはだれか手助けしてくれる人がいれば、という但し書きが付く。わたしが新しい男性と知り合いになれるのは、もともと知り合いだった男性が他の男性を紹介してくれるからなのだ。どんなことをしたいのか、どうすれば満足できるのか、そういったことを自分自身で突き詰めて考えていくよりも、むしろ、他の人から紹介される男性を受け入れていくほうが、わたしには性に合っているようだ。

男性と肉体関係を持つことと、欲望を抱くこととは、わたしにとってはまったく別のことなのだ。わたしは現実に絶対に肉体関係を持つことができない相手に対しても、強い欲求を感じることがある。しかも、そのために欲求不満に陥るようなこともない。なぜなら、わたしには自分の空想の世界があるからだ。頭の中でいろいろなイメージを作り上げ、話を展開させていくことができるからだ。空想することはわたしの性生活の中で大きな位置を占めている。頭の中にイメージを描きながら、親指と人差し指で体のいちばん敏感な部分をマッサージする。すると欲望が刺激され、満足することができる。もちろん、実際にセックスをすることは、もっと広い意味で必要なことである。それはセックスをすることで、すんなりと自分の道を切り拓くことができるからだ。セックスしたことをはっきり意識できると、まるでお互いの気持ちを分かり合える家族と一緒にいるときのように、くつろぐことができる。遠く離れた街へはじめて行ったときには（しかも、だれも手助けをしてくれる人がいなければ）、そんなふうにくつろいだ気持ちになることはできない。

男性のことを思い出すときには、他のなによりもその人が住んでいた家のことが頭に思い浮かぶことが多い。その男性とあまりいい思い出がなかったわけだからではない。それどころか、相手が住んでいた環境を思い出すと、その男性と付き合っていた頃のことや、セックスのときの詳しい状況、どんな体位をとったかということまで、自然に頭の中に浮かんでくる。

ここまでこの本を読んできてくれた読者にならわかると思うが、わたしは即座にその場の環境に馴染むことができる。新しい環境で体の奥を開くとき、わたしは目を大きく見開いている。この方法は、ずっと若い頃、パリで、自分がどこにいるのか確めるときに習得したものだ。ある建築家と付き合っていた頃、その男性とはパリにある仮住まいで会っていた。部屋はセーヌ左岸のサン・ジャック通りにある新築の建物の最上階にあった。ベッドに寝転ぶと、天窓から見える空の景色に吸いこまれそうな感じがした。窓からは、直線で結ばれた位置に、セーヌ右岸のサン・マルタン通りにあるわたしの家が見えた。

歯医者と付き合っていたときには、その男性の女友達の家へ遊びに行ったことがあった。そのときから、わたしはアンヴァリッドが好きになりはじめた。歯医者の女友達は五〇年代に人気のあったポップ・ミュージックの歌手で、容色はだいぶ衰えてはいたが、まだ魅力を保っていた。部屋には当時のレコード・ジャケットが立てかけてあった。その女性はわたしたちが行っても、全然気のない素振りで無関心だった。わたしは部屋の中を好き勝手に見て楽しんだ。小型の丸テーブルの上にはあらゆる大きさの石や陶器でできたカメの置物がいっぱい置いてあった。窓からはすばらしい建築物や広場が見えて、神々しいまでの景色だった。わたしの頭の中では、自分が訪れた家とそこから見た風景とがいつもこんなふうに繋がっている。

エリックの家はベッドが部屋の真ん中に置いてあった。まわりには、カメラのレンズ、スクリーン、鏡が万華鏡のように配置され、ベッドの上から遠隔操作ができるようになっていた。アトリエも兼ねたブルーノの家は、広い空間に花を生けた花瓶がぽつんと一つ置いてあるだけで、あとはドアも、梁も、クローゼットやその他の家具も、みんな一続きの同じもののように見えた。どれもが同じ大きさで同じ機能を持っているような雰囲気だった。大きなテーブルがベッドの代わりにもなる、といった感じだった。

イタリアの大きな街にある、大きなアパルトマンには、甘く、郷愁をそそられる想い出がある。エンツォと共同で仕事をしたときのことだった。エンツォが住んでいたローマの地区は黄土色の建物が建ち並び、区画も整備されていなくて、とても主要な都市のようには思えなかった。わたしが子どもの頃に住んでいた郊外の町と比べても、手入れのされていない荒地のような場所がたくさんあるので驚いた。封建時代の都市計画の影響がどの街角にも色濃く残っていた。

ところが、建物の中に入ると、部屋の広さはフランスのアパルトマンと比べるとずっと大きかった。バスルームは自分の声が反響するくらい広かったし、床はすべてタイル貼りで、どの部屋もたった今だれかが掃除をしたばかりのようにきれいで塵一つ落ちていなかった。それから一、二年後に、エンツォはミラノへ引っ越した。ミラノのアパルトマンはローマのより建物は古かったが、部屋はさらに広く、天井も高かった。まるでなにもない部屋の中を歩き回りたいからだと言わんばかりに、その広い部屋には家具がなにも置いていなかった。アパルトマンの中で目に付くのは明るい色のペンキで塗り替えたばかりの壁と床の上にあるベッドと広げたままのスーツケースだけだった。ここではセーターを脱いで、スカートを滑り落とすのが、欲情しているときの合図になっていた。

出発点

わたしが子どもの頃、家族は五人だったが、住んでいたアパルトマンには部屋が三つしかなかった。そのことを知ったら、わたしがセックスの経験とそのときの場所とを結び合わせて覚えていることに理解を示してもらえるだろう。家族と住んでいたアパルトマンを初めて飛び出したとき、初めてセックスを体験した。べつにそのために家出をしたわけではなく、物事の流れがそうなってしまったのだった。

家族一人一人が自分の部屋を持っていて、プライバシーがしっかりと守られているような裕福な家庭で育った人や、子どもの頃を田舎で過ごした人は、わたしと同じような経験をしたことはないだろう。そういう人たちは体を動かすのに物を移動する必要などなかったはずだ。わたしが子どもの頃は、体の一部を動かすとき、どこかにぶつからないように、その体の部分が届く範囲をいちいち確認しなければならなかった。

クロードとパリからディエップまでドライブをしたとき、わたしは海を正面に眺めながら、自分の体のどこかに自分自身で見ることのできない、今まで想像もしたことのない部分があることを知った。その部分はとても柔らかくて、奥が深くなっているので、男性が男性であることを示すもの、わたしにはない男性の体の一部がその中に入っていくことができた。

若い人たちを〝イノサン（無垢）〟と呼んでいたが、こんな表現はもう廃れてしまったのだろう。これまで受け継がれてきた常識が、若い人たちに通用しなくなってしまうことは、いまも昔も変わりない。男女が肉体関係を持つに至るまでにはさまざまな過程を踏まえるものだが、若い世代はそんなものはまるで意に介していない。その結果、恋愛と道徳観念とが入り混じり、もつれてしまっている。セックスに関して、若い人たちは単に知らないだけなのだろうか。

わたしの場合は、実際に初めて男性と性的な関係を持つようになるまで、自分のことでも家族のことでもセックスに関してほとんど〝イノサント（無知）〟だった。はじめて生理になったとき、わたしは一二歳だった。母と祖母は大騒ぎをして、わざわざ医者を呼んだ。父はドアの隙間から部屋を覗きこんで、鼻血でも出たのかと笑いながらわたしに聞いた。それがわたしが家で受けた性教育だった。

生理のときにいったいどこから出血しているのかもわたしは知らなかった。尿が出てくるところと、生理の血が流れてくる場所が違うこともはっきり認識していなかった。ある日、医者がそのことを見ぬいて、浴槽用の手袋を使ってもっと奥まで洗ったほうがいいと忠告した。そしてゴム手袋をはめた手の匂いをかぎながら、「そうしないと、ほらね、こんなふうに変な匂いがしてきちゃうんだよ」と付け加えた。

ロック・コンサートの会場で起こった事件のことを耳にしたとき、わたしはあることで頭を悩ませた。わたしの目の前で母は友人たちと事件のことについていろいろ話をしていた。それを聞く限りでは、コンサート会場で暴力沙汰が起こり、どうやら警察官もそれに関わったらしいということまでは理解できた。「女の子達まで興奮して手がつけられなかったそうよ。警官から警棒を取り上げて、それを自分の中に入れようとしたんですって！」この言葉を聞いたとき、わたしの頭の中にこんな疑問がわきおこった。自分の中に入れるって、いったいどこに入れるのだろう。どうして、警棒なんだろう。そのことが、ずっとわたしの頭から離れなかった。

思春期を迎えた頃には、わたしはそれと気づかないで子どもっぽい自慰行為をしていた。ほんの小さな子どもの頃に、あることをすると他のどんなことをしたときにも味わえないような快感を得られることを知った。普通にお人形遊びをしているときだった。半ズボンの股上の布地が厚くなっているところを寄せ集めて、脚の間に挟み、その部分が股の間に食いこむようにして椅子に座ってみたのだ。それが気持ちがいいことがわかったので、セルロイド製の赤ちゃん人形のえくぼのようなくぼみのある小さな手をとりはずし、その手で、服を脱がせた裸のバービー人形をなでてみたりした。

その後しばらくして、半ズボンの布地を寄せ集めて脚の間をマッサージするのはやめてしまった。その頃にはもうお人形遊びもしなくなっていた。その代わりに、バービー人形ではなく自分の体を人形の手で愛撫していた。わたしはそれだけで十分満足していたので、自分が人形でしているようなことを、実際に男女がどんなふうにしているかということまでは考えが及ばなかった。しかし、そこでもまた頭を悩ませることがあった。頭の中で複数の男の子の手が自分の体を撫で回しているところを想像すると、現実に体が縮こまってしまって、ほとんど動かなくなってしまう。ところが、自分の手を脚の間に挟んで、ほんの数ミリ前後に動かすときはそうはならないのだった。

すでに何年も前から、父と母は同じ部屋で寝ていなかった。父は家族が共同で使っている、もともと母と一緒に寝ていた部屋を寝室にしていた。母はやはり家族共同の部屋に置いてある大きなベッドでわたしと一緒に寝ていた。そのすぐ傍の小さなベッドでは弟が眠っていた。たとえだれに言われなくても、人に知られてはいけないことは本能的にわかるものなのだ。わたしは母と同じベッドに寝ているとき、ほとんど身動きをせず、息を吸い込んだまま、手先だけを巧みに動かして自慰にふけった。母にそれと知られないようにと思って練習したことなどなかったが、母はわたしのほうへ寝返りを打っても、わたしが体を揺すって性的な快楽を得ていることになど気づいていないようだった。

ただ手を動かして体を刺激するよりも、頭の中でなにかを空想しているときのほうがずっと快感が大きかった。そのせいでわたしの想像力はよりいっそう逞しくなった。母はわたしがベッドの中で何をしているのか気づいていなかったはずだったが、ある日、わたしの体をゆさぶって、頭の中でいやらしいことを考えているんだろう、というようなことを言ったことがあった。クロードとディエップへドライブをした頃には、わたしはもう母と同じベッドには寝ていなかった。それでもマスターベーションをするときには、体を丸める癖が残っていた。——そして、その後もずっと、その癖が抜けなかった。——だが最終的には、体の奥を開くときには、体全体を伸ばすことができるようになった。

空間が体を開かせることがごくたまにある。たとえば、劇場で舞台の幕が上がるときに、緞帳がゆっくりと上に上がっていき、だんだんと舞台が見えてくる。ところが、その途中で幕が止まってしまう。だが、幕が上がるのを眺めていた観客にとっては、気持ちの中では舞台はもうはじまったも同然なのだ。なにかが変わる、その一瞬に、特別な価値があるものなのだ。前にも書いたと思うが、わたしは旅に出る前、空港で飛行機の出発を待っているときなどに性的な快感を覚えることがある。それは、たぶんクロードに誘われて、彼について行ったときのように、その結果がどうなるかなどということは考えずに、自分がしたいと思うことを実行することで、自分自身を解放することができるからなのだろう。ところが空間とは、巨大なゴム風船のようなものなのだ。いきなり目の前に大きな空間が開けたと思ったら、今度は急にそれがしぼんでなくなってしまうこともある。

わたしが遅い「反抗期」を迎えたのは、一三歳か一四歳のときだった。ある日、アパルトマンの廊下を進んでいくと、玄関のドアの敷居のところに男性が立っていた。母はその男性を父が留守の間に家に招いたのだった。母とその男性は、挨拶程度の軽いキスを交わした。だがそのとき、母がまぶたを閉じて、腰を弓なりにくねらせているのを、わたしは見てしまった。わたしはその男性を快く家に迎え入れなかった。わたしがふてくされているのが、母は気に入らない様子だった。

それから三、四年後、クロードが初めてわたしの家に来たとき、そのときの男性と同じように、彼は玄関のドアの敷居のところに立っていた。それは六月のことだった。

わたしとクロードは夜遅くにディエップに到着した。そしてキャンプ場を見つけた。テントを準備するのに大して手間はかからなかった。その当時は、試験の前に徹夜で勉強するために学生がアンフェタミンを当たり前のように飲んでいた。クロードも運転中眠くならないようにそれを飲んでいて、わたしにも飲むように勧めた。薬の覚醒作用でテントに入っても、わたしたちは眠れなかった。

クロードが低い声でセックスをしてもいいかと聞いてきたとき、わたしは思わず身震いした。体が震えたのは、ついにそのときがやってきたと思ったからなのか、それともいきなり頭の中にイメージが浮かんできたせいなのか、自分でもわからない。わたしはどうしたらいいのかまったく判断がつかなかった。その数カ月前にボーイフレンドとセックスの真似事のようなことをしたことがあった。ボーイフレンドの男の子はわたしの剝き出しのお腹の上にペニスを押し付けてきた。そして、そこで絶頂に達してしまった。

翌日、わたしは生理になった。体の仕組みのことなどよく知らなかったので、わたしは生理の出血を処女を喪失したときの出血と勘違いしてしまった。その次の生理が来たのは、それからずいぶん時間が経ってからだった（まだ体が成熟していないうちはしばしば生理が不順になるものだが、不安になってやきもきさせられることもよくある）。それでわたしは妊娠したのだと思いこんでしまった。クロードがわたしの名前を呼んでもう一度同じ質問をしたとき、わたしは「いいわ」と答えた。クロードはわたしからそんな返事を聞けるとは思っていなかったようで、嬉しさのあまり、何度も「カトリーヌ」とわたしの名前を繰り返していた。すべてが終わって、クロードの体がわたしから離れたとき、わたしは腿の間から一筋の赤黒い液体が流れてくるのを目にした。

テントの中は二人の体でいっぱいになってしまうくらいのスペースしかなかったが、翌日は二人ともほとんどテントの外へは出なかった。わたしとクロードは、互いに上になったり下になったり、ときどき向きを変えながらぴったり体を合わせていた。離れるのは、テントの傍をだれか人が通るときだけだった。上からはテントの布地を通して、砂のような色の光が差しこんでいた。隣のテントは家族連れだった。母親らしい女性が「隣のテントは、いったい中でなにをやっているの。全然外に出てこないじゃないの」といっているのが聞こえた。すると、今度はおとなしそうな男性の声がこう答えた。「放っておきなさい！　きっと疲れて寝ているんだろう」それでもなにか食べるときには、二人の隠れ場所から抜け出して、小さなテラスへ行った。わたしは意識が半分朦朧としていた。テントのほうを振り返ると、すぐそばに海があった。そして海が内陸に切りこんだ垂直な断崖の上にそのキャンプ場が立っていることにやっと気がついた。

そこからどうやって両親に連れ戻されたのかはっきりと覚えていないが、大した騒ぎも起こらなかったし、長く家を空けていたわけでもなかった。この本のはじめの章で書いた、リヨンのある家の庭で起こったエピソードは、それから何週間か経ってからのことだった。それからさらに数週間後、わたしはクロードと暮らし始めた。家出をしてディエップまで行ったとき、わたしは「女」になった。そして、自分の思うとおりに生きようと決心したのだった。しかし、今、そのときのことを振り返って考えてみると、テントの下でクロードとじゃれあっていたのは、ほんの子どもの遊びのようなものだった。キャンプ場のテントでセックスするのは、その頃住んでいた、家族が生活に必要な最小限のスペースしかない窮屈なアパルトマンで、シーツを頭まで被って、親の目を盗んでオナニーをするのと大して変わりがなかった。クロードとわたしは公共の場所で、外と中を隔てるものは薄い、透けて見えそうな布地一枚だけ、しかも中でなにをしているのか、まわりの人に気づかれてしまうような状況で不謹慎な行為に熱中していたのだ。そういう意味ではキャンプ場のテントでセックスするのも、ベッドの中で隠れてオナニーするのも、同じような子どもの遊び程度のことだった。いけないことを隠れてするということ自体が、幼稚な行為なのだ。子どもっぽい行為に耽っているときは、気持ちは外に向かわずに、中にこもってしまう。他の人に見つからないように体を丸め、もし、だれかが不意にやってきて、邪魔をされても、なにも気づかないふりをしているのだ。

3 ＊ 小さな空間

奥まった場所

パリとその周辺地域にある禁猟区をあちこち探検してまわっていたときには、広い空間でのセックスも楽しんだが、狭いところでの隠れんぼにも興じたものだ。あるときは、ソ連大使館から数歩しか離れていない、がらんとした通りに停まっていたパリ市の小型のトラックが隠れ場になった。男たちの中に市役所の職員がいたので、それが市の所有している車だとわかった。

トラックの荷台に男たちが次々とやってきて、わたしとセックスをした。わたしはいろいろと体の向きを変えた。しゃがみ込んでフェラチオをし、仰向けや体を丸めた側臥など、わたしの性器がペニスを受け入れやすくなるような姿勢で寝転んだ。荷台の床は波型になった銅板で、敷物が用意されていなかったので、体を動かすたびに背中がひどく痛んだ。それでも、わたしは一晩中ずっとその場所にいられたかもしれない。しかし、そこで起こっていることは夢の中の出来事のようで、それをぼんやりと眺めているような気分だった。

自分がいる場所も、していることも、とても現実には起こりそうもないことのような気がした。そのせいですっかり体が痺れたようになってしまった。このときは、その場を動く必要もなかった。一定の間をおいてトラックの荷台のドアが開き、次々と新しい男性の影が中に入ってきたからだ。体を動かす振動で小さなトラックも揺れていた。トラックの荷台の中で、わたしは男性たちのアイドルのような存在だった。後から後から男性がやって来て、わたしに敬意のこもったまなざしを注いでいった。わたしは身動きもせず、まばたき一つしないで、それを受け止めた。

まるでわたしが頭の中で思い描いてきたイメージの一つを、現実に目の当たりにしているような気分だった。――わたしはどこかのビルの警備員室にいる。部屋の中のカーテンで仕切られた場所にはベッドが置いてある。わたしはそのカーテンの間からお尻だけを突き出して、男性を受け入れている。警備員室のカーテンの前には男性の長い行列ができ、男たちは足踏みをして、イライラしながら自分の順番を待っている。待ちきれないで、喧嘩をはじめる人もいる。――小型のトラックの荷台の中は、まさしく警備員室と同じ状態だった。

しかし、順番を待っていた男性が全員終わらないうちに、わたしはトラックの幌から外に出てしまった。このときエリックは外で見張りに立っていたが、翌日になって彼が出るように合図した事情を説明してくれた。それによると、まず何人かの男性が異常に興奮して馬鹿なことをやりはじめたことと、トラックが揺れてひっくり返りそうになったからだった。

セミ・トレーラーの運転席はもっと具合がよかった。なかでも簡易寝台が取り付けてあるのがいい。わたしは実際は女の子が道路の端に立って客引きをしているところを見かけたことがないのだけれど、そういう女の子たちのイメージはこんなふうだ。安物のアクセサリーを身につけて、ストラップレスのブラジャーを、大きく開いたシャツの襟元から覗かせている。シャツは、裾がミニスカートのウエストのところまで届かないくらい短くて、スカートの下からはガーター・ベルトがはみ出している……。そんな女の子たちは、車に一歩脚を踏みこんだら、いったいどんなことが起こるのかまるで考えていないみたいだ。

わたしはちょっとした衝動に駆られて、ほんの短い間、通りがかりのトレーラーに乗りこんだことがあった。トレーラーには体格のいい男性が二人乗っていた。二人とも見かけによらず親切で、手馴れた様子でわたしを運転席に乗せてくれた。運転席の中は狭いので体を動かすときは、何かにぶつからないように注意しなければならなかった。

幸運なことに、わたしは車に乗る前に値段の交渉をすることも、寒い中で自分を乗せてくれる車を待つこともしなくてすんだ。おかげで体が冷えてトイレに行きたくなるようなこともなかった。そのとき、わたしは冬のコートかレインコートのようなものしか羽織っておらず、ステップ台に脚をかけてトレーラーに乗りこむときに、わたしはバスローブのようにコートの前をはだけたままにしておいた。

車の運転席には簡易寝台が備え付けてあった。――しかも、偶然、美術品の運送で名前の知られた〈インターナショナル・アート・トランスポート〉のトレーラーだった。オートゥイユの近くには、いつもそのトラックが停まっていた。――トレーラーの運転手は、簡易寝台でじっくり時間をかけてわたしを愛撫した。体に触れたのは二人のうち一人だけだった。その男性は絶頂に達したあとも、わたしの唇にキスをしたり、体を撫でまわしたりしていた。もう一人の男性はわたしたちに背を向けていて、バックミラー越しに二人の様子を眺めていた。体の向きを変えて顔をこちらのほうに向けることもあったが、わたしの体には触ろうとしなかった。しかし、わたしの上に覆い被さっているほうの男性はいつまでもわたしの体から離れなかった。わたしの体を撫でまわしながら、もう一人の男性と打ち解けた様子でずっとおしゃべりをしていた。

簡易寝台で体を丸めて横になっていると、母親のお腹の中にいるときのような安らかな気持ちになれる。簡易寝台といえば、ヴェネチアからパリへ戻るとき、ジャックとわたしは二等車両の寝台のひとつに、二人で一緒に眠ったことがある。――二等車両は、六つの寝台が一つの区画に仕切られていた。――おまけに同じ区画には大家族が乗り合わせていた。わたしたちの寝台はいちばん上で、しかもそこがいちばん暑かった。上までよじ登るのにはかなり無理な格好をしなければならなかったし、階段から落ちる危険性もあった。

大家族の両親は一人ずつ、いちばん下の寝台を確保した。残りの三つの寝台に子どもたちが分かれて眠った。わたしとジャックは狭い空間の中で体を寄せ合い、ジャックがわたしを抱きかかえ、折り重なるようにして眠った。――それは人間が最も深い悦びを味わうことができる姿勢なのだ。昔も、今も、これからも、それは変わることはないだろう。そんなことは『カーマ・スートラ』にも載っていないだろう――わたしのお尻がジャックの膝のあたりにくっついて、だんだんと温められていった。車内を照らしていた小さな電灯が全部消えてしまうと、わたしとジャックはズボンを脱いで、体の奥まで快感が行き渡るようなセックスをした。

一言もしゃべらず、ちょっとでもため息が漏れたりしないように気をつけた。体の動きは最小限にとどめ、腰を緊張させてほとんど動かさないようにした。乱交パーティのようなところでなく、大勢の人が寝ているところ（寄宿学校の共同の寝室や、大人数の家族が狭い家に住んでいる狭い場合など）でセックスをしたことがある人には、そのときのわたしの気持ちがわかるだろう。快感が絶頂に達すると、まわりの静けさが体全体に染み渡るように感じられる。体はほとんど硬直したように動かなくなり、静寂が体の緊張をさらに強めていく。そんなわけで、わざとこうした人がたくさんいるような状況を設定したり、あるいは思いもよらないような小さな、しかも人目にさらされかねない場所を選ぶようになるのだ。

電車が急に揺れたりしたときには、近くで眠っている人たちの規則正しい寝息が中断されたのではないかと聞き耳を立てて、わたしは寝台の中で気を配っていた。プラットフォームで、ジャックがわたしの服を捲くり上げようと急に思いついて、やってもいいかと尋ねてきても、わたしは一向に気にしなかっただろう。だが、わたしたちが寝台の中でやっていることを子どもたちが察しているのではないかと思うと、心配でたまらなかった。昔、母と同じベッドで寝ているときとは、わたしの立場は逆転してしまっていた。こっそり隠れていけないことをしていることに変わりはなかったが、わたしはもう大人になっていて、今度はわたしのほうが子どもの反応を無視しかねない立場になっていた。

わたしは羞恥心を忘れたわけではなかった。しかし、それは大人に対する恥じらいの気持ちではなく、子どもに対して感じるものだった。別な言い方をすると、大人がどんなふうに思うかではなく、子どもの反応が気になって仕方がないのだった。まだ知らなくていいことを子どもの目に触れさせてしまうのではないかと恐れるのだ。だが、深刻な場面を子どもの目にさらしてしまったこともあった。子どもを持つ父親である男性と関係を持ったときに、わたしの母親が父親以外の男性とキスをしているところをわたし自身が目撃したときのようなことを、その男性の子どもにも体験させてしまったことが二回ある。

はじめてロベールの家で一夜を過ごしたときには——しかも、それは一度きりのことだった——子どもがうっかり部屋の中に入ってこないように、寝室のドアの前に椅子を置いて外からドアが開かないようにした。「ほら、昔見た冒険映画にこんなシーンがあったじゃない。これはいいアイディアだわ!」とわたしは心の中でつぶやいたものだったが、朝になると、ロベールの娘が学校へ行く前にパパの顔が見たいといって、激しくドアを揺すった。ロベールはさっさと支度をして学校へ行くようにと娘を怒鳴りつけ、すぐにそっちに行くからと言った。彼は寝室から出ていった。

もう一度は、夏のバカンスの時期で、ちょうど昼寝の時間だった。寝室を仕切っているコットンのカーテンの影からエリックの息子が父親を呼ぶ声が聞こえた。そのとき、エリックは肘をついてわたしの胸の上に覆い被さっていた。子どもの声が聞こえると、まるで蝶番のついた箱の蓋のように、上半身をそらして、わたしの胸の上から起き上がった。そして鬼のような恐ろしい形相で、わめきちらした。「あっちへ行ってろ！　あっちへ行ってろと言ってるんだ！　昼寝の邪魔をするんじゃない！」ロベールのときもエリックのときも、わたしは怒鳴りつけられた子どもと同じ気持ちになっていた。

こんな場面を想像してみる。オートバイに乗り、前を走っている大きなトラックに追いつき、横に並ぶ。一陣の風が起こり、一瞬、体が吹き飛ばされそうになる。その一瞬を利用してトラックの上に飛び移る。オートバイを蹴って大きくジャンプする。体が空中に舞い上がり、下降をはじめたと思うとトラックの荷台の天井に着陸する。風を受けると、上半身がねじれて、体が二つに引き裂かれるように感じる。片方の肩は前のめりになり、もう片方は後ろに引っ張られる。そうかと思うと、今度は逆の方向へ引っ張られる。まるで体が船の帆になったような感じだ。ほんの数秒前、空中に飛び上がったときには目の前に広い空間が開け、その中に自分の体が分け入っていくような感覚を味わった。そして、突然、その広い空間が消えてなくなり、体が大きく揺れ、全身に痛みが走る。わたしはそんな感覚を味わうのが好きだ。

残念ながら、実際にはトラックに飛び移るようなことはできない。だが、もっと別な方法で同じような感覚を味わうこともできる。目の前に広い空間がひらけたと思うと、またすぐ消えてなくなってしまう。あるいは空間が広がったかと思うと、すぐまたもとのように小さくなってしまう。ゴムを引っ張ったり伸ばしたりするときにも、同じような感覚を味わう。うっかり引っ張っていたゴムを離してしまって、はねかえってきたゴムで手を打ってしまうことがある。だが、それはトラックに飛び移ったときに似た一連のシーンの一つになっている。こんなふうに、思いがけないことで、まったく予想もしていなかった結果を得ることがある。

セックス・ショップに行ったときがそうだ。

エリックとセックス・ショップへ行くのは、わたしの楽しみの一つだった。エリックは最近どんなものが発売されたか、つねに詳しい情報を持っていた。とくにビデオに関しては、ものすごく精通していて、いつも自分がどんなものがほしいのか、こまかに店員に説明をするのだった。

その間、わたしは店の中を行ったり来たりしていた。そこには、あらゆるものが置いてあった。絵や、素描、写真（たとえば、女の子が爪にマニキュアをした手で、外陰部を押し広げている写真があった。脚の間のその部分は真っ赤になっていた。そして、軽く頭を持ち上げ、担架で運ばれる病人が自分の脚の先を見ているときのような感じで、遠くを見つめていた。昔からよくあるポーズを撮ったピンナップ写真もあった。ハイヒールを履いた女の子が、自分の頭よりも大きな乳房を手のひらで支えていた。三つ揃いのスーツに身をつつんだ男性が、自分のペニスをつかみ、それをデスクの端にうつ伏せになった女性のほうに突き出しているものもあった。デスクの上の女性は、わりと年配で弁護士か会社の上役といった感じだった。もちろん、同性愛者用のものもあった。体にぴったりした、露出度の高いビキニショーツを履いたボディビルダーと、ジムに来ている同性愛の男の子が絡み合っているものだった）、映画のビデオ、現実的なものも、滑稽なもの（ファッションモデルがトランクスを履いてポーズをとっている、通信販売のカタログもあった。マンガのページの余白には、その場で射精したことを物語る大きな染みが残っていた）も、なんでもあった。そういったものが目に飛び込んでくると、一目見ただけで、わたしは体の奥が疼くような特別の感覚を脚の間に感じてしまうのだった。

わたしは見てもかまわない雑誌をぱらぱらめくり、セロハンをかけてあるものは透かして見る。客たちは、まるで雑誌社の回転ドアを通りぬけるときのように、店の中を歩いている。無関心を装っているが、実際に興奮している客たちの前で、自由に興奮できるということはすごいことではないだろうか。わたしはそんなふうに店内を歩き回りながら、その場の雰囲気を楽しんでいた。こういった種類の商品を置いてある店の中の雰囲気はどこも同じようなものだ。客たちは悟られないようにしてはいるが、体の中では熱い興奮を感じている。そして原色で再現された、その部分の濡れた感触までも伝わってきそうな写真をむさぼるようにじっと見つめている。ところが、傍にだれかがやって来ると、あたかも、電車の中で同じコンパートメントに乗り合わせた人に自分の新聞を見せてやるような具合に、さっさとそれを次の人に譲ってしまうのだ。「すみません、新聞をお借りしてもよろしいですか」「ええ、どうぞ」そんなやりとりが聞こえてくるようだ。セックス・ショップの中を支配している静寂は、日常の社会生活の中にも浸透しているものなのだ。

店の奥で、覗き部屋を経営しているところもある。中へ入っていくと、まるで劇場に遅れていったときのような気分になる。

暗がりの中を進んでいくと、いくつか通路があり、その先に「ボックス席」が設けられている。案内係にチップを渡す必要はないが、壁の真ん中にとりつけられた装置にお金を入れなければならないので、小銭は身につけておいたほうがいいだろう。お金を入れると覗き窓に明かりがついて、女の子――あるいは、男女のカップルの場合もある――が、いかにもわざとらしく長々と身悶えしているところが見えるようになっている。部屋の中は真っ暗なので一緒に入った人も、仕切りの向こう側の人も何をしているのかまったく見えない。まるで、なにもない空間の中にぽつんといるような気分になってくる。覗き窓は低い位置にあって、そこから青白い光が漏れてきている。その光が体の一部を暗闇の中に浮かび上がらせる。

わたしがエリックのそれを口の中にくわえる。青白い光が照らしているその部分を夢中で口に含んでいると、しわの寄った丸い部分が収縮していることや、ちくちくするのは体毛が顔をつついているせいなのだということがわかる。ときどき、エリックが係の人を呼んで、小銭に両替をしてもらった。覗き窓にじっと見入っていると、剥き出しになっている自分のお尻を手で愛撫されても、まるで気がつかないのだった。愛撫している手も自分のお尻も、どこか遠いところに感じられ、違う覗き部屋のステージにあるような気になってしまうのだ。

わたしとエリックは、〝ボックス席〟につくとすぐさま暗闇の中で互いの体を触って確かめ合ったが、その最中も、視線は覗き窓に注がれ、その場のシーンについてあれこれ意見を言い合った。二人とも、女の子の陰部がきれいだということでは、意見が一致した。男のほうは、体格も、容姿も良すぎて、軽薄な感じがした。エリックはわたしたちがお互いにオナニーをしているところを見るのが好きだった。わたしは、後であの女の子も自分たちのところへ引き入れることができるのか、といったようなことをエリックに聞いていた。それから、わたしたちは機械を操作して、画像を早送りにした。

青白い光の中で絡み合うカップルは、現実とは程遠いイメージになっていった。それは、もう遠くから映写機で映し出される画像に過ぎなかった。暗闇の中で、ほんのわずか意識にのぼるだけの、頭の中に作り上げられるイメージのようなものだった。

その映像がわたしの背中にぼんやりと映し出され、影がかすかに揺れていた。そして、お尻の上にはもっとはっきりしたイメージが浮かび上がっていた。

ビデオや映画を見ながらセックスをすると、画面の展開が気になったり、観やすいように位置を変えたりするので、セックスのほうがおろそかになってしまうことがある。しかし、覗き部屋を見ているときには話の展開がないので、窓から見える場面と実際に自分たちがしている行為とを見比べながら、セックスすることができる。窓の中の空間と、現実の空間の中で体がうごめきもつれ合っていくうちに、壁に取り付けられた覗き窓と、現実の世界との境目が、はっきりとはわからなくなってくる。すると目の前の空間が広がり、現実と覗き部屋の世界で、二つの対照的な場面が展開されているような錯覚を覚える。そうなると、現実の世界から枠を飛び越えて覗き部屋の世界へ行くこともできる。しかも、それでもまだ、感覚ははっきりしているので、現実の快感を感じ取ることもできる。

ポルノ映画には大まかな筋立てがある。それが観る人の注意を引きつけるのだが、覗き部屋の場面は映画の話がセックスの場面へと進行したときのシーンなのだ。ずっとビデオをつけっぱなしにしたり、一晩中テレビを見て過ごしたりするときは、現実と映像の世界にはっきりした境界線がついてしまう。どのくらいの時間でどの場面になるのかしっかりと時間を計算して、タイマーを細かくセットしておけば、その境界線の区切りをなくすことができる。

むさぼるように舌を絡ませ、キスをした経験のない人などいるのだろうか。突然、力がみなぎり、ぴったりとパートナーの唇を吸い寄せ、長い時間ずっと離さずにいる。お互いの口も、唇も、どんな小さな起伏も見逃さないように全体をくまなく探検していく。そんなふうに、ディープ・キスをしているのだと、心の底から実感できるようなキスをしたことがない人がいるだろうか。

玄関を一歩出たところで、あるいは、ビルの階段のいちばん下の隠れたところで、車寄せの隅で、そういったちょうど明かりの消えた場所でセックスのきっかけになる行為——ディープ・キス——をすることはないのだろうか。

思春期の頃には、自分で自由に使える場所があることなど滅多にないので、あまり人目につかない公共の場所——大きな門の陰や、エレベーターの中、階段の踊り場など——で肉体的な欲求を満たすことがある。とくに都会にいる思春期の若者にとっては、未成年者が立ち入りを禁じられたような場所でもくつろげる領域を見つける必要性がある。人間の社会が表に出さず、こっそりと隠しておこうとしている性的な本能というものは、はじめは寝室のドアの向こうではなく、通りを歩いているようなときに自然に経験するものなのだ。

公共の場所で欲求を満たすことは、だれにでも起こり得ることで、そういった場所でほかの人とかち合ってしまったときには、節度を持って丁寧な態度で臨まなければならない。たとえば、「やあ、こんばんは。たいへん失礼しました。どうぞ先に用を足して下さい……」といった具合である。玄関ホールでのろまな手がぐずぐずといつまでもわたしの胸を愛撫している間に、いったい何度、ごく普通の市民がドアを開けて、自分たちが中にはいれるかどうか確認してきたことだろうか。

大人になってどこでなにをしようと自由になっても、換気用の小窓から街灯の光が差しこんでいる玄関のホールで、袋のように揺すられていると、マゾヒスティックな気持ちの高まりを感じる。そのときには、わたしはラジエーターの上に座って、顎が膝に触れるほど体を丸くしていたのだが、体を突かれるたびにお尻の厚い肉が鋳物の管に押し付けられたのだった。結局、世間一般の法則に背いているのだという意識を味わいたいために、大人になってもそういう場所をわざわざ選んでいる。世間の常識に背きたいという意識は、ある意味で「幼児性」と呼べる。セックスをするのに、居心地のよくない、突飛な場所を選んでしまうような「性的倒錯」は、軽い未成熟さを表しているのである。

ブーローニュの森やポルト・ドーフィネで乱交パーティをするようになる前、アンリやクロードとパリの住宅地をさまよい歩いていて、どこかの建物の中でこっそりとペッティングをすることがあった。ある深夜に、わたしとアンリとクロードはある女友達のアパルトマンを探していて、ビルの群れの中で迷子になってしまった。

その女友達はアーティストで悪戯好きな感じだったが、立居振舞いもいかにものんびりとした金持ちだった。しかも、その女友達はアンリとわたしの「パトロン」になっている男性の恋人でもあった。その女友達の家へ行こうとした目的は、じつに子どもじみたものだった。わたしたちは家の前まで行ったらドアのチャイムを鳴らし、うまい口実を作って突然家まで押しかけてしまったことを詫びるつもりでいた。もちろん、少なくともアンリかクロードのどちらか一人くらいは、小さなクッションのような柔らかい襞に守られた、湿り気のあるくぼみの中にペニスを入れられるのではないかという下心はあった。目覚めたときには、芳しい香りが体に染みこんでいるはずだった。そのためには、まず自分たちが眠りにつこうとしている部屋がどの建物の何階にあるのかをつきとめなければならなかった。

クロードは確信があったのか、ある建物に入っていって、一つ一つの階をくまなく探索しはじめた。わたしとアンリはクロードに探させておいて、別の建物に入っていった。そして探している部屋がそこにはないとわかっても、その場所でぐずぐずしていた。愛撫をするときのアンリの仕草はいつも優しかった。指の動きはぎこちなくて、体に触っているというよりも、何かを描いているようだった。わたしのやり方はそれ互いにお尻を軽く愛撫しはじめた。アンリとわたしは、立ったままぴったり体を寄せ合い、おたがいにお尻を軽く愛撫しはじめた。

よりもずっと露骨だった。アンリとわたしは、立ったままぴったり体を寄せ合い、お互いにお尻を軽く愛撫しはじめた。わたしはスカートの下はなにも履いていなかったので、お尻は剝き出しのままだった。わたしは自分が太っているかどうかは気にするが、男性が太っていてもあまり気にならない。むしろ、体格がよいほうが抱きしめやすいし、お尻の肉付きがよいほうが、抱きしめたときの感触もいい。

わたしは体が大きくて逞しい男性と関係を持つことはよくあるが、背の低い男性に誘われるのも嫌いではない。男性の体とわたしの体のバランスがとれていれば、セックスのときのお互いの肉体的な負担も平等になるはずだ。肉体的な負担が同じであれば、わたしが感じている女性固有の快感を、男性にも味わわせることができるだろう。わたしが男性にキスをするときに感じる悦びを、男性も同じようにわたしにキスをするときに感じているはずなのだから。

ここから先のページで、わたしが勃起した男性の体の一部を口いっぱいに含んでいるときの陶酔感を読者にも理解してもらえたらと思う。男性がなにかはっきりした反応を示してくれると、それがわたしの快感にも繋がる。反応が一つではなく、いろいろと伝わってくれば、それだけわたしの快感も強くなる。たとえば、口に含んだペニスがいきり立ってくる。うめき声を上げているのが、わたしの耳にも聞こえてくる。息が荒くなったり、ときにはなにか言葉をかけてくる。それがわたしをさらに興奮させる。そして快感がさらに高まり、男性が自制を失ったようにわたしの名前を呼ぶようになると、わたし自身も体の奥のほうから悦びを感じるようになる。

アンリとの場面に戻ると、わたしは彼のペニスを夢中になってしゃぶっていた。アンリはそれに驚いていたようだった。わたしはどうやってアンリのペニスを口に入れたのだろう。わたしはアンリを抱きしめていた腕をゆるめず、自分の手を繋いで輪にしたまま、相手の体に沿って自分の体をゆっくり男性の足下まで滑り落としていった。はじめは、膝をついて、自分の顔や頬、それから顎を、アンリのズボンの盛り上がったところに這わせた。アンリのその部分は、形も硬さもまるで靴下を修繕するときに使う卵型の木製台のようだった。わたしがそんなことをしたのは、体の奥からわき上がる欲求を抑えきれなかったからだった。

そこの明かりは消えていた。アンリはわたしを引っ張って、毛足の短い絨毯の上を進んだ。エレベーター・シャフトの前の、階段のいちばん下の段の上で、わたしたちは小さくなって体を寄せ合った。わたしはアンリのズボンのファスナーを引き下ろし、ぴんと張った布地の中からペニスを引き出した。そしてそれが完全な形になるまで、手の中でゆっくりと規則正しく刺激を与えた。それがすむと、今度は顔をアンリの脚の間のほうへ向けて、手の動きと同じように、唇でピストン運動を繰り返した。そのとき、突然、明かりがついたので、わたしはそこで動きを止めた。突然のことに驚いて、わたしの胸は早鐘のように鳴っていた。心臓の音が自分の耳にも聞こえるようだった。さっきまで性的な快楽を求めていた下腹部にまで、その音が響いた。明かりはついたが、その後、なにも物音は聞こえなかった。様子をうかがっている間、わたしは自分の手を覆い隠すように大きく膨らんだペニスの上に当てていた。大きくなり過ぎてもとの場所には入りきらないことが、一瞬のうちに分かったのだ。何事も起こらないことが確認できると、わたしたちは安心して、階段にもたれかかった。セックスをしているとき、とりわけ欲望を剥き出しにするには不向きな場所でセックスをするときには、礼儀をわきまえなければならない。それが最低限のルールだと思う。

愛撫をするときには、どちらか一方がかかりっきりになるのではなく、お互いに自分の許容範囲の中でパートナーの体を愛撫していく。自分の要求ばかりがエスカレートしないように注意して、ときには相手に対する感謝の気持ちを示したり、相手を誉めたりもしなければならない。アンリはまるで連結棒かなにかのように指をわたしの体の奥に入れ、機械的な動作でそれを動かし始めた。その間、わたしは階段の角にもたれかかって、口には何も含んでいなかったので、まわりの明るさなどまったく気にならなくなっていた。しかし、まだアンリの体をしっかりとつかんだままだったのは、アンリが上下に体を動かすのを制しようとしたためだった。しばらく、わたしは満足に浸っていた。次はわたしの番だった。わたしは自分の脚を閉じ、アンリの脚の間に自分の顔を埋めた。二人で交互に愛撫を繰り返している間、わたしたちは自分たちの体がやっと入りきるくらいのスペースしか使わなかった。その場の照明は時間ごとに自動的に電源が入ったり切れたりするシステムになっているようで、しばらくするとまたあたりが暗くなった。その後も、二、三回、急に明かりがつくことがあった。間をおいてあたりが急に明るくなったり、暗くなったりするので、短い間隔で「昼」と「夜」が交互にやってくるような錯覚を覚えた。あたりが暗くなると、エレベーター・シャフトの隙間にすっぽり隠れてしまったような気分になったし、明かりがつくとアンリのペニスを刺激するリズムが自然と早くなった。それを繰り返しているうちに、アンリが射精したときには「昼」なのか、それとも「夜」なのかわからなくなっていた。

すべてが終わると、わたしは手のひらで服のしわを伸ばし、髪を元のとおりになでつけた。以前にもクロードやほかの友人たちと夜を過ごしたとき、今回のように他人に見つからないようにして、セックスをしたことがあった。だから、なにもなかったような顔をして、またクロードと顔を合わせることはできなかった。もし、わたしが一緒にその建物に入った相手がクロードだったとしても、同じようなことが起こっていたはずだからだ。ちょうど別の建物からそこへやって来たようなふりをして、クロードが階段の下でわたしたちを待っていた。アンリはクロードの様子がおかしいことに気づいたようだった。結局、この夜、わたしたちは女友達の家を探すのはあきらめた。

病気、不潔なこと

セックスのとき、体を動かせるスペースが狭いと、窮屈さとは反比例して、絶頂に達しやすい。動きが制限される分、いっそう快感が激しくなるとも言える。奥まった小さな場所というものは、母親の胎内にいるときのような懐かしい記憶を呼び起こすからなのだろう。ただし、狭い場所にいるときは、たしかに心地よい安心感を得られるが、体の機能も母親の胎内にいるときのようにすっかり退行してしまう。そして、つい子どもっぽいことをしてしまうことがある。

奥まった狭い空間については、こんなふうに考えることもできる。排泄をする場合、トイレほどの広さがあればそれで十分なのであって、だれもいなくても、広い場所ではなかなか落ち着いてすることはできない。恥ずかしいから、というのがその理由になっている。だが、この場合の羞恥心というものは自分のプライドだとか、ほかの人に迷惑をかけたくないという気持ちを表しているものではない。そこには排泄の快感を体験してみたいという自由が隠れているからなのだ。自制心が働かなければ、そのくさい匂いを嗅いでみようとか、あるいはサルバドール・ダリのように自分が排泄したものを丹念に調べてみようという気持ちが起こりかねない。そんな自分の気持ちに対する羞恥心から、排泄する場所には狭い空間を選んでしまうのだ。

ダリは排泄について比較検討し、想像を加えて文章を物した。わたしには糞尿に関することを話そうなどという気はさらさらない。ただ、一般的な体の機能に関係してここで思い出そうとしただけだ。わたしのお尻の匂いやおならの匂いを嗅ぐのが好きだという人と関係を持ったことは一度もないし、わたし自身だれかの匂いを嗅ごうとした経験もない。匂いを嗅ぐことは、快感と不快、悦びと苦痛がせめぎあう境界線に位置しているのである。

わたしは頭痛持ちだ。

カサブランカ空港に着いたときには、スーツケースが出てくるまでずいぶん長く待たされて、ひどい暑さで息が詰まりそうになった。だが、旅はまだ終わりではなかった。建築家である友人のバージルが、自分が建設に関わったバカンス村まで車で行こうと誘ってくれたのだ。バージルはそこに小さな家を持っていた。

車は広い通りから外れて、小さな道に入り、そこで小休止することになった。空は晴れ渡り、周囲をまばゆいばかりの光が取り巻いていた。ところどころで葉叢が揺れていた。わたしは後部座席のシートの上に四つん這いになって、バージルとセックスをするときにいつもそうするようにお尻を後ろに突き出した。わたしのお尻は膨らんだ大きな風船のように車からはみ出していた。今にも体から離れて外に飛び出していきそうだった。

そのとき、その風船は頭痛という鋭利な刃物で貫かれた。以前から、わたしはその刃物の切れ味をよく知っていた。セックスをしている間に、まず頭痛の兆候が現われた。目の前がちかちかとして、蝶が飛んでいるように光がゆらゆらと揺らめいていた。最後の一突きの瞬間、わたしの体は刺激を受けている部分だけしかそこに存在していないように感じられた。水分がすっかり抜けてカチカチになったフルーツのように、体の中のあらゆる物がすべてなくなって、キラキラと揺らめく光の中でばらばらに砕けていくような感じだった。わかりやすく表現すると、万力で締めつけられたように頭が痛んで、なにも考えられない状態だった。

バージルはセックスが終わってもわたしのお尻を愛撫していたが、それすらも心地いいと感じられなくなっていた。しかし、そのことをはっきりと口に出して言うこともできなかった。目的地に着くと、わたしは背の高い、ゆったりとしたベッドに横になった。そしてベッドの中で身をこわばらせていた。ひどく頭が痛んでほかにはなにも感じられなかったが、眠りに落ちると、何もかも忘れることができた。体全体に安堵感が広がったものの、眠っていてもひどい頭痛のせいで吐き気を催すことがあった。

頭の痛みと、眠ること、それだけに神経を集中してベッドの中で体を小さく丸めていた。痛みと、吐き気と、眠ること、その三つの感覚が残っているだけで、体がすっかり消えてなくなってしまったように感じられた。わたしが横になっているベッドのまわりを、バージルが心配そうな様子で、音を立てないように静かに、行ったり来たりしていた。ひどい頭痛のせいで、暗闇の中でベッドに釘づけになっている間、わたしには汗の匂いがしみこんだシーツを自分の肌から引き剝がす力さえも残っていなかった。

このように一晩中、あるいは翌日もずっと、汗の匂いがするシーツにくるまって眠っていることがあった。痛みに苦しんでいるときも、匂いを感じ取ることはできる。汗の匂いを吸いこむと、かえって吐き気がおさまり、耐えがたいほどの痛みも感じられなくなっていく。匂いを嗅ぐことで、ほかの感覚を取り戻すことができるような気がするのだ。汗の染みが広がって、匂いのする範囲が拡大していくと、まぶたの内側や鼻の奥のほうまで刺激が伝わっていく。

ジャックはわたしがひどい頭痛に苦しむのにも、遠くの病院まで医者を呼びに行くのにも、すっかり慣れてしまったようだ。わたしはそういうとき、ジャックが自分の姿を写真に撮ってくれないかと思っている。その写真を公表して、たとえば、わたしのことを書いた彼の記事や本の読者に見せるのだ。というのは、ひどい痛みに苦しみすっかり弱っている自分の姿を見せるということは、肉体的な衰えをほかの人の目にさらすことになり、自分の本当の姿を見てもらうことになるからだ。本の読者に何もかも本当のことを知ってもらいたいというわたしの意思を、そうした写真を見せることによって完璧に仕上げることができると思っている。

バージルとの関係はいつもあっさりしていて、陽気でとても楽しいものだった。もし、バージルと一緒にいるせいで、わたしがひどい頭痛になるのだとしたら、それはおいしい料理をたっぷりと食べた後でセックスをすることと関係があるかもしれない。そうならないためには、バージルを後ろから受け入れるような気軽さで、ご馳走をたっぷり詰めこんでボールのように膨らんだお腹から何回かおならを出したほうがいいのかもしれない。

バージルは、とても生き生きとしていて洞察力の鋭い男性だった。ある日、調子よく会話が弾んでいるときに、わたしがコンプレックスを持っている大きな鼻をさりげなく誉めてくれたことがあった。バージルは、その大きな鼻がわたしの顔のチャーム・ポイントになっているといってくれたのだった。それとは正反対に、ただいきなりペニスを挿入してくる男性がいる。挿入する前にわたしの体のいちばん敏感な部分を指で刺激するようなこともしない。そうなるとわたしはその人と言葉を交わすことも、愛撫の刺激に反応することもできず、できることといったら、完全に無反応になった姿をさらすだけとなってしまうのだ。

頭の痛みは、原因をはっきりつきとめるのがなかなか難しい。だが、いくつかわかっている要因もある。原因がはっきりしている場合や、自分がしたことに責任がある場合には、あとで自己嫌悪に陥ってしまう。だいたいがお酒を飲み過ぎたときか、日光にあたりすぎたときだ。とはいえ、泥酔したことはこれまでに二、三度しかない。そのうちの一回は、リュシアンと一緒のときだった。そのときリュシアンは、友人の目の前でサロンのカーペットの上にわたしを押し倒し、自分もその上に覆い被さったのだった。幸い、友人の奥さんは、その場にいなかった。その日、リュシアンはわたしをパリから連れ出し、彼の知り合いの若いカップルの家へ連れていった。そこでわたしたちは夕食のテーブルを囲んだのだが、わたしは自分でも気がつかないうちにシャンパンを飲みすぎてしまった。そのカップルはとても大きな一戸建ての家に住んでいた。家の中はキッチンと食堂がつながっていて、できたての料理をそのまま食卓に出すことができるようになっていた。食堂の奥にはドアが二つあって、それぞれが寝室に通じていた。食事がすんでから、わたしたちは夫婦の寝室に移って、みんなで騒いだ。

そのときの場面を再現すると、こんなふうだった。リュシアンはわたしをベッドに引っ張っていくとき、若いカップルの男性のほうへ目配せをした。ベッドの上でリュシアンはわたしを愛撫しはじめた。わたしもズボンのファスナーを探り当てようと、手のほうに神経を集中させていた。若いカップルの女性のほうは部屋の隅に引っ込んでいた。男性のほうは女性の肩を抱いて優しくキスをすると、わたしたちのしていることに自分たちも加わろうと一生懸命口説きはじめた。だが、その女性は男性の手をふりほどいてバスルームへ行ってしまった。男性もその後を追っていった。そして女性のほうに声をかけながら部屋に戻ってきた。「クリスティーヌ、きみはあんなことはしなくてもいいんだよ。ぼくたちもやりたいようにすればいいのさ。それなら、きみだって嫌じゃないだろう？」わたしはといえば、うっかりラジオのスイッチをひねってしまって、彼らの企みを助けることになってしまった。大音量が家の前庭まで響き渡った。季節は夏だったので、隣近所の家も窓を開け放っていた。案の定、バスルームに引っ込んでいた女性はそれっきり姿を見せなかった。――その女性は洗面台の鏡の前に立って、じっと自分の姿を見つめていたのだろうか。それとも、決心がつかないまま、浴槽の縁に座っていたのだろうか――わたしたち三人はそれから隣の寝室へ移動した。

その家でわたしとリュシアンをもてなしてくれた男性が、わたしの体の中にペニスを挿入したかどうかは、はっきりと覚えていない。ただ、何をされても無関心で、リュシアンのなすがままに身を任せていたことだけしか覚えていない。わたしの下腹部は羽毛の掛布団の中に深く埋もれていた。リュシアンがわたしの体を刺激しているときも、体の奥になにかが突き上げてくるような感覚は感じられなかった。すっかり力が抜けてしまって、その場で起こっていることにまったく無感覚になってしまっていた。

わたしは大きく息を吸い込んだ。そのとき頭に激痛が走って、すべての思考が停止した。間隔をあけて、首筋、肩、投げ出した腕にまで軽い痛みを感じた。それでも、まだ起き上がる力は残っていたが、その後のことはあまり思い出したくない。

その夜、わたしは四、五回、何とか起き上がると、裸のままキッチンを通り抜け、庭まで行った。外はバケツをひっくり返したような雨が降っていた。わたしは立ったまま、庭の小道の真ん中に胃の中のものを吐いた。どこか茂みのようなところを探す余裕もなく、地面の上に直接吐いてしまった。そのときの頭の痛みは、まるでハンマーで頭蓋骨を叩かれているのかと思えるくらいで、叩かれて変形した頭蓋骨に最後の一振りで大きな裂け目が入ったような気がした。体全体が頭になったような感じで、全神経が、鋭い刃物で刺されたような痛みのある一点に集中していた。雨滴の冷たさが、いっとき激しい痛みを和らげてくれた。

吐き気が少しおさまって家の中へ戻るとき、わたしはまっすぐ寝室へ行かず、キッチンに立ち寄って、水道の水で口をゆすいだ。翌朝、薬局へ連れて行ってもらって、薬を飲むと、やっと痛みから解放された。わたしが落ち着くと、リュシアンはわたしを安心させようと、「昨夜は、何回もセックスしたんだぜ。きみも十分楽しんでいたみたいだったけど」と言った。だがあの夜、わたしはまったくセックスに集中できなかったのだ。そんなことは滅多にないことだった。

それから数ヵ月後、そのときの女性がわたしを訪ねてきた。その女性と一緒に住んでいた若い男性が、ひどい事故に遭って亡くなったということだった。その女性は二人で住んでいた家を男性の家族に取り上げられてしまったのだそうだ。わたしはその女性に心底から同情したが、それと同時にあのときの悪夢が頭の中に蘇ってきたのだった。

いくつかのエピソードを書いているうちに、もう一つほかに思い出したことがある。そのときはバージルと一緒にいるときのように、おいしいものを食べすぎて具合が悪くなったわけではなかった。反対に、たぶんあまり新鮮でないものを食べたせいで、胃腸の調子がおかしくなってしまったのだ。そのときも、リュシアンとセックスをしていた。リュシアンはかならず後ろから挿入したがるのだった。お腹の調子がよくなかったので、その日、リュシアンに求められてもわたしはなかなか承知しなかった。だが、いくら拒んでも無駄でしかないことがわかったので、フェラチオをはじめた。

夢中になってフェラチオをしているうちに、リュシアンが具合が悪い胃腸と直接つながっている部分に指を入れてきた。そのときはそこを指で刺激されるのは嫌だったのだが、わたしにはリュシアンを止められなかった。恥ずかしいことなのだが、そのとき液状の物体がそこに流れてきていた。リュシアンはそこからペニスを挿入した。その消化器官とつながっている部分にペニスを挿入しても、その近くにある敏感な部分を使ってセックスしても、どちらも得られる快感は同じようなものだった。しかし、そのときはペニスを挿入するよりも先に、排泄物がそこに流れ出してきたのだ。セックスと排泄、この二つの機能を同時に果たすにはその部分は狭すぎ、重荷に耐えかねていた。わたしは排泄物に興味や関心を持っている男性と関係を持ったことは一度もない。そういった男性に身を任せたことも、偶然、そういう趣味を持つ人たちが集まる場所に連れて行かれたこともない。わたしよりもずっと歳上の男性と一緒にいるときに、ある意味で、そういうことでトラブルが起こったのではないかと思えるようなことはあった。そのときは、そもそもお互いに父と娘のような存在として見ていたのだった。

リュシアンはわたしからペニスを引きぬくと、体を洗いに行ってしまった。だが、それについてなにも文句は言わなかったし、わたしを馬鹿にするようなことも言わなかった。というのは、そのときのセックスがよかったので、リュシアンも満足していたからだった。それでわたしも胸をなでおろした。

パートナーの傍らで肉体的な快感に浸っているとき、体はあらゆる束縛から解放されて、体の一つ一つのパーツがばらばらに解きほぐれていくような感覚になる。そのことはだれもがよく知っているはずだ。だが、不快に感じたり、汚らしいと思ったり、あるいははっきりと苦痛を感じているときにでも、快感に身を任せているときと同じように、自分の体が解放されていくような感覚を覚えることもある。先に広い空間について書いたが、開かれた空間ではショーウィンドーのように自分の裸体をだれかほかのまったく知らない人の目にさらしたくなる。そういう場合には、裸でいることは装身具を身につけて飾り立てているのと同じことなのだ。男性を惹きつけるような服を着て、化粧をしているときと同じように、体を露出することで相手を興奮させることができるのだ。ここでいう「興奮」とは、欲求がだんだんと高まり、その結果表に現われてくる感情のことを指している。自分の殻に閉じこもり、何かの痛みに耐えているときや、道具を使って即座に満足感を得るときの状態は、「興奮」していることとは明らかに違う。横になろうとしたマットレスがもうすでにかなりへこんでいたり、嘔吐したときにそれが脚にはね返ったり、排泄物がお尻の間からにじみだしてきたりしたときには、それ以上どこか広い場所を探そうという気力などなくなってしまう。不快なことや苦痛が性欲と混同されるのは、体が自分よりも大きいものに飲みこまれていくという感覚のためではなく、どこか深いところへ落ちていくというような感覚があるせいだろう。体の中のものをすべて吐き出すと、まわりのものすべてが体の中に入りこんでくるような感覚を覚えるのと同じようなことだ。

もし、「空間」という言葉が空虚を意味して、「青空」や「砂漠」といった言葉のように限定されないものを指すとしたら、「狭い空間」という言葉は、ほとんど自動的に「人や物であふれた空間」という意味にとられるだろう。わたしは広々とした地平線に憧れる気持ちが高まると、想像の中であえてごみ箱のような土地に自分の身を置いてみる。それはほとんどいつも子どもの頃に住んでいた場所のイメージなのだ。

わたしは壁にもたれて、鉄製のごみ箱の間に座り込んでいる。すると男の人がやって来て、ごみがいっぱいに詰まったバケツを置いていく。それは単なるイメージで実際にあったことではないけれども、わたしはごみ置き場にやってくる男の人のことや、その人自身はまるで気にもとめていない様子やバケツの中のごみの汚らしさを何度も頭の中に思い描いてしまう。まるで、はっきりした理論や美的感覚を持っている人が、なにかを表現する場合に、あるイメージに自分の理論や美的感覚を反映させるのと同じように、何度もそのイメージが頭の中にわいてくるのだった。

その人が住んでいたアパルトマンには、壁一面に飾り棚を造り付けた小さな部屋が二つあった。どちらの部屋も、棚の上は大きさや並べられた方向もばらばらの本やレコードで埋め尽くされ、それらはまた足下まであふれかえっていた。一つの部屋は四分の三くらいをベッドが占領していたが、ベッドの上にまで本や、新聞、広告のビラが山のように積まれていて、ベッドカバーやシーツが見えなくなっていた。もちろん、ベッドにもぐりこむときには、それを全部どかさなければならなかった。部屋の中になにも盗むようなものがないと、泥棒が入ったときに腹いせに部屋の中をメチャクチャにすることがあるが、もう一つの部屋はまさにそういう状態だった。

本や、カタログ、開封された跡のある封筒、しわくちゃの紙、まだ使えそうなノートの切れ端など、あらゆるものが棚からあふれだし、床の上は足の踏み場もないほどだった。埃を被ったグラスがあたりに転がり、グラスの底には飲み残しの液体が干からびて膜になっていた。壁のクリップボードは、隙間がないくらい一面にベタベタと紙が貼ってあって、クリップボードが元々は丸い形をしていることもはっきりと判別できなくなっていた。ベッドの上はシーツや黄ばんだTシャツ、ガチガチに固まった浴用のスポンジなどがぐちゃぐちゃに絡まっていた。流しへ石鹸を探しに行くと、そこにはコーヒーカップやお皿が古い地層のように積み重なっていた。皿の上のパンくずを全部集めれば、またパンが作れそうだった。その部屋にいると、まるで遺跡の中で発掘をしているような気分になった。――そういったものすべてが刺激的だった。

そんなごみためのような部屋で、わたしは幾晩も過ごした。部屋の汚さでそこに住む男性の魅力が損なわれることはなかった。その男性は部屋を快適にしようとか、洗練された身のこなしをしようなどということはいっさい考えたことなどなさそうだった。歯を磨いたことさえないのではないかと思うほどだった。その男性と一緒にいると、涸れることのない泉のように、後から後からいろいろなことで困惑させられた。笑顔になると、上唇が劇場の幕のように上がって、虫食いの跡が黒くなった黄色い歯が姿を見せた。手を洗ったり歯を磨いたりというような衛生面での基本的なことは、母親が子どもに教えるものだ。その男性も、母親にそうしたことを教わったはずだ。だとしたら、いったいどの段階で教えられたことを忘れてしまったのだろうか。

その男性はわたしのお尻を揺するのがすごく好きだった。セックスするときは、わたしを犬のように四つん這いにさせて、お尻を大きく開かせ、後背位から挿入してきた。わたしがその姿勢をとるまで、その男性はまじめな顔つきをして待っていた。まず、わたしはその男性の隣に脚を大きく開いて座る。左手は相手の背中か腰に置き、指を湿らせて右手でアナルのまわりをマッサージする。そして、指を二本、三本、四本と挿入していく。背中を丸めて、せわしなく手を動かしている自分の姿は、家庭の主婦が台所で手早くソースをかき回しているところや、日曜大工で作ったものを一生懸命磨いているところを連想させた。

その男性は鼻にかかったようなうめき声をあげていた。笑い声も同じように鼻に響く声だった。わたしはそんなことをするのは苦痛でしかたなかった。はじめのうちは嫌々やっていたのだが、自分がしていることで男性が悦び、うめき声をあげている。そう思うと、わたし自身もひどく興奮してくるのだった。

それからアクロバットのような姿勢で二人の体を結び合わせ、さらにお互いの体の位置を交換した。わたしは指でしていたことを、今度は舌でやってみた。その後、自分の体を男性の体の下に滑りこませ、シックス・ナインの姿勢をとった。それが終わると今度は、わたしが四つん這いになる。わたしの快感は絶頂にまで達した。

そうすると、またいつもの同じ疑問が頭に蘇ってきた。子どもの頃、洞穴のようなところで遊んだ人は少ないと思うが、そういう隠れ場で寝っ転がったりしていると、汚いところへの子どもっぽい関心がまちがいなく掻き立てられるようになる。汚い場所というのは隠れたところにあるものだが、それはだれかほかの人に見られたら恥ずかしいから、わざと人目につかないようにしているわけではない。動物は外敵を寄せつけないために、わざと胸の悪くなるようなくさい匂いを体から発散させることがある。それと同じように、人間も自分の身を守る手段として、自分の居場所を汚いもので埋め尽くしているのだ。あるいは、動物が自分の排泄物をところどころ塗りつけておくと、自分の匂いが確認できて安心できるように、人間も自分で汚したところを避難場所にしている場合がある。そういった理由から汚い場所は人目につかないところにあるのだ。

おおむね、知識人というものは身なりにあまり気を遣わない。だからある程度の汚らしさならまだ一般的な許容範囲とされるが、わたしがいま書いてきたエピソードに出てくる男性は、そんなものではなかった。その男性はなにを言われても、一向に気にしない様子だった。それでわたしは、自分の気持ちを抑えながら、なんとか相手にわからせようとしてこんなことを言った。「ねえ、わかる？　わたしは朝シャワーを浴びて、新しい下着をつけて、垢をこすってきれいにしてきたのよ」そして、もし必要があればこんなことも言った。「あなたのあそこを刺激しているときみたいに、自分の体もこすって洗うのよ」

それほど心理学に精通していなくても、自分の行動にどこか倒錯的なところがあるのではないかと気づくことがある。だが、気づいただけではそうした行動を止めることはできない。わたし自身、途方もないことをいつも空想しているとはっきり自覚していながら、空想することを自由に楽しんでいる。嫌悪感を抑えてセックスすることは、自分の値打ちを下げることではなく、それまでの偏見を乗り越え、自分の行動を一八〇度変えることになるのだ。

たとえば、近親相姦のように、タブーとされることを敢えておかすような場合もある。わたしはセックスのときに、人数（父がセックスをした相手の「人数」のことを話していたことがある。わたしの場合は、自分のほうが男性に身を委ねることになるので、どのくらいの「人数」を相手にしているのか、はっきりと認識することはできない）、ペニス、体つき、道徳観念（わたしは自分の体を洗わないような不潔な男性とでもセックスをしてきた。それと同様にまるでやる気のない男性や、あまり頭のよくない人ともセックスをしてきた）といったことで、パートナーを選んだことはない。いつか、訓練された犬とセックスをする日がくるのを待ってもいる。そのことはエリックがわたしに約束してくれたのだけれども、まだ実現はしていない。わたしたちにそのチャンスがないだけなのかもしれないし、あるいは、エリックがそれは空想の域にとどめているのかもしれない。

この本の前のほうで、わたしは空間について自分が考えていることを書いてきた。人間の本能に潜んだ獣性についても少し触れた。自分を投げ出して、しかも自己嫌悪に陥るような汚い相手に身を任せたときに、どれほどの悦びが味わえるかということを、どんなふうに説明したらいいのだろうか。たぶん、こんなことなのだろう。飛行機に乗ったとき、航路によっては窓から砂漠の風景が見えることがある。そんなとき、わたしは、飛行機の丸窓から、ずっとその景色を眺めている。長時間飛行機に乗って、機内にずっと閉じ込められていると、どの乗客もみんな無気力になってくる。時間が経つと、混雑した機内には、脇の下の汗の匂いや、蒸れた脚の匂いが漂ってくる。そんなときにシベリアの一部とかゴビ砂漠に目をすえていると、わたしが今拘束されていることよりもっと大きな厳しさを、自分がおかれている人の群れよりずっと緩やかな束縛を感じて、すばらしいと思うのだ。

オフィスで

アナルが好きなことや不衛生な場所で安らぎを得ることまで話を及ばせなくても、わたしの体の内と外の間の裂け目は縫い合わせておく必要がある。たとえば、わたしのセックスに関する行動がときとして幼児退行を起こすことなどだ。同様に、セックスの行動と身近な場所とを関連づける傾向がわたしにはある。エレベーター・ホールや、アパルトマンの入り口、バスタブの中、キッチンのテーブルの上、そういったところで急に欲求が抑えられなくなってセックスをした経験が少なからずある。それが仕事に関わる場所となると、さらに興奮を掻き立てられてしまう。

レンヌ通りに面したオフィスで、ある男性と会ったときのことだった。その男性は、自分のオフィスの床まで一面ガラス張りになっている窓の前でわたしにフェラチオをさせた。わたしは日の光に背を向けてひざまずき、その男性のペニスを口に入れた。その場の緊張感がわたしにも伝わってきて、それが快感になった。街中ではもちろん地平線など見ることはできないが、緊張した男性のペニスを口に含んでいるとき、窓やバルコニーから外の景色を眺められると、その分悦びも深まるのだ。自分の家では、小さな中庭や隣近所の窓をぼんやりと眺めているし、わたしのオフィスの窓からはサン＝ジェルマン通りが見える。どっしりした外観の建物は、おそらく外務省だろう。

こうした身近な場所でセックスするときには、相手にそのつもりがなくても見られてしまう危険性がある。これは一種の露出趣味なのだが、それだけではなく、自分の体を他人の視線にさらしたいという気持ちには、動物が自分のテリトリーを主張するのと同じような欲求があるからなのだ。キツネザルはそこが自分のテリトリーだと仲間にはっきりわからせるために、その場所に尿をかけておく。それと同じように、人間も階段やオフィスのカーペットに精液を何滴かたらして、自分の匂いを染み込ませるのだ。そうやって、いろいろな人が入り込んで仕事をしている場所で自分のテリトリーを主張する。ある場所に匂いをつけることで、物理的な限界を超えて、その場所を自分のものとして確保できるのだ。そうすればほかのだれかが入ってきても、自分の場所を脅かされることはない。

いささか攻撃的な行動と映るかもしれないが、規則や制限がある中で他人と一緒に仕事をしているときには、たとえその人たちがどんなに控えめで寛容であっても、自分のために確保できる場所が大きければ、それだけ自由にふるまうことができるのだ。なにか自分のものを置いてテリトリーを主張する場合もある。そうしてだれにも気づかれないうちに、自分の場所を確保してしまうのだ。たとえば、だれかがセーターを置き忘れていったとする。やがてそれは洗面所で脚の間をぬぐうタオル代わりに使われてしまうことになる。それも無意識に行われる自分の場所の主張なのだ。わたし自身、自分の家にいながら、ほかの人が実際にそこで時間を過ごしているような気分になることがある。というのは、自分のお尻に残された跡をみると、その跡をつけた人の品物や書類を見せられているような気になってくるからだ。それでもわたしは仕事場をほかの目的に使おうという考えを変えるつもりはないし、他の人の匂いがついた場所でセックスするのは止めようという気にもならない。

わたしは自分の仕事場の中でもセックスができる場所をきちんと把握している。そのうちのいくつかは、とくにセックスするにはもってこいの場所なのだ。たとえばベンチが置いてある部屋とか、大きな部屋の中のいつも新聞が山積みになっていて人目につかない場所などがそうだ。

ベンチの置いてある小さな部屋には、カーテンの仕切りがあった。だが、部屋が狭すぎて立ったままでセックスをしなければならなかった。おまけに部屋の中はキャバレーの舞台みたいに明るくて、まるで光の洪水の中にいるようだった。その光には肌を滑らかに見せる効果があった。光に照らされたビロードのような肌を見ていると、そこに触れてみたいという欲求が掻き立てられるが、ほんの少し肌に触れるだけで満足できる。というのは、体はもう現実から遠いところに飛んでいってしまっているからだ。キャバレーの照明のような赤い光に照らされると、肌が透き通ったようになり、影の部分がまったく消えてなくなってしまう。目に見えるのは、髪の毛と着ている洋服だけになってしまう。

セックスをするときの条件で、いちばん厄介なのは場所を選ぶことだ。本棚を平行に並べて狭い部屋のように仕切られた空間はがらんとして、侵入者の視線から身を隠すところがない。もっとも本の山ばかりでほかには何もない空っぽの部屋なら、だれも覗こうとはしないだろう。

何もない空間で好き勝手なことができるのと同じように、いろいろなものが積み重なった部屋でも、自由に行動しようと思えばできなくはない。そういう場所はわたしにとってはフェラチオをするのに向いている。なにかあった場合に、すぐに中断することができるからだ。そういう場所は、わたしの頭の中ではいつも薄暗いイメージ——森の中や、人通りのない道、どこか公共の場所で囲いがあるところなどと結びついている。そういったところには、茂みの影や門の隅などにかならず身を隠すのに絶好の場所があるものだ。安全で、しかも便利な上に見た目にもきれいで、遊び心をくすぐられる魅力がある。だが、そこにはそれ以外にはなにもない。だから、そこにとどまれる時間は必然的に短くなる。ほんの数メートルずつ移動して、ところどころで同じことを繰り返すのだ。しかし、どんなに絵になるシーンでも、だれかに見られるということは、汚い場所で同じことをしているのを見られたときのように、屈辱的なものだ。

わたしはだれもいないときのオフィスの静かな雰囲気が好きだ。その静寂はすべてが停止してしまったときの静けさではなく、いつまた再開されるかわからない、束の間の静けさなのだ。仕事に追われ、オフィスの中を行ったり来たりすることはなくても、しつこく電話が鳴り続けたり、コンピューターの画面がつけっ放しになっていたり、書類が開いたままでデスクの上に置いてあったりする。

仕事に使う道具やその場にあるものも、その空間も、すべてがわたしひとりのためにある。その場のすべてのものを自由に使って、ひとり空想の世界に浸ることができる。気持ちが落ち着いて、なかなか終わらなかった仕事にまたとりかかろうというエネルギーがわいてくる。空間から解放されれば、時間からも解放されることになるのだ。無限の時間があって、オフィスの中にあるすべての装置の使い方を学び、あらゆる問題を分析し、解決できるなら、また自分の名前を告げたり、挨拶したりせずにオフィスに入れるなら、わたしのぎくしゃくした生活はもっとよどみのないものになるはずなのだが、なかなかそうはいかない。

そんな理想的な状態の中でわたしが一人でいるときに、セックスのパートナーでもある男性の同僚が入ってくれば、例外的にじゅうたんの快適さを利用してみようという気になるだろう。むしろ、台として役立つのは作業机のほうだ。そのときの姿勢だが、女性はデスクの端に座って脚を開き、男性は女性の脚の間に立つ。オフィスでセックスするときは、それがいちばんいい姿勢だと思われている。だれかが不意に入ってきても、すぐに体の位置を変えることができるからだ。だが、実際にはそうはいかない。いくら慌てて体を引き離しても、二人の体がつながっていたことはわかってしまうのだ。

レイアウトを担当しているヴァンサンとページの割り付けをしているときのことだった。わたしとヴァンサンは隣同士に並んで、ほとんど立ったままで仕事をしていた。ヴァンサンがせっかちな性格だったせいでもあるし、デスクから三〇センチくらい離れたところで仕事をするのがいちばん効率がいいと思っていたからだった。そのとき、このまま仕事を続けるべきかほんの一瞬ためらって、わたしはヴァンサンのほうをふりかえった。恥骨の位置がちょうどいい高さにあったので、腰のあたりにある束見本にわたしの体は軽く反応した。

オフィスでセックスするとき、高さは重要なポイントになる。仕事の話をしていたのが、ある瞬間から黙ったままセックスをすることになるのは、気持ちのゆるみが生じるちょうどいいタイミングがあるからなのだ。たとえば、デスクのいちばん下の引出しの中から、なにか書類を探さなければならないときがそうだ。引出しの中から書類を出そうとして、前かがみになると、お尻が突き出して相手を挑発するような格好になる。まるで、両手でしっかりと抱きしめてほしいといっているような感じさえする。それからそのお尻はデスクの上に乗せられることになる。デスクの上に横になるときは、まわりにあるものを片付けなければならない。わたしはいつも用心深く邪魔になるものをどかして、背中をのせやすいようにしている。だが、仕事場にある作業机がすべて、セックスをするのにちょうどいい高さにあるとは限らない。多くは低すぎる位置にある。わたしがその上で一度も寝たことのない机もたくさんある。

あるグラフィック・デザイナーとその人の仕事場でセックスしたときは、そこにちょうどいい高さの椅子が置いてあった。机や椅子の配置もきちんと考えられていた。わたしがその椅子に座ると、ほんの数センチのずれもなくわたしの性器が相手のペニスの真正面に来るようになっていた。そして、男性の後ろにはわたしが脚を置くのにちょうどいい机があった。その椅子に座って机に脚を置くと、まるでデッキチェアに座っているようだった。相手の男性もフラフープを回しているように、やわらかく腰を動かしていた。お互いに無理のない姿勢でセックスすることができるので、疲れることもなく、長い時間そのままの姿勢でいることができた。ときどき、その男性は自分で動かずに、両手で椅子の背をつかんで揺すったりしたものだった。

タブー

わたしはセックスしているところをだれかに見られるのではないかと心配したことはほとんどないが、そんなところでセックスをしているとだれも思わないような場所で、実際にその行為に及べば、だれかに見られる危険性があることは意識していた。そう意識すること自体が快感につながる。そのことについては、前のほうのページで何度も書いてきたと思う。だが、だれかに見られる危険性があるといっても、大したことが起きるわけではない。たとえ見られたとしても、暗黙の了解というものがあるのだ。ブーローニュの森には立ち入り禁止になっている場所がある。だが、そこでしょっちゅう乱交パーティをしている連中にとっては、立ち入り禁止でも入りこめる場所がちゃんとわかっている。わたしにしてもオフィスで仕事に打ち込むのは勤務時間だけで……というふうに、はっきり口に出して言わなくても、相手が理解してくれることがあるのだ。

性衝動の現われ方はさまざまで、みんなで共有しているときのほうがもっと楽しめる場合もある。セックスの現場にだれかがやってきたとしても、なにも不愉快なことは起こらないはずだと、わたしは考えている。故意に見るつもりはなくても、他人のセックスの現場を目撃してしまった場合、その行為に自分も加わりたいという意志がなければ、欲求を抑え、何事もなかったように静かにその場を立ち去るだけで十分だ。わたしとジャックは屋外でセックスをしているところを、ハイキングに来ていた若い男性に見られてしまったことがある。――わたしたちは二人ともズボンを踝《くるぶし》のところまでずり落としていた。体を揺らしていると、道端の木の葉がかさかさと音をたてた。そのときのわたしたちの姿は、道行く人の通行を妨げている小動物そのものだった。――わたしたちとその男性が遭遇したのは、ほんの二分間か、それよりも短い時間だった。ジャックは笑っていたが、その若い男性がどんな反応を示すか心配していた。だが、わたしはなにも起こらないはずだと答えた。

わたしは自分がよく知っている人たちについてしか心配しない。自分とは関係のない人たちの間では気をもんだりしない。そのときはわたしは個人ではないからだ。そういう意味では、わたしにとってのタブーとは、だれかと一緒に生活をしているとき、その人の留守中に、しかも、相手が知らない間に、勝手に共有している住まいを使ってしまうことだ。

ある日の午後、まだ昼を過ぎたばかりの頃、クロードがアパルトマンに帰ってきた。

——そこは、大きなアパルトマンで、わたしたちは、まだ引っ越したばかりだった。

——そして玄関のドアの脇にある客間に入ってきた。その部屋ではわたしとポールがセックスをしていた。わたしはそのときポールにまったく抵抗していなかった。ちょうどその現場をクロードに見られてしまったのだ。ポールとはそれ以前にグループでいるときにセックスをしたことはあったが、わたし一人でポールの体を堪能したのは、それがはじめてのことだった。ポールの大きな体の下で、わたしは喘ぎ声を上げていた。クロードはなにも言わずに部屋から出ていった。するとポールが立ちあがって、クロードの後を追った。ポールの背中がドアを横切り、体のわりに小さな、裸のままのお尻が部屋を出ていくところがわたしの目に映った。そして部屋を出たところで、ポールがこういっているのが聞こえた。「申し訳ないことをしてしまいました。すみません」仰々しい言葉遣いをしているので、ポールが本当に当惑していることがわかった。そのことにわたしは驚いた。わたし自身に関しては、ポールとセックスしているところをクロードに見られてしまったことはどうにも変えられない事実だった。その後、その出来事についてクロードはわたしになにも言わなかったが、わたし自身はいつまでもそのことに罪悪感を持ち続けていた。

それでもまだ、わたしは、二人で共同生活をしている家の中でも、客間はどちらのものでもない中立地帯だと思っていた。それに対して共同の寝室には「二人共有の」

ベッドがある。そこでは絶対にほかの人とセックスすることはできない。一度だけものすごく疲れていたとき、ある男性と話をしていて、わたしの反応がいかにもその人の愛撫を求めているようにとられてしまったことがあった。そして成り行きで、その人と寝室のドアのところまで来てしまった。だが、その部屋はわたしとジャックの寝室だった。自分の体が相手の男性のすることに機械的に反応して無意識のうちに寝室の中に入ってしまうのではないかと心配で、わたしはドアに寄りかかることもできなかった。その男性はわたしの前にひざまずいていた。わたしはスカートから砂を払い落とすときのように、片脚で跳びながら後ずさりしていったものの、男性の肩の上にわたしのお尻が乗っかってしまった。わたしはベッドの足元のところでバランスを失って倒れた。倒れた反動で脚が持ちあがり、空中でVの字を描いていた。相手の男性はそれを怪訝な顔で眺めていた。どうにもばつが悪かったが、そのときはそれでどうにかことなきをえた。

セックスに関して、どこまでが許されることで、どこからが許されないことなのかを分ける道徳的な境界線がある。だが、その境目は理性的な判断というよりも、迷信的なこだわりのようなもので分けられている。しかも、その境界線には一方的にしか信号を送られてこない。

たとえば、わたしは、朝、ほかの人の家でバスルームを使って、留守中の女性の香料入り石鹸で前の晩に体に染みついた匂いを落としているときでも、ためらいを感じたことはない。だれかがベッドのシーツの中で転げまわっているところを実際に見るよりも、それを匂いで嗅ぎ取ることのほうが相手を傷つけることもあるが、わたしはそういう匂いをある方法でごまかすことができるのだ。親密さを感じさせるあらゆるもの、あるいは親密さをかもし出すのに有用なもの、体の延長といえるもの、体の一部を補うもので、そういったものがわたしのいる環境にあると、わたしは敏感に反応する。

だれかがその場にいないとき、その人が触ったものに触れるとその人と間接的に接触したことになる。乱交パーティのとき、わたしは自分がフェラチオをしている男性が、他の女性とすでにセックスをしてきていることを舌で感じ取ることができる。そしてわたしの体の上で興奮している男性が、今度は違う女性とセックスをすれば、わたし自身もその女性の脚の間に入っていくことになる。

ジャックも、わたしに対してそれと同じことをしているかもしれない。まるで伝染病にかかることを心配するように、そのことをわたしが恐れていることを、ジャックは気づいていないのだ。その心配にはまだ上の段階がある。わたしにとっては、外見を完璧に取り繕うこと（自分につながりのあることも、そうでないこともすべて……）のほうが、心の中が平静であることよりも重要なのだ。というのは、傍から見て取り乱したりすれば、心の中で傷つくよりもあとで二人の仲を修復することが難しくなるからだ。わたしの場合は自分が傷つけられたことを表に出すよりも、目に見えない心の傷として隠しておくことのほうが（相対的に見たとしても）「仲直りする」ことができるのだ。わたしは形式主義者なのだ。

信頼

視覚に関してはパラドックスがある。イメージはわたしの生活の中でかなり重要な役割を果たしているし、目はほかのどんな器官にましてわたしの役に立っているのに、セックスではわたしは目が見えなくなってしまうのだ。ことばを変えて言えば、男女の世界という連続した生命の中では、わたしは組織の中の一細胞として移動するのだ。

夜に外へ出ると、影がわたしを取り巻き、まるで影を身にまとっているようになる。それが体の中にまで入りこんでくる。そういうときが、わたしは好きだ。たとえその場で何が起こっているか目に見えなくても、わたしは男性について行くことができる。相手にまかせっきりになって、自分がどうしたいかということは考えなくなってしまう。相手がそこにいるだけで、なにか自分にとって嫌なことがあっても感じなくなってしまうのだ。

エリックはわたしの隣で運転をしていると、どこかわたしの知らないところが見つかるまで、長い時間ドライブをすることがあった。そして広々とした田園地帯とか、地下駐車場の三階などといったところに辿り着くのだった。どこへ行くつもりなのかと、わたしは一度もエリックに問いただしたことはない。だが、その点についていろいろ考えてみると、なにも起こらないことのほうがかえって不思議だった。モベール広場の近くにある、モロッコ料理の地下のレストランには嫌な思い出がある。その界隈へ二人で行ったことはあまりなかった。レストランの中は少し寒く、昔の地下酒場のような丸天井の下に背もたれのない椅子と低いテーブルが置いてあった。わたしはブラウスの前を大きく開けて、腕を捲くり上げていた。食事をしているのはわたしたち二人だけだった。給仕——店の主人だったかもしれない——が食事の皿を運んでくると、エリックはわたしのブラウスの前をもう少し大きく開け、なにも言わずにしつこくスカートの中に手を入れてきた。エリックは無言のままわたしを誘っているのだった。そんなふうに、ぶっきらぼうに体の一部分だけを愛撫されているわたしの姿を、二人の男性がじっと見つめていた。あるいはもっとたくさんの人が見ていたかもしれないが、いずれにしろあまり好意的な視線ではなかった。結局、我慢できなくなってエリックのペニスをくわえてしまったのは、わたしのほうだった。わたしがあんなことをしたせいで、あまり温かいもてなしを受けなかったのだろうか。

　わたしたちは食事がすんでいないのに店を出てしまった。あの店にはいつもは客がいなかったのだろうか。エリックはその店をよく知っていたのだろうか。その店で自分たちだけの場所を確保しても大丈夫だと高を括っていたのだろうか。このときは人気のない場所でペニスを出した見知らぬ一団に不意に襲われるのではないかとずっと不安だった。

エリックと一緒にいると、それがどんな状況でも、わたしはその場で出会った男性に自分から脚を開いて、その一部を受け入れてしまうのだ。そうしてしまうのは、はっきりと感じ取ることはできなくても、エリックがわたしになにか合図のようなものを送っているからだ。例外は考えられなかった。というのは、エリックは、わたしを約束の地へだけでなく、次から次へと人々を巡る満たされた世界へ導いてくれる万能の橋渡しだったからだ。しかしそのために、その晩はわたしにトラブルが起きたのだった。

わたしのよく知っている怪しげな地区では、さまざまな社会の階級に属する人たちが、みんな平等にセックスを楽しんでいる。そこでは、わたしは脅されたり、乱暴されたりするのではないかと心配したことは一度もなかった。そういう場所にお決まりの争いごとが起きることもなかったので、いつも精神的に満足していられた。「警察沙汰」への不安は、そこではまったく無用だった。わたしは子どものように、傍にいる男性がその場のことをすべてコントロールしてくれていると、それだけで自分を守ってくれるのではないかという安心感が持てた。実際に、そういう場合は揉め事は一度も起こらなかった。その一方で、電車などで切符をなくしてしまったときに、車掌に威圧的な態度で接せられたりすると、わたしは侮辱されているように感じるのだった。ところが、人通りのある道で法律違反になる露出をしてつかまったとしても、わたしはただ困惑するだけだ。

男性を相手にしていても、頼りきっているときと、だれかに命令されているときと、偶然何かが起こったときでは、わたしの体はまったく違う反応を示してしまう。たとえば、だれかに命令されているときと、ブローニュの森で見知らぬ男性とセックスをしているときでは、自分の体がまるでべつのものになってしまったように感じられる。命令されているときの体は——今はもう抜け出すことができた——以前殻の中に閉じこもっていたときの体とも少し違っている。無頓着でいることと、相手をまるで意識しないことで、決然とした態度をとり、その態度を保ちつづけることができるのだ。一種の人格遊離といったらいいだろうか。そのようなときは、自分の意識というものはなくなって、自分の行動について距離を置いて見るということもできなくなっている。体はただ機械的に反応し、意識は遠のいて、行われていることとの関係を絶ち切ってしまう。このようなときは、外部でなにが起ころうと、わたしの体も、パートナーの体も乱されることはない。というのは、自分たちが今いる空間以外にはなにも存在しないことになるからなのだ。しかも、その空間はとても狭い。公共の場所で快適にセックスができるのは稀なことだ。

美術館ほど立ち入り禁止の場所の多いところは他にはあまりないだろう。美術館では展示された作品に近づくこともできないし、同じ道を通ることもできない。一般に公開されていない場所もある。美術館を訪れる人は館内を進んでいくうちに、自分がいる世界と平行して自分の目には見えない世界があるのではないかという錯覚を覚えるほどだ。

アンリとその友達のフレッドとわたしの三人で、パリ市立近代美術館へ行ったときのことだった。わたしたちは大きな展示室の隅の扉がほんの少し開いているのに気がついた。そんなことは滅多にないことだった。そのとき展示室にはわたしたちのほかにはだれもいなかった。わたしたちはドアの狭い隙間を通り抜けて、展示室の壁の反対側にある、雑然といろいろなものが置いてある部屋に滑りこんだ。その部屋は、現在展示していない作品を一時的に保管しておく場所のようだった。あまり広い部屋ではなかった。いろいろなものが積み重ねてあって、日の光が遮られているので中は薄暗かった。その薄暗さのせいもあって、わたしたちは次にどんな行動を起こすかすぐに決断した。

わたしは教会のアーチのような姿勢になって、口と性器のそれぞれにひとりずつのペニスを受け入れながら、床に映る日の光を眺めていた。部屋に入って来るとき、ドアの隙間をそのままにしておいたので、そこから日の光が部屋に差しこんできていた。しばらくすると、二人の男性はお互いに位置を交換した。一人はわたしの体の中で、もう一人は口の中で、二人がそれぞれ絶頂に達した。射精した後も、二人のうちどちらかが、わたしのお腹に手を当てて、少し間をおきながらペニスでわたしの体を突き上げて揺さぶっていた。しかし、わたしにはそれがアンリなのか、それともフレッドなのかもうわからなくなっていた。

射精が済んで、ペニスがだんだんともとの状態に戻りつつあるときにも、まだわたしの体の中にとどまっているのを感じると、わたし自身もオルガズムに達することができた。もう一人はわたしの口の中に射精した。わたしは出された精液を飲みこんだ。すると、係留しているロープがはずされて船が港を出ていくように、わたしも自分を現実の世界に引きとめていた目に見えないものから解放されて、さらに快感を得ることができた。

ことが済むと、わたしがどんなふうにマスターベーションをするかという話になった。わたしはマスターベーションで二度も三度も続けてオルガズムに達することができるのだと、二人に正直に話した。こんなことを話せばきっと二人はびっくりするだろうと、わたしは内心思っていた。ところがわたしの話を聞いても、二人とも大して驚かなかった。女性のほうがずっと簡単にオルガズムに達することができる、というのが二人の意見だった。わたしたちはそんな話をしながら、シャツの裾をズボンの中に入れていた。

薄暗い部屋を出て、日の光がいっぱいに差しこんだ広い展示室に戻ると、そこは相変わらず人影はなく静まり返っていた。わたしたちは、また館内の作品を観てまわった。そしてアンリやフレッドといろいろ意見を言い合った。そのときの体験は快感を得ることができたということと同時に、わたしにとっては美術館で、しかも二人の男性と関係を持つことができたという、意義のある、実り豊かな経験になった。

美術館の薄暗い倉庫のようなところでセックスしたときには、わたしは二人の男性に自分の体を二つにちぎられたように感じていた。そして、視線は自分の脚に沿って床へと垂直に下がっていった。わたしはすっかり視界を遮られていた。見える範囲が限られていると、何だか脅されているような、あるいは、なにかに邪魔をされているような気がしてくる。おまけにどういうわけか、考えたくないことまで頭の中に浮かんでくるのだった。自分自身の体も、わたしの視界を遮っている体も、その向こう側にある体も、そしてほかに現実に存在しているものも、わたしの目に映ることはなかった。

美術館のときと同じような姿勢でセックスをしたことが他にもある。場所はクリシー通りにあるサド・マゾ趣向の物を売る店の一階だった。——そのときも、また、倉庫のような部屋だった。――エリックがわたしの肩を支え、わたしはエリックのお腹に片方の頬を押し当てていた。そこへ店の主人が、いきなりペニスをわたしの体の中に乱暴に入れてきた。その姿勢をとる前に、わたしは店の主人がどんな体つきをしているのか注意して見ていた。体はがっしりしていたが、かなり背が低かった。おまけに手が短かった。ところが、その姿がわたしの視界から消えてしまうと、それまでのイメージはすぐにどこかに吹き飛んでしまった。

わたしは射精する前にコンドームをつけてくれるように、店の主人に直接ではなくエリックに頼んだ。それを聞くと、店の主人は困ったような顔になった。コンドームをつけるには、まずダンボールの中を探って、そこから探し出さなければならなかったのだ。店の主人は低い声で、「女房が来るかもしれないから心配なんだ」と打ち明けた。その店の主人のペニスは挿入されると、体の奥まで開かれるような感じのする大きなペニスだった。

だが、結局、射精はできずに、そのままの状態を保たなければならなかった。店の従業員で、おとなしそうな顔をした若い女の子が、その場にいて、嫌々ながらわたしたちのすることを手助けしてくれていた。ときどき、わたしが斜めに顔を上げると、その女の子の黒い目と視線が合った。その女の子は眉墨かなにかで目のまわりに縁取りを描いていた。わたしは、まるで劇場の舞台に立っているような気分になった。離れたところに立っている女の子は、不機嫌そうな顔をしてぼんやりと幕が開くのを待っている観客だった。

狭い空間の中にほんの少し差しこんだ光が、エリックの上着に筋のようなかすかな線を描いていた。わたしはその上着に頬を押し付けていた。女の子と目を合わせながら、わたしは自分自身の姿を頭の中に思い描いた。首を前に傾けて、肩の線よりもずっと下のほうまで頭を下げているところ。そして、エリックの上着に頬を押し付けているところ。口をぽかんとあけて、体の深奥部がまるで自分の腰のあたりとつながっているように感じているところ。そうしたイメージが頭の中に浮かんできた。小人のような背の低い店の主人のペニスを自分の体の中に受け入れることは、わたしにとっては現実とは思えないようなことだった。たとえば、舞台裏からざわめきが聞こえて、遠くのほうでなにか騒ぎが起こっているのがわかるのと同じ程度にしか、自分で認識できないことだった。

また別のときは、サウナでのことだった。わたしの心と体の分離が起こるきっかけになったのは、マッサージをしてくれた若いエステティシャンの女の子だった。

そこには、背もたれのない幅の狭い木製の椅子が階段状に並べて置いてあった。わたしはその上に座って男性の要求に応じて、その都度向きを変え、今度は自分の番だとしつこくせがむ人のペニスを口に含むために、前かがみになったり、上を向いたりしていた。わたしは少し汗をかいていた。次から次へと違う男性のペニスが入ってくるので、わたしは一人ずつにそれほど長い時間をかけず、あまり夢中になってフェラチオをしないように注意した。それでもぬるぬるした男性の体の一部を口にくわえながら、なるべくそれが口の中に長くとどまれるように努力していた。

それからシャワーの下へ移動すると、一人の男性がわたしのクリトリスを刺激し、乳首をつまみはじめた。だが、わたしはすっかり疲れきってしまって、マッサージ用の台の上に横になった。すると女の子がわたしの体にパウダーをふりかけた。その女の子は一つの動作から次の動作へ移るとき、少し間をおいて、手の動きにアクセントをつけながらパウダーをふりかけていった。話すときにも、手を動かすときと同じように、ひと言ずつ間をおいて言葉を区切りながら低い声で話すのだった。

わたしがへとへとになっているのを見て、その女の子はわたしに同情しているようだった。疲れているときには、サウナでマッサージをしてもらうことほど心地いいものはない。その女の子は、わたしの体がさっきまでどんなことをしていたかということには気づかないふりをしていた。そしてわたしにいろいろ質問をしてきた。その女の子の目には、わたしは精力的で現代的な女性として映ったのだろう。そのような女性が、なんの恥じらいもなくマッサージ台で身を委ねているので、美容の仕事に携わる者として興味を持ったらしかった。それとともに母親に近い気持ちでもいるようだった。

わたしはこういう状況で自分に与えられた役割を演じるのがとくに好きだった。そこで自分から誘いの水を向けて、女の子に話のきっかけを与えた。体は憔悴しきっていても、女の子がマッサージをしてくれている指の下で自分の役を演じていたのだ。ほんの数分前まで淫らな行為にふけっていた体の筋肉が、マッサージされて解きほぐされていくのが自分でもわかった。マッサージをしてくれている女の子が、どこか遠くのほうにいるような気がした。わたしの心はだんだんと体から離れていった。女の子との会話が進むにつれて、わたしの演じる役はだんだんとはっきりしたイメージをとってきた。自分とは違う役を演じているときも、自分の体は人の手に触れられている。だが、わたしの心はまるで着古した洋服を脱ぎ捨てるように、体から離れていってしまった。ところが、マッサージが終わってしまうと、わたしはもう、女の子との会話の中で作り出した、ちょっとしたブルジョワの女性ではなくなっていた。

わたしの知る限りでは、その夜、サウナのある建物の中に女性はわたしとその女の子しかいなかった。しかし、わたしはその女の子とは違う空間、男性と同じように自分から積極的に行動する場所にいた。——違う見方をすれば、男性がわたしのまわりを取り巻いていたと言うこともできる。——それに対してマッサージをしてくれた女の子は、消極的な女性の場所にとどまって、ただその場の光景を眺めていただけだった。二人の間にははっきりと境界線が引かれていて、それを越えることはどうしてもできなかったのだ。

わたしの視線によって切り取れた部分は、他人の視線からしっかりと守られたものと、同時に不透明でも透明でもあってわたしを隠してしまうベールに覆われたものによって二重になっている。ジャックはわたしのヌードの写真をしょっちゅう撮っていたが、特別にどこか場所を選ぶようなことはしなかった。――また、わたしにどんなポーズをとってほしいのか見せるために、自分でポーズをとって見せてくれたことは一度もなかった。――それでもお気に入りの構図がいくつかあった。人が通るところとか、物事の移り変わりを感じさせるようなもの（うち捨てられた車の残骸とか、家具の一部とか、遺跡など……）を背景にして撮るのが好きだった。そういうものがあるところへ自然と足が向いた。

わたしたちは写真を撮るときには、十分準備して出かけた。たとえば、わたしはいつでもすぐに脱げる服を着るようにしていた。あるとき、わたしたちはポール・ボーの国境近くの駅でホームから人がいなくなるのを待っていた。そこには出発間際の列車が止まっていた。ほかにも二つか三つホームがあったが、ずっと離れたところだった。列車に乗り込む人たちは出発前の慌しさでわたしたちには気がつかない様子だった。その場に三、四人いた税関の役人も乗客たちと話をしていたので、わたしたちはすっかり安心しきっていた。写真を撮るときジャックは日光を背にして立っていたので、わたしになにか合図を送っても、それがわたしはよく見えなかった。わたしは服のボタンを上から下まではずして、ジャックのほうへ歩いて行った。前へ進んでいくうちにわたしはだんだん自信がわいてきた。きらきらと輝いている逆光の中にプラットフォームの端でわたしを待っているジャックのシルエットが浮かび上がっていた。わたしはその姿にすっかり心を奪われ、長い廊下を歩いているような気分になってきた。少し緊張した空気の中で奥行きのある空間が目の前に開けてくる。わたしが前へ歩いていくと、ジャックがカメラのシャッターを切る音がだんだんと近づいてきた。その音を聞いていると、だれにも見咎められていないという確信が深まった。プラットフォームの端までいくと、今度は壁にもたれて立った。そこでもジャックは何枚か写真を撮った。すっかり安心しきって、なにも気にすることがなくなったので、空間はわたしの後ろのほうにも広がっていった。

そのときは撮影のリズムを乱されることもなく、思うように写真を撮ることができた。わたしたちはそのことですっかり幸福感に浸っていた。プラットフォームの先にあるトンネルの中でも、音がよく響くだれもいない大きなホールでも、すっかり猫に占領されてしまっている、駅の出口へ通じる小さなテラスでも、その傍にある噴水でも、どこで写真を撮っても、だれにも邪魔されることはなかった。

その日は、それから海沿いにある墓地にも行って撮影をした。墓地の中には並木道がいくつもあって、その先は階段になっていて墓室が並んでいた。その中の一つにベンヤミンの墓もあった。並木道では二、三人の女の人がかくれんぼをしながら、ゆっくりした足取りで歩いていた。死者が眠る墓地の中で海からの風を受けながら裸になっている自分の姿が、はっきりとしたイメージとなって頭の中に浮かんできた。

だが、墓地の敷地は、目の前に海がひらけていて空間的な広がりはあったが、当然のことながら、周囲を墓地に囲まれているためあまり奥行きがなかった。そうした意味では空間的にはっきりとしない位置づけにあり、そこで裸になって写真をとることには少しためらいがあった。わたしを現実の空間につなぎとめていたのは、海沿いにはりめぐらされた手すりではなく、ジャックのまなざしだった。ジャックの視線がわたしのあとを追い、わたしを動かし、わたしにポーズをとらせた。わたしとジャックは目に見えない紐のようなものでつながれているような感じだった。わたしは海を正面に見て立ち、カメラに背を向けた。すると、カメラがどのくらい離れた位置にあるのか、わたしにはもうわからなかった。そして、カメラのレンズが自分の肩や腰にまるで吸盤みたいに張りついているような気がした。

夕食の後、わたしたちは墓地の近くに停めておいた車のほうへ歩いて行った。もう暗くなっていたので、わたしたちは体をぴったり寄せ合った。ジャックはズボンのファスナーのあたりをわたしのお尻に押し付けてきた。わたしはどんどん肌をあらわにしていった。手を休めることなく、ボタンをはずし、服を脱ぎ捨てていった。それでも、わたしはもっと自分の体を露出したかった。わたしは車のボンネットの上に体を半分乗せて、いつでもペニスを受け入れられるように姿勢を整えた。ジャックのペニスも準備は万端だった。

そのとき、甲高い叫び声がわたしの耳に届いた。一つしかない街灯の光の中を狂ったように小さな犬の影が通り抜けていった。その犬のあとを脚を引き摺りながら、男の人が追いかけてきた。ほんの短い間、その場の状況は混乱した。わたしは捲くり上げていた服を慌てて引き下ろした。ジャックも興奮してなかなかいうことをきかなくなっている体の一部をなんとかもとの場所にしまいこんだ。それでもわたしは、ジャックのズボンの膨らんだ部分を愛撫し続けていた。そして犬を追いかけてきた男性の様子をうかがいながら、早く続きをしようとジャックにしつこくせがんだ。

だがその男性は、わざとそうしているように、そのあたりを行ったり来たりしながらわたしたちのことを遠くから見ていた。ジャックはその場所からもう引き揚げたほうがよさそうだと判断した。わたしたちは車に乗りこんだ。ところが車に乗っても、わたしは興奮を抑えることができなくて、どうしていいか自分でもわからなくなっていた。ひどい欲求不満の状態になって怒りを爆発させた。ジャックは用心してもう帰ろうといっていたが、わたしは、犬を追いかけてきた男性はきっとこっちへ来て、自分たちのしていることに加わるはずだと主張した。

興奮してひどく苛立っていたので、わたしはだれも自分の意見に反対したり、自分のしたいことを邪魔したりしないはずだと自分勝手に思いこんでいた。その日一日、いろいろなところで撮影しているときには、ずっと緊張感がはりつめていた。そのおかげで自分の空間が守られ、撮影も順調に進んできていたのだ。それが、極度に興奮したせいで一気に緩んでしまったことに、自分でも気がつかなかったのだろう。

あまり腹が立つとわたしは今度は、精神的に無気力になってしまう。ペニスを挿入してほしいと思っているときに、それが叶えられないと、わたしの心の中には相反する二つの気持ちが同時に湧き出してくる。まず、相手に対する不信感が芽生え、自分の要求がどうして聞き入れられないのか、その原因――それが理屈に適ったことだとしても――を理解することができなくなってしまう。そして高圧的な態度をとって、人の意見をまるで聞かなくなってしまうのだ。その一方で、まるっきり馬鹿みたいに相手の抵抗をつき崩すことができなくなってしまう。たとえば、相手をその気にさせるようなことを自分からしてみたり、考えを変えさせようとしたりするといったことだ。わたしはあくまでもくいさがった。あの男性は自分からわたしたちのほうへやって来るかもしれない。いや、たぶん、自分からは来ないだろう――そんなふうに相手の反応を待っているうちに、わたしはすっかり疲れ切ってしまった。

普通に何かしているとき、たとえばなにか家事をしているときに、わたしがセックスをしたくなっても、それらしいそぶりを見せないと、ジャックはそれに気づいてくれないことがある。わたしの性欲をつかさどる脳の回路をジャックが読みとってくれないといって、何度ジャックを非難したことだろう。もし、相手がわたしの自分勝手な要求を読みとることができないとしても、そのことについて、わたしに謝りたいといってくれたら、わたしは、その人の内面にあるもの、あるいは、その人の仕草の意味、言葉の裏にあるものを想像することができる。そこでは、なにか知識などで相手とコミュニケーションをとる必要はないのだ。だが、その垣根があるおかげで、ある意味では、なにかに役立つ場合もある。たとえば、病気の人にとっては、ほんのわずかな合図を送るだけで——目を細めるだけで——相手の言いたいことがわかったり、マッサージすることで体の感覚を取り戻すことができたりするのだ。そのためには一人一人が自分の殻に閉じこもっている垣根を取り払わなければならない。セックスをしたいという欲求が満たされないことで、わたしは自閉症の患者のように、自分の殻に閉じこもってしまった。そこから抜け出させてくれるのは、わたしの体を求める視線と、体全体を覆い尽くすような愛撫だけなのだ。そうすれば、不安な気持ちは晴れ、相手に対する怒りも消えてなくなり、またもとの自分に戻れるのだ。

帰り道で、わたしは車を路肩に止めてくれとジャックに頼んだ。ところが車は高速道路を走っていたので、わたしの要求を聞き入れるのはほとんど不可能だった。わたしはますます怒りを募らせた。わたしは道路と車のことは頭の中から切り離すことにした。自分の恥骨のあたりに神経を集中させ、そこにある、ねばねばした小さな動物のような部分をゆっくりと指で愛撫したり、円を描くように刺激を与えた。わたしは体を前にずらし、その行為に熱中した。対向車線の車のライトが、ときどき、陶器のようにすべすべしたわたしのお腹を照らし出していった。

そのとき、わたしは頭の中でどんなことを思い描いていたのだろうか。ほんの数分前の、まだ未解決の問題に関係する場面ではなかったことは確かだ。それとも、その問題は自分の中では、もう片が付いていたのだろうか。むしろ、何度も頭の中でイメージしたことのある、そのとき置かれている状況からずっとかけ離れた場所の、あまり危険のないシーンを頭の中に思い浮かべて、現実逃避していたのだ。わたしは、頭の中のイメージに神経を集中させた。そして、細かい部分まで想像できる場面を詳細に頭の中に思い描いた。たとえば、どこにでもあるありふれた電車の中や、いかがわしい映画館のトイレの中のシーンだった。——それがどんなものだったのか、もうはっきりとは思い出せない。

ジャックは前方の道路から目を離さずに、わたしの胸やお腹の上に手を伸ばしてきて、大きく線を描くように愛撫した。ジャックがわたしの手を押しのけて、わたしの濡れた陰部に触れると、頭の中のイメージがかき乱され、話の流れが違う方向へ展開していった。わたしはジャックの手を止めようとする自分を抑えた。

ペルピニャンへ入ると、ジャックは車を人気のない、明かりの煌々とついた駐車場に乗り入れ、建物の脇に車を止めた。二人の間に距離があったので、ジャックはわたしに近づこうとして、まるでガーゴイル（怪獣や竜をかたどった屋根の雨水の吐水口）のように体を乗り出してきた。ジャックの顔はちょうどわたしの視界に入る空間と視界から外れた空間との間にあった。ジャックはわたしの陰部に指を三、四本当て、力強く揺さぶった。その音がわたしの体の奥から液体が溢れ出してきた。その音がわたしを現実に引き戻した。だが、ジャックの愛撫を受けるために、すぐに体を伸ばすことはできなかった。しかもそれはなかなか困難なことだった。脚を大きく開くためには、まず、頭の向きを反対にし、腕を大きく広げて胸を突き出さなければならなかった。その姿勢をとるまでに、しばらく時間がかかってしまった。さっきまで体を丸めて、ジャックに隠れてマスターベーションをしていた。その前には、カメラのレンズの前で自分の肉体をさらしていた。その間ずっと、わたしの体はジャックのペニスを受け入れられる姿勢で待っていたのだった。だからジャックがわたしを愛撫しはじめると、体がすぐに反応してしまったのだ。

わたしは裸になるのが嫌だと思ったことはない。――それどころか、それとはまったく逆なのだ！――ほんの一瞬しか、本当の自分の姿を見せられないことが嫌なのだ。男性に身を任せることを躊躇したこともほとんどない。――それもまるで逆なのだ！――自分自身を見つめるためには、自分の頭の中のイメージから離れなければならない。わたしにはどうしたらそれができるのかよくわからないのだ。

自分自身の目で、自分の姿を見ることができないから、ほかの人の視線に頼らざるを得ない。「ほら、わたしを見て！」わたしはそんなふうに言うことができない。それよりもだれかが「ぼくがきみを見ているように見ればいいんだよ……」といってくれるのを待っている。わたしはジャックのなすがままに身を任せた。だが、わたしは自分の頭の中のイメージに深く入り込んでしまっていた。現実の世界に戻るためには、胎児のように体を丸め、かたくなったジャックの体の一部を口にくわえるしかなかった。そして、その柔らかい外皮が口の中に滑りこんでくる感触を味わううちに、わたしの興奮は掻き立てられていった。フェラチオをしているときは、体全体がまるで手袋のようになるのだった。相手のペニスが体の中に入ってきて、それで体の中がいっぱいになってしまうのだ。

アメリカ人の写真家がわたしの写真を撮影したことがあった。そのうちの何枚かが、数年前、〈オン・シーイング〉という雑誌に掲載された。その写真に写った自分の姿は――わたしは、最近になってその写真を見たのだけれど――まるで夢遊病者のようで弱々しい感じがした。「体がぐらぐら揺れているようだ」と言った人もいる。

わたしは、マットレスの上でセックスをしているカップルのすぐ隣に立っていた。その写真は、暗いイメージだった。わたしは全身黒ずくめの服を着ていた。光があっているのは、カップルの女の子の膝と男の子の足の裏だけだった。もう一枚の写真は、カップルの隣で体をかがめて座っているところだった。わたしの髪がおおいかぶさって見えなくなっていたが、女の子の太腿と男の子の腰の間にわたしの顔が挟まれていることが、容易に想像できた。わたしは手で女の子の脚を無理矢理こじ開けていた。そして、二人の男女が体を結び合わせているところに顔を突っ込み、その部分を舐めようとしていたのだ。

そのとき、わたしの頭の中にあったのは、どんなイメージだったのだろうか。なにかを調べたり、修理したりする、真面目な労働者――たとえば、配管工とか、室内装飾の業者とか、自動車の修理工とか――だろうか。あるいは、おもちゃをベッドの下に転がして、暗がりにもぐりこんで、それをまた取り出している子どもだろうか。あるいは、消耗しきって座りこんで、呼吸が整うまで荒い息をしているランナーだろうか。写真の中で、わたしは、二人の男女がぴったりと身体を合わせている間に、自分の体をなんとか入れようと努力していた。そして、わたしが二人の間に体をなんとか入れようとしていることが、またそのために神経を集中させていることが、傍目にもよく伝わってきた。

4 * 細部

わたしは男性の性器をしゃぶるのがすごく好きだ。亀頭が剝き出しになったペニスが女性の体の中に入ってくるということを学んだのとほぼ同時期に、フェラチオの仕方についても手ほどきを受けた。その頃、わたしはまだ若かったので、男性の性器を口の中に入れるなどということは、たとえセックスのときでも、正常なことだとは思っていなかった。いまだに、女友達が自分がフェラチオをしたときのことをあれこれ説明しているときには——話の内容は、あまり信用できないし、うんざりしてしまうようなものなのだが——無関心なふりを装って聞いている。だが、本当は自分のほうがずっと上手だし、適性があることがわかっていて、内心では得意になっているのだ。

フェラチオに適性がある、ということを説明するのはなかなか難しい。精神分析では「口唇期」とか、「肛門期」という分類がある。フェラチオはその「口唇期」が何らかの形で現われた行動を、すでに超えたものなのだ。だからといって、傍から見て異常な行動として捉えるほどのものではない。相手の体の一部を自分の体に入れることで、漠然とした一体感を得ることができるのだ。指先と舌を同時に動かして、小さな起伏のすみずみまで探検していく。すると、相手のほんのわずかな反応まで感じ取ることができる。

フェラチオをしているときは、愛撫を受けている本人よりも、相手の体のことがわかるようになる。そしてなにより、相手を支配しているという、言葉では説明できない快感を得ることができるのだ。舌の先をほんの少し動かしただけで、相手からはとてつもなく大きな反応が返ってくる。しかも、口の中にペニスが入っていることをはっきりと意識できるのは、ヴァギナにもペニスが挿入されているときなのだ。

ヴァギナの快感は、入っているものが溶けていくような感じとともに太陽の光線のように体中に広がっていく。一方、口の快感は、柔らかい亀頭の感触を唇の外と内、舌と口蓋、さらには喉の中で完璧に味わうことができるということだ。いうまでもないことだが、最後には精液を味わうことになる。結局、セックスのときには、自分が相手に要求することを、相手にも要求されることになる。

わたしにとっていまだに不思議なのは、膣よりも口のほうが感覚が伝わりやすいということだ。フェラチオをしているときの快感が、どうして体の端まで伝わるのだろうか。ペニスを、ブレスレットを腕にはめるようにしっかりと口にくわえ、唇に力を入れると、膣の入り口にもその感覚が伝わる。夢中になってフェラチオをしているとき、体の位置を変えたり、リズムを変えたりすることがある。すると、どこからともなく、もう待ちきれないという気持ちが一気にわきあがってきて、体にも力がみなぎってくる。その場所が体のどこにあるのかは、漠然としたイメージでしかわからないが、体の奥のほうが、大きく開いていくのが自分でも感じられるのだ。そうすると、セックスのパートナーが、膣のまわりを縁取るように刺激を与えてくる。クリトリスの隣を刺激されると、ペニスを締めつけている口にも力が入ってくる。それはわたしにもはっきり感じ取ることができる。それでも、体に指令を与えているのは、口のほうなのだ。そのことになんとか説明をつけようとして、いろいろな考えが頭の中をかけめぐっていく。

わたしはフェラチオをしているとき、ほとんどまぶたを閉じたままでいる。だが、ペニスのすぐ傍まで目を近づけているので、自分がしていることはほんの細かい部分まで見て取ることができる。そうすると、頭の中に浮かんだイメージが欲求をますます掻き立てていく。空想の場面は、おそらくまぶたの裏側にひそんでいるのだろう。頭の中にほんの一瞬考えがひらめき、どうすれば男性を悦ばせることができるのか、いっぺんにわかってくる。

呼吸を整え、まず自分がどんなことをするのか、頭の中で考えをまとめてみる。しなやかな動きで、手がペニスを包みこむ。ペニスを傷つけないように、歯を包み隠すように唇を内側に折り曲げる。ペニスがすぐ傍まで近づいてきたら、亀頭を優しく刺激する。自分の手がペニスを導き、だんだんとそれが口元まで近づいてくるところを、わたしはじっと見守っている。その途中でペニスは少し向きを変えたり、花が芽吹く直前の大きく膨らんだ蕾のように固く引き締まっていく。ペニスが口元まで来たら、素早い動作でペニスから手を離す。釘を抜くときのように、二本の指だけでつまんで、絹のようにつやつやしたペニスの先端に、唇の柔らかい部分を押し当ててキスをする。支えていた手を離して、喉の奥に達するまでペニスを口の中に入れていくと、ジャックは——わたしの舌がどんな動きをするか完璧に把握していても——快感にうっとりとなって、思わず短いため息をもらすのだった。そのとき、わたしの耳にもジャックの声がはっきりと聞こえる。すると、わたしもさらに興奮をかきたてられるのだ。

ペニスが喉の奥まで届いたら、しばらくの間はそのままにしておく。それと同時に、舌の付け根のでこぼこした部分で亀頭を刺激していく。すると、わたし自身、息が詰まって窒息しそうになり、おまけに目には涙が浮かんでくる。フェラチオをするときは、体全体を垂直に保ち、車輪の中心軸のようにしっかりと体を安定させて、中心がぶれたりしないように動かずにじっとしていなければならない。その体の軸を中心に頭を左右に振り、頬や、唾をつけて湿らせた顎、額、髪の毛、鼻の頭まで使ってペニスを愛撫していく。そして、ペニスだけでなく睾丸まで舌を使って刺激する。亀頭はいちばん長い時間をかけて刺激する。舌の先がペニスの包皮の中に入っていかないように注意しながら、ペニスの先端に円を描くようにして舌を這わせていく。それから、なんの前触れもなく、いきなりペニスを口にくわえるのだ。すると、男性は驚いて声を上げる。その驚きがわたしの陰部にまで伝わってくる。

フェラチオをしているときのことを思い出して、説明していくだけでこれだけのページを費やしてしまったのだから、もし、自分の書きたいことをそのままどんどん書いていったら、これからまだ何ページも使うことになるだろう。わたしは、フェラチオをするときも、それを言葉で描写するときも、どちらも丁寧に時間をかけてしまう。そんなところにも漠然としたつながりがある。だが、ここでは自分の嗜好についてもう少し付け加えておくだけにする。

セックスのとき、わたしは自分から男性をリードするのはあまり好きではない。顔を両手に挟まれて、まったく動けない状態で、男性がわたしの性器を舐めるときのように唇にキスをしてくるときの感覚が、わたしは好きだ。

数ミリリットルの血液がペニスに一気に流れ込むと、勃起が起こる。わたしは、普段、セックスをするときには、まずはじめにそれを口の中で感じ取りたいのだ。もし二人とも立ったままだったら、わたしはフェラチオをするためにパートナーの足元まで滑り降りていく。二人とも横になっていたら、わたしはシーツの下に潜りこむ。そして、まるでゲームをしているように、暗闇の中で自分が渇望しているものを探し当てるのだ。そのときにはわたしはお菓子をおねだりする子どものように、馬鹿げた言葉を口にしてしまう。「ねえ、おっきな棒付きのキャンディーを舐めさせて」そんなふうに言うと、何だか自分でも嬉しくなってしまうのだ。フェラチオをしているときには、ときどき顔を上げることもある。というのは、頬の内側の筋肉の緊張をほぐしてやらなければならないからだ。そして、そのときに「うーん……、おいしい」と、思わずいってしまう。口の中にペニスを含んでいるとき、舌の味覚も満足させられるからだ。同じように、パートナーが自分のことを誉めてくれると、自尊心がくすぐられる。どんな誉め言葉より、「フェラチオが上手だ」と言われるのがいちばん嬉しい。

この本を書いていて、わたしはある人のことを思い出した。その人との肉体関係は二五年も前に終わっているが、その男性は、「こんなにフェラチオが上手い女の子には、今までお目にかかったことがないよ」といってくれたのだ。そのとき、わたしは恥ずかしそうに目を伏せていたが、内心はとても誇らしかった。それは、わたしが私生活でも、仕事をしているときでも、ほかのことで満足感を得られないからということが理由ではない。

道徳的な価値観で得たものと、ほかの人から評価を受けられるような知性を保つには、釣り合いをとることが必要なのだ。その一方で、そういった長所には目を向けず、はねのけ、否定してしまうことで、実際面で絶妙のバランスを保つことができる人がいる。賞賛を受けても、それが逆にあざけりや嘲笑を引き起こすことがあるが、そういう人はそれを受け入れる能力があることを証明して見せることができるのだ。ある晩、〈クレオパトラ〉というナイトクラブへ行ったとき、エリックは、もう少しで義兄と鉢合わせをするところだった。わたしが馬鹿で、自分がどれほど熱くなっているか判断することができなくて、飲みに行きたいなどと言ったからなのだ。結局、「焦げたゴムの匂い」がしはじめたので、もうそこから出ていこうということになった。

体の細部

もし、みんなが自分の中のイメージどおりに、自分の体を描いたとしたら、美醜とりまぜのすごい展覧会が開けるだろう！　わたしが自分の姿を描くとしたらこんな感じだ。まず、ビーナスのように美しいお尻。軟体動物のように力の入っていない腕。その二本の腕の間に二つの突起物がある（わたしは自分の胸をうまく表現することができない）。それが全部、移動を容易にするよりむしろ邪魔する二本の柱の上に乗っかっている（わたしはずっと前から自分の脚にコンプレックスを持っていた。別に悪気はなかったようだが、「チョコレートで作った、ちっちゃな女の子の人形みたいな脚だな」とロベールに言われたことがある）。それから、真っ先に頭の中にイメージが浮かぶのは、目と唇だろう。目と唇は、互いに欠点を補い合う関係にある。小さかった頃は、みんながわたしの大きな目を褒めてくれた。深い栗色で、とても印象的な目だった。ところが、大きくなると、自分の顔の中で、鼻や唇などのほかの部分と比較しても、大した重要性を持たなくなってしまった。思春期の頃には目が印象的だといってくれる人もいなくなった。子どもの頃は、ただ自分が自惚れていただけなのだということを思い知らされて、そのことは深い傷となって心に残った。話を唇のほうに戻すと、唇のほうが、目よりもいくぶん形がいいし、チャーム・ポイントの一つになると自分では思っている。それで、大きく口を開けるときには、いつも目をつぶるようにしているのだ。

頭の中で自分のお尻のことをイメージするときには、丸みのあるお尻とくびれたウエストは、どちらも体の中で強調された部分になっている。わたしのお尻はつねに「アウトバック」の状態にある。「アウトバック」とはオーストラリアで使う表現で、自分の背後にある砂漠を意味している。つまり、見えない状態にあるということなのだ。ジャックは、ある日、ピカソの「アビニヨンの娘たち」が描かれた絵葉書をわたしにくれた。その絵には上半身が二等辺三角形のような形の、小さなハムが二つ並んでいるみたいな丸々としたお尻の女性が描かれていた。「きみの肖像画だよ」と、ジャックはいってくれた。

自分で見ることはできないが、わたしにとってお尻はもう一つの自分自身の顔なのだ。クロードはこんなことをいった。「きみは、頭はあんまり悪くない。でも、きみのお尻ときたら！」ジャックはセックスをするとき、わたしの下半身のどの部分にもペニスを這わせたり、お尻を揺すって軽く手で叩いたりする。その感覚がわたしは好きなのだ。それで、わたしもお尻を揺すってくれと、いつもジャックにせがむのだった。セックスのとき、わたしが相手に要求することの中で、それがいちばん多いだろうと思う。わたしの要求に応えて、ジャックは両方のお尻をかわるがわるつかみ、二つの山をかき混ぜるように乱暴に揺さぶってくる。そして、最後にわたしの下半身にある口に二本の指を滑りこませる。ジャックの指はお尻の割れ目の狭い通路を通って、陰部が口を開けているところへ導かれていく。そして、指でその部分を押し広げていく。そのときにはわたしはもう、ペニスが挿入されるのを待ちきれなくなっている。

今度は、わたしのほうが男性を悦ばせるのではなく、わたしのほうが激しい快感を得たときのことを書いていくことにする。四つん這いになってセックスしているときも、脇腹を下にして横になっているときも、わたしは腰の関節を激しく動かす。すると口や性器の奥までペニスが突き当たり、規則正しく、力強い振動が体に伝わってくる。わたしは、セックスのパートナーに、わたしの性器にペニスを挿入しているときも、フェラチオをされているときのような快感が得られているのかどうか聞いてしまう。男性の返事はほんの短いもので十分なのだ。わたしの名前を呼んで、そこに簡単な単語を付け加えるだけで、わたしはその言葉の意味をすべて理解することができる。たとえば、「ああ、カトリーヌ！　いいよ、最高だ……」こんなふうに、わたしが実際に目で見て確かめることができないことを、だれかが言葉で表現して教えてくれると、わたしはますます興奮を掻き立てられる。たとえば、微かに部屋の中に日の光が差し込んでいたり、スポットライトのように一点に集中して照明が当たっていたり、向きを自由に変えられるライトが枕元にあったりすると、それが刺激になってもっと興奮するかもしれない。懐中電灯を使ってみようかと考えたこともある。

後ろを振り返ると、自分の体から突き出したいちばん大事な部分が、わたしのお尻の割れ目に吸い込まれて消えていくところを、男性がじっと目を凝らして眺めている姿が目に入る。そこで、わたしはパートナーにそのことを自分の見たままを言葉で表現してくれと頼むのだ。「ねえ、わたしのお尻が見えた?」「ああ、きれいだよ。ペニスを丸呑みしちゃったよ。何て奴だ、まだ欲しがってる……」こんなふうに、まるで飾り気のない、がさつな言葉が交わされる。

すぐそばに鏡があるときには、わたしはセックスの間中、じっと自分の横顔を見つめている。すると、波間に浮かんだ木片のように、自分の顔が鏡の中に映ったり、下に沈んで見えなくなったりする。セックスのときには、下半身、とくにお尻の感覚にわたしはこだわりを持っている。そのことがあってセックスの体位の中で、以前から後背位がいちばん好きだった。だが、ここであることを告白しようと思う。――セックスに関することは、どんなことであれ、自分自身を正面から見つめることになるので恥ずかしいことなのだ。そのうえ、話せるようになるには、かなりの時間がかかる。

後背位でセックスをしているとき、自分と相手との距離が離れていて、力をこめて勢いよくペニスを挿入しなければならないようなら、いちばん快感を得られる体位は後背位ではなくなってしまう。別の言い方をすれば、後背位でペニスが挿入されると、腰のあたりに衝撃が来る。それから、まるで布でなにかを磨いて艶出しをしているみたいに、ペニスがわたしの体の中でピストン運動をはじめるが、そんなふうにペニスが型どおりの動きをしているときが、わたしは好きなのだ。

お尻を突き出すのが快感なのは、昨日、今日はじまったことではない。そのことに気がついたのは、六歳か七歳のときだった。弟と遊んでいるときに、マスターベーションの方法を見つけたのだった。スカートを捲くり上げ、股間のちょうど真ん中のところで下着をしわくちゃにして、小さな椅子の端のぎりぎりのところにお尻を突き出して座る。そして弟がわたしの背中に乗ってくるのを待つ。遊んでいるふりをして、性的な快感を得ていたのだが、うっかりして、弟がわたしのお尻に触ってしまうこともあった。

セックスをしているときは、相手が自分を愛撫してくれるように、自分も相手を愛撫しなければならない。というのは、男性の下半身も女性のように快感を得ることができるからだ。わたしはいつも男性の期待に応えられるようにしている。男性のほうが四つん這いになって、わたしの腕や肩が痛くて動かなくなるまで、ペニスを愛撫したことがあった。

ある男性は、なにも言わずいきなり自分のお尻をわたしの鼻に押し付けてきた。その男性と肉体関係を持つようになったばかりの頃だった。その男性はセックスをするときに恥ずかしそうにしていたので、わたしがフェラチオをするのにも抵抗があるようだった。わたしはそれをなんとか克服しなければならなかった。しかし、わたしがペニスをまだ口に含まないうちに、相手の体はすっかり硬直してしまった。その男性は回れ右をして後ろ向きになると、わたしのほうへ固く引き締まったお尻を突き出してきたのだ。亀頭よりもお尻の穴のほうが簡単に手が届きそうだった。顔を上げると、男性の顔にはわたしを非難しているような厳しい表情が浮かんでいた。さっきペニスを口元まで導いたときも、同じような非難のこもった顔を向けられているような気がしたのだ。その後は、いつも体の隅々まで愛撫をしていった。わたしはその男性にしたように、ほかのだれかを舐めたり、キスしたり、軽くかんだりしたことはないが、このときは耳たぶから睾丸までをつなぐ線にそって、脇の下の柔らかいところや、腕の血管や、腿の付け根のくぼみを優しくなぞりながら愛撫していった。その場合に重要なことは、自分が通ったところに唾をつけて、徹底的に自分の領分を主張することだ。唾液の跡も、時間が経てば最後には単なる汚れの跡にしか見えなくなってしまうのだった。

セックスのとき、パートナーがわたしの胸にあまり興味を示さないのは、その部分を愛撫してもわたしがあまり反応を示さないからなのだろうか。それとも、わたし自身もパートナーの胸を見ようとしたり、愛撫をしたいと思わないからなのだろうか。男性の胸を刺激するなんて、退屈な作業だと思っているからだろうか。多くの男性が〝胸を愛撫〟してくれと要求してくる。そして、甘い言葉などよりも、いちばん敏感なところをつまんだり、軽く嚙んだりしてもらえるのを期待して待っているのだ。疲れて手が痛くなるくらい、指の間で乳首を刺激したり、力いっぱいつまんだりしても、いつも決まって力の加減が足りないと男性に非難されるのだった。わたしには相手を痛めつけたいと思うような、サディスティックな欲求はまったく起こらない。フェラチオをしているときには、男性の反応を見て、わたしも興奮をかきたてられる。だが、男性の乳首を思いっきりつまんで、相手が悦びを感じても、それを見て快感を覚えることはない。

わたし自身は、むしろ手を大きく広げて、胸全体を軽くかすめるようにして愛撫をされるほうが、快感を得ることができる。そんなふうに愛撫をされると、胸がかすかに震えているような感じがするからなのだ。胸を強くもまれるのも、乳首をつままれるのも、わたしは好きではない。自分の手で乳首を刺激してみても、すべすべした手のひらに固い、ごつごつしたものが感じられるだけだ。

だが、マスターベーションをするときには、セックスをしているときとは違う感覚を得ることができる。しゃがんだり、うずくまったりして、胸が太腿をかすめるような姿勢をとる。そして、胸を太腿でこするようにして刺激するのだ。わたしには、太腿の皮膚だけはほかの部分と違って自分の体の一部ではないように感じられるのだ。だから、太腿で刺激すると、自分で愛撫をしているようには思えない。だれかがわたしを愛撫してくれているような感じがする。太腿のビロードのような肌が胸に触れるたびに、わたしは驚き、うっとりとなる。

ごつごつした手触りと、柔らかい感触。この二つの対照的な感覚について書いているうちに、セックスに対して関心を持つようになったばかりの頃のことを思い出した。それは男女が肉体関係を持つことについて、はっきりとした認識を持つようになった時期のことだった。

その頃、わたしと弟は父の友人の家で夏休みを過ごしたことがあった。父の友人はかなり年配の人で、わたしたちの遊び相手になりそうな年頃の孫がたくさんいた。ある日、その男性が体調を崩して寝こんでしまい、わたしは部屋へ様子を見に行った。わたしがベッドの端に腰掛けると、その男性はわたしの顔をしげしげと眺めながら、指で顔の線をなぞっていった。そして、顎が細すぎるとか、将来首の甲状腺腫になりそうだなどと言った。それを聞いて、わたしの頭の中はすっかり混乱してしまった。

すると、男性の手がわたしのブラウスの中に滑りこみ、ふくらみはじめたばかりの胸をかすめた。わたしが微動だにしないでいるのを見て、その男性は、「大人になったらね、〝乳首〟を触られたら、ものすごく気持ちよくなるんだよ」と言った。それでもわたしはじっと動かずにいた。

なにか言われたことに気づいていないふりをして、顔の向きを変えて、壁のほうを向いた。男性の大きな手にできたたこが、わたしの肌に触れたとき、わたしは生まれてはじめて、乳首がかたくなるのを感じた。その男性は大人になったらどんなことを感じるのか、わたしに教えてくれた。わたしは子どもから女になるちょうど境目のところに立っていた。そして、そのことに誇りを感じていた。大人の世界の難問に子どもが立ち向かっていたのだ。その男性がしたことにわたしはすっかり狼狽して、なにも返事をしなかった。しかし、それでも男性のほうを向き直り、そこに横になっている姿を見つめた。わたしはその男性が好きだった。それと同時にかわいそうにも思った。というのは、その男性の奥さんは脚が不自由で、体も肥満していたからだ。脚には傷があって、いつもじくじくと膿を出していた。その男性は膿で汚れた包帯を、朝晩、丁寧に取り替えてあげていた。同情を感じながらも、わたしはその男性の灰色がかった顔色やざらざらした鼻を見ているうちに吹き出しそうになってしまって、わたしはそっと部屋を抜け出した。

その男性の家に滞在しているとき、わたしはその男性の孫娘の一人と同じベッドに寝ていた。その晩、わたしは一緒に寝ている女の子にその日の出来事を話して聞かせた。するとその女の子も、わたしと同じようにその男性に触られた経験があると告白した。わたしたちはお互いに相手の目をまっすぐに見つめながら話をした。そして自分が話したことで、相手がどんな反応を示すのか、その目の色から読み取ろうとした。わたしたちはその男性がいけないことをしているのだということには気づいていた。しかし二人で秘密を共有しているということは、よくわからない道徳観念というものよりも、ずっと価値のあることのように思えた。

一度だけ、わたしはマスターベーションをしていることを告解室で告白したことがある。そのときは自慢したいという気持ちと、少し強がってみせたい気持ちもあった。ところが、告解を聞いた司祭の反応を見てがっかりしてしまった。——司祭はわたしが告白したことについてはなにも意見を言わず、いつものようにアヴェマリアの祈りと主の祈りを暗唱させただけだった。——わたしはもうその司祭を信用できなくなってしまった。そのとき、わたしは父の友人に胸を触られたので、困ったことになったと話してやればよかった！

もし、ほんの一瞬でも男性がわたしを見つめていることに気づいたら、男性の視線がどこに注がれているのかすぐにわかる。ブラジャーの下に隠れた胸でブラウスのボタンがはちきれそうになっているのを見ているのだ。だれかと話をしているときに、その人がわたしのことをじっと見つめていたら、わたしが話していることなど耳に入らず、頭の中では別のことを考えていることが、わたしにはわかってしまう。

そういうときには、わたしはいつも、父の友人の男性にはじめて体を触られたときと同じ状態になってしまう。何の反応も示さず、その場にじっとしたままでいる。そんなことから、わたしの衣装簞笥には、胸元が深くあいた服や、体の線を強調するような服は入っていない。

わたしは、自分のまわりの同性に対しても、恥じらいを感じることがある。サロンのソファに座っているときなど、隣の女性がはしたない格好をしているのを見ると、思わず自分のスカートのすそを引っ張ったり、胸を隠したりしてしまう。そういう状況では、わたしは居心地の悪さを感じるのだ。まるで肌をあらわにして、人目にさらされているのが、自分の体のような気がして、いきなりセックスをしたいという衝動に結びついてしまうのではないかと心配になってしまうのだ。言い方を変えると、わたしは服の乱れを直しながら、その女性のブラウスの襟元から半分覗いている二つの乳房の間に手を突っ込み、全部剝き出しにしたいという衝動を抑えているのだ。

わたしは長い間ブラジャーを着けていなかった。そうするようになったはっきりした理由は忘れてしまった。しかし、「ブラジャーなんか捨ててしまえ」というフェミニズムの考え方に従ったわけではないことだけは確かだ。というのは、装飾品――下着も含まれる――でいくら飾りたてても異性を惹きつけることはできないという意見には賛成するが、それ以外でフェミニズムの意見に同調したことは一度もないからだ。だが、ブラジャーをはずした場合は、つけているときとはまるで逆の効果を生むことになる。締めつけるものがなにもないので、胸は服の下でゆったりとしている。そのせいでブラジャーを着けているときと同じくらいセクシーに見える。しかも、それが「自然な形」になっているのだ。なにも身に着けていないのだから、少なくとも男性を惹きつけようとしてなにか策を弄しているのではないかと疑いの目を向けられることはない。

同じ理由から、わたしはパンティも身に着けていなかった。パンティを身に着けていれば、それを洗濯機に投げ込むだけですむ。ところが、パンティを着けていなければ、毎晩、その日一日履いていたズボンの股の部分を自分で洗わなければならない。いったい、わたしは、何年間、そんなことをしていただろう。

ズボンでも、ブラウスでも、どんな洋服でも、下着をつけずに直接肌に触れるように着たほうがシンプルに見える。わたしは、ある面では、必要最低限のもので間に合わせようという考え方を持っている。なによりも機能を重視する主義なのだ。その考え方からすると、下着をつけないことは、道理に適ったことになる。つまり、飾り立てるようなものをなにも身に着けていなければ、レースの下着を脱いだり、ブラジャーのホックをはずしたり、事前の準備をしなくても、すぐに肌に触れることができるのだ。要するに、わたしが耐えられないのは、自分から服を脱ぎたい――しかも、素早く――と思わせるような男性の視線ではなく、わたしの服を脱がせたいと頭の中で思っている男性にじっと見つめられることなのだ。

主観的な見方によって辿られる道とそうでない道はなんと対照的であることか。たとえば、それは山道を走っているときのような感じなのだ。車が山間部を走っていると、突然、目の前にトンネルが現われる。車は闇の中に吸いこまれ、しばらくするとトンネルが途切れて明るい空が見えてくる。そんなふうに、光と闇の中を交互に走っていくことになる。この本を書きながら、わたしは山道を車で走っているような気分になっている。もうすでに明らかになっていることを隠しておきたいと思う反面、ほとんどの人が秘密にしておきたいと思っていることをさらけ出そうとしているからだ。

自分の古着を途中で捨てる手助けをしてくれる精神分析のひそみにならうと、一人称で本を書くということは、客観的な見方を遠ざけることだ。わたしの場合は、自分の体のことを詳細に書けば書くほど、自分自身から遠ざかってしまうように感じられる。拡大鏡に自分の顔を映すと、まるで地面に大きな亀裂が入ったように見える。頬も、鼻も、化け物のようになってしまう。そんな姿を見て、それが自分の顔だと認められる人がいるだろうか。

ところが、性的な快感を得ることは、自分自身を距離をおいて見ることと通じる。性的な快楽に浸っているときには、自分自身から抜け出すことができるからだ。性的な快感を得ることと、自分を離れたところから見ることは、理論的には同じことなのかもしれない。距離を置くことで快感を得ることができ、快感を得ることで距離を置くことができるのだ。少なくとも、わたし自身のカテゴリーの中ではそうしたことが可能になる。これこそ、わたしがいちばん書きたかったことなのだ。自分をじっと見つめる男性の視線に耐えられないとか、悩ましげな服装をすることに抵抗を感じると書いてきたのは、そのことを明らかにするためだった。

顔もわからないような相手とセックスをすることも、性的な快感を得るという観点から考えれば、遠くから自分を見つめるということと同じ意味を持つことになる。ということは、鏡に映った自分の姿を見ることや、自分のことを本に書いたりすることも、やはり距離をおいて自分を見つめるということになるのだ。

自分を遠くから見つめるということに関しては、目で見ているイメージも、言葉に出して表現していることも、互いに共通点を持っている。セックスをしているとき、すぐそばまで鏡に近寄って、自分の体がパートナーの体の一部を飲みこんでいく姿をじっと見つめてみる。そして自分の目で見ていることの一部始終を言葉に出して表現していくと、ものすごく興奮を掻き立てられてしまう。

「ほら、見て！　すごいわ、つるつる滑ってる。どこか遠くへいっちゃいそうだわ」

「ちょっと待ってくれよ。きみにもよく見えるように、まず上に乗せてみせるから。それから、きみの中に突っ込むぞ」

わたしとジャックはセックスするとき、こんなふうに見たままを言葉で表現して会話を交わしている。だが、ありのままを厳密に描写しようとしていやらしい表現がエスカレートしないように、お互いに、あからさまな表現をするときは限られた言葉しか使わないように注意している。

「濡れてるのがわかる？　脚の間までびっしょりだわ。ちっちゃなクリトリスが、ものすごく膨らんでる感じがするの」

「今にも暴れ出しそうだぞ！　ペニスをほしがってるんだろう？」

「そうよ。でも、その前にクリトリスの上でペニスをもう少し散歩させてほしいの。その上でこすってくれる？」

「わかったよ。でも、その後はあそこに突っ込むぞ！」

「いいわ……。ねえ、あなたのあれはもう準備ができてる？」

「もちろんさ。もう準備万端整ってるよ」

「たまのほうまで引っ張られる感じ？」

「うん。たままで吸い上げられてるような感じがするよ。でも、たまできみのあそこを叩いてやるさ！」

こんなふうに会話は続いていく。いよいよ挿入する段階に近づいても、声の調子は落ち着いたままだ。そのときに、わたしたちはお互いに同じものを見て、同じように感じているわけではない。自分が見たものや感じたことを言葉で表現することで、不足している情報をお互いに補い合っているのだ。別の言い方をすれば、わたしたちは映画の吹き替えの役を演じているようなものなのだ。スクリーンに映し出される映像をじっと見つめ、動きに合わせて声を出していく。わたしたちが実際にしていることが、画面の中で展開され、わたしたちが「性器」とか「陰部」「睾丸」「ペニス」といった言葉を使って会話を交わすと、映画の登場人物たちも同じ言葉を話すのだ。体の細部について書いていくことは、体の一つ一つのパーツをものと考え、道具として捉えていくことになる。

ゴダールの「軽蔑」で主演のミシェル・ピッコリが言葉を交わしながらブリジット・バルドーの体を辿っていく有名なシーンがある。ブリジット・バルドーの体が映し出されるカットと、ミシェル・ピッコリの台詞の間には美しい行き来があるが、バルドーの体の細部が映し出されると、ついそこに視線が集中してしまう。セックスをしているとき、「ほら、見て！」と思わず叫んでしまうことがあるだろう。そのとき、相手の体にずっと近づいて見ることもできる。だが、じっくり見ようとするときは、美術館で絵を見るときのように、あえて少し後ろに下がったりするものだ。

セックスのとき、わたしは男性が服を脱いでいる姿を少し離れたところから眺めるのが好きだ。そしてこれからどんな快感を得られるのかと、期待を込めたまなざしでペニスを見つめている。ゲシュタルト理論の法則にしたがって、わたしの目には、ペニスは男性の体全体と比較すると、とてつもなく大きな存在として映る。場合によっては、大きすぎて全体像を捉えることができないほどだ。同じように、愛撫の最中にわたしが突然抜け出て、二メートルくらい離れたところに後ろ向きに立ち、両手で思いきりお尻を広げて、茶色っぽいクレーターのようなお尻の穴と真っ赤になった陰部の奥深いところを見せることがある。それから、事態は当然の成り行きへと進行する。たとえば男性はこんなことを言う。「これをぼくにも味わわせてもらわなくちゃ」

そこで、わたしはこう言う。「わたしのあそこを見てくれなくちゃ」そうなると、わたしはもう我慢できなくなってしまう。興奮が掻き立てられて、体が小刻みに震えてくる。まわりのものまで、それまでとは違って見えるようになる。

性器を見せることと、顔を見ること。二つの両極にあるもののどちらからも快感を得ることはできるが、それぞれに共通する快感は少ない。両方を一度に叶えるためには、バスルームがいちばん理想的だ。後ろからペニスを受け入れるとき、自分の体を支えるのに洗面台が役に立つ。つかまるのにちょうどいい高さにあるからだ。洗面台の上にある鏡には、明るい光に照らされた自分の顔が映っている。その顔は体の動きに合わせて上下し、下に沈むときには鏡の枠の中から消えてしまう。上に上ってきたときに、また鏡の中に現われる。頬はこけ、まるでなにかの作業の途中で自動装置が途中で壊れた機械みたいに、口を大きく開いている。もし、鏡の中を覗いても、まるで無気力な死人のような顔しか見ることができなかったら、わたしはそれに耐えられないだろう。そこで、わたしは目を伏せて、鏡に映った自分の顔を見ないようにする。そして本当の自分を探すのだ。

洗面台につかまって、わたしはまるで港に係留された船のような格好をしている。視線を下に落とすと、その洗面台がつやつやと輝いているのが目に入る。その間も、わたしは性的な快楽を味わっているが、体がどこかに吸い上げられて、自分の存在が消えてなくなるような感じがするときがある。全身の力が抜けて、自分がどこにいるのかもわからなくなる。恥ずかしいという気持ちを感じても、自分の中でそれを否定してしまう。そんなふうにして悦びが頂点にまで達する。それは、ただ自分の存在がなくなったことで快感を得るのではなく、二つのマイナスの数字をかけるとプラスになるように、存在がなくなるということと、そのことに対して恐怖心を感じるという二つのマイナス要因が重なり合って、大きな快感を引き起こしているのだ。

ときどき、わたしはトイレへ行って、自分一人でこの快感を味わうことがある。片手を洗面台に乗せ、もう一方の手でマスターベーションをする。そして目の端で鏡に映った自分の姿をじっと見つめている。とても印象に残っているポルノ映画がある。その映画の中で、男性が女性の後ろからペニスを挿入しているシーンがあった。カメラは女性の姿を正面からとらえ、女性の顔が画面の中心になっている。ピストン運動の衝撃に合わせて、女性の顔が画面の前面に乗り出し、ゆがんだ顔の表情が映し出される。まるで女性の顔にカメラのレンズが近づきすぎて、ピントがずれてしまったような感じだ。そして、男性が「ほら、見ろ！　カメラを見るんだ！」と、女性に命令している声が聞こえてくる。女性はカメラのほうへ視線を向ける。するとその女性の視線と、画面を見ている自分の視線がかち合う。わたしは、男性が女性の髪を引っ張って、もう少し顔を上げさせてくれないかと思ってしまう。

マスターベーションをするときに、わたしは何度もこのシーンを思い描いた。実際にその映画のシーンと同じような経験をしたことが一度だけある。そのときの快感は強烈な印象となって記憶に残っている。相手の男性はペニスでわたしの体を突き上げるたびに、「おれの顔を見ろ」とわたしに命令していた。わたしは言われたとおりに、鏡に映った相手の顔をじっと見つめていた。そして、相手の男性もわたしの顔が快感でゆがんでいくのをずっと眺めていた。

吸収する能力

ポルノ映画の欠点は型どおりのセックスと快感しか表現していないことにある。ポルノ映画では、いつも決まって、わざとらしい、ぎこちない動きが映し出された後、女の人が目をつぶって口を開け、喘ぎ声を出すシーンが出てくる。しかし実際は、じっと動かずにいても、あるいは、喘ぎ声を上げなくても、オルガズムに達することもできるのだ。映画を見ていて、セックスをしたいという欲望を目覚めさせ、その欲求を掻き立てるのは、言葉ではなく映像のほうだ。現実にしても、映画にしても、わいせつな表現にはほとんど変わりがないからだ。

セックスをしているとき、男性は自分のことやペニスに関することなど（「大きいのがほしいかい。答えろよ」とか、「おれの名前を呼んでごらん。ほら、いってみてくれよ」とか）で女性に対して要求している。それに対して、女性は精神的に男性よりも自立した考え方を持っていても、体のほうは男性に依存したままなので、男性に要求することも自分の体を傷つけるようなことをいってしまう（「突き破って！」とか「もっと！　痛めつけて！」とか)。セックスをしているとき、胸の上にかかった精液を、ゆっくりとなすりつけていると、そのシーンをビデオで何十回も見たことがあるような気がしてくる。映像の中では、精液は実際より泡だっているようには見えない。だが、噴き出すところは、現実よりも映画のほうがずっとドラマティックな感じがする。映像だと精液が光って、肌の美しさが際立って見えるのだ。実際にセックスしているとき、男性も女性も、同じように飾り立てた言葉を使っている。その表現も、官能的な仕草も、映画で見たままをそのまま再現しているのだろうか。

だが、快感は「映像」で見るよりも、現実のほうがずっと強烈なはずだ。わたしはビデオを写しながらセックスして、そのことを試してみたことがある。快感が強くなればなるほど、自分の体のことなどどうでもよくなってくる。そして腰を振るだけでなく、手や脚まで動かしていく。仰向けになって、パートナーのお尻や太腿を一定のリズムをつけて踵で軽く叩く。さらに興奮が高まって、まったく別の場面が展開していく。その頃には、画面に映し出された肉体は、もうただの映像でしかなくなっている。そして声の調子も変わってくる。そうなると、画面の中でどんな場面が展開されていても、そんなことにはもうまるで興味がなくなってくる。交わす言葉も必要最低限の簡潔な表現になっていく。わたしは頭を左右に振りながら、「そう、そう。いいわ、いいわ」と言う。頭を振るリズムは早く、一定で、それをずっと繰り返していく。

「もっと、もっと」と、何度も言うこともある。すると、突然、はっきりした声になり、まるで役者が舞台で台詞を言うときのように、その言葉があたりに響き渡る。言葉も「も・っ・と」と、一音ずつ間隔の開いた、力のこもった発音になる。そして、ときには「いいわ」が「だめ」になることもある。わたしは顔を手で覆って映像を見ないようにする。

もし、わたしに観察する能力がなかったら、今の職業に就くことはできなかっただろうし、これまで述べてきたようなさまざまな考えをまとめることはできなかったろう。観察する才能とは、超自我（自我に対して、検閲者としての批判的機能を持ち、道徳意識や、自我理想の形成に関与する）がしっかりと確立されることによって、発揮することができるものなのだ。わたしは簡単に物事を投げ出してしまうことができない。諦めたように見えても、まだ、警戒して、チャンスをうかがっているのだ。だから、セックスのパートナーに対しては、相手のことや考え方はもちろん、どの程度の関係をどのくらい続けていくのかということについても、かなり注意を払っていた。それは二人の関係が親密で長い期間続くものでも、ほんの束の間の関係でも変わりはなかった。そんなふうに注意を払うのは、絵画を見ているときに、目の前の絵に意識を集中するのと同じことだ。メトロに乗っているとき、レストランで食事をしているとき、空港のロビーで出発を待っているとき、隣に座っている人の視線が気になってしかたがない、ということがあるが、それと感覚的には一緒なのだ。そして、注意をすることで自分の能力も発揮することができる。

セックスに関して、わたしはかなり精通していると自分でも思っている。わたしがそうなったのは、自分が率先して行動することで、どんな効果が生まれるのか、いつも計算して行動していたからだ。この章のはじめにも書いたと思うが、わたしはほかのだれかが感じていることを自分の感覚のように感じて、すっかりその人の気持ちになりきってしまうことがある。それは、ただ言葉に表現される感覚だけではない。相手の癖や思わず出てしまう声まで無意識のうちに真似していることに気づいて、自分でも驚くことがある。いうなれば、快感を間接的に感じていることになる。わたしは自分がいちばん心地いい場所を見つけるまでに長い、本当に長い時間がかかった。誤解を招く恐れがあるが、あえてここで書いておきたい。わたしは、すぐに性的な快感を得られるようになったわけではないということだ。はじめの頃は、文字通り、相手のなすがままに身を任せていただけだ。相手と官能的に一つになることなどまったく頭になかった。それから、まるでヘビが脱皮するように、機械的なぎこちない動きしかできなかった体を脱ぎ捨て、相手の与える刺激に反応できる体を手に入れたのだ。それまでにわたしはいったい何人の男性の体や顔を観察してきたことだろう！

何人か例外は別として、わたしは今まで関係を持った主要な男性の体のことは比較的正確に記憶している。体のほかの部分を思い出せれば、その人の顔も頭に思い浮かんでくる。頭の中に浮かんでくるイメージに集中していると、手足が痙攣したように痺れてきて、それぞれの特徴のある言葉遣いまでが聞こえてくるような気がする。ある人をじっと観察したからといって、自動的にその人を判断できるようになるわけではないが、もしすみずみまでその人を観察することができれば、相手を公平に判断しようと意識することはできる。

わたしは男性の肉体的な美しさに魅力を感じることがあるけれど、どんなに魅力を感じていてもある欠点に気がついて急に興ざめしてしまうことも少なくない。すこし丸みのある顔にアーモンドのような目が印象的な男性がいた。だが、その人が後ろを向いて、ぺしゃんこになった頭蓋骨が目に入った途端、まるでつぶれた風船を見ているような気がして、すっかり興ざめしてしまった。たとえば、人間を芸術作品と考えて、男性の顔をルネッサンスの肖像画と比較してみると、男性の顔には肖像画に比べて作品としての存在感はあまり感じられない。肖像画が展示してあるギャラリーを一回りしてみて、わたしは自分が男性を観察していたときの記憶や感覚に間違いがあったことに気づいた。理屈には合わないことかもしれないが、わたしが男性の美貌に惹かれるのは、自分がよく会う男性で、わたしよりも歳下の人にほとんど限られているのだけれど、そうした男性については性的な関係を持ったときの記憶がまったくないのだ。どんな言葉遣いをしていたか、どんな仕草をしたか、あるいは、どんなことを話していたかというようなことはたくさん覚えているのだが、セックスをしていたときのことは、まるで思い出せないのだ。

男性が筋肉を最大限にまで緊張させているとき、その顔には穏やかな表情が浮かんでいる。筋肉の緊張が最高度にまで達したとき、体がそれに耐えられなくなってしまうのを防ぐために、顔の表情でバランスを取っているのだろうか。自然の法則に従うと、気づかないうちにそうなってしまうのだろうか。マラソンをしているときには、体全体が熱くなり、冷たい水で喉の渇きを癒したりするものだが、そんなふうに顔の表情一つで、体全体の緊張を解きほぐすことができるといえるのだろうか。

ルネッサンスの肖像画に描かれているような男性でなくても、多くの男性がそうした穏やかな表情を見せる。わたしの記憶の中には、男性の穏やかな表情が次々と浮かんでくる。――たとえば、ある人は、口を丸く開けている。口の上には髭を生やしていて、それがまるで子どもが付け髭をつけて仮装をしているようなおかしな印象を与えている。ある人は微笑みかけて、また止めてしまう。表情の変化はほとんど読み取れないくらいなのだが、それはだれかがはしたないことをしているとき、慎み深い人がそれを見て驚いたり、気分を害したりするときの表情に似ている。――ところが、その男性の顔に穏やかな表情とはまるで逆の、痛々しい表情が浮かぶのをわたしは見たことがある。「いく！　いく！」わたしが、こんなふうに型どおりの台詞を言うと、男性の顔には辛そうな表情が浮かぶのだ。わたし自身も滑稽な表現を使っているのは気がついている。だから、そんなことを言うのはやめようと思えば、なにも言わずにおくこともできたのに、注意が足りなかったのだ。

しかし、黙ったままでいると、相手に対して無関心でいると勘違いされてしまう。わたしの知っているある男性は、肉体的な感覚から自分を引き離して自分の心の中に閉じこもってしまい、言葉ではなにも表現しなくなる。わたしの体の上に自分の体重をかけて体を動かしていても、顔にはまるで表情がない。まるで体から心が抜け出してどこかへ行ってしまったようなのだ。表情のない顔がわたしの顔の上を漂っていて、その顔は怪奇映画の中で化け物が性的な快楽に酔いしれているときに見せる表情のようだった。その男性はわたしが傍にいてもまったく気にせず、マスターベーションをすることがあった。そのときにも、わたしの体の上で見せたような表情のない顔をしていた。おそらく、その男性と同じ方法でマスターベーションをする男性はいないだろう。その男性はまず、うつ伏せに寝て腕を曲げ、脇腹にぴたりとくっつける。そしてペニスを太腿の間に押し込む。太腿の間に力を入れると、感じ取れないくらいかすかにその部分の筋肉が緊張する。そんなふうにマスターベーションをするその男性は、小柄でがっしりした体型をしていた。体の筋肉は見た目の感じよりもずっと盛り上がっていた。わたし自身もオナニーが好きで、たくさん経験もあったので、その男性が自慰にふけっているところを感嘆のまなざしでじっと見つめていた。その男性は、あくまでも人を寄せつけず、かたくなに自分の殻にこもっていた。その姿勢が、彼のマスターベーションのやり方にもなっていたのかもしれない。

セックスをしているとき、たとえ男性が声に出して「いく」と言わなくても、その瞬間は女性にもわかることが多い。おそらく女性はほんのわずかな手がかりを感じとって、男性が絶頂に達する瞬間を判断しているのだろう。たとえば、いくときには、いつも同じ体位をとるとか、あるいはその瞬間が近づくと、なにも言わなくなって喘ぎ声がはっきり聞こえるようになったりするとかからだ。わたしのあるボーイフレンドは、セックスをするのが好きで、想像力豊かで、口が達者で、しかも、とても精力的な人だった。その男性はセックスの最中に、とても信じられないようなエロティックな空想話を一時間もすることがあった。そして、アクロバットのようないろいろな体位を試したり、普通では考えつかないようなもの（キュウリ、ソーセージ、ペリエの瓶、警察官が持っている白い蛍光塗料の塗ってある警棒、などなど）をペニスの代わりに使ったりした。ところが、絶頂に達する直前になると、急に静かになってしまうのだった。

その前にどんな体位をとっていても、その瞬間が近づくと、必ずわたしを自分の下に引き戻して、あまり力を入れずにピストン運動を繰り返すようになる。そして、話をする代わりに、はっきり聞こえないくらいの小さな声で唸り声を上げるのだ。男性がその姿勢をとると、わたしも相手が絶頂に達する瞬間が近いことがわかる。すると、その男性はいつも決まって「さあ、十分楽しんだだろう。ここからは、真面目なことをするぞ」と言うのだった。その次に何が起こるか、相手がなぜそんなことを言うのか、その理由がわかっているので、わたしはべつに驚いたりしなかった。その男性は射精しても、しばらくの間わたしの体の上に乗っていた。そして、耳元で「ヒ、ヒ、ヒ」という声を立てていた。まるで、わざと笑い声を上げているときのような声だったが、もちろん、わざと笑い声を上げているわけではないことはわたしにもわかっていた。その男性にとっては、そのやり方が、自分たちが現実に戻るためにいちばんすんなりいく方法だったのだ。笑うことで相手が自分と同じように満足してくれたかどうかを確かめ、その反面、思いもかけない世界にパートナーを引きずり込んでしまったことを許してもらおうとしているのだ。その男性は目を開ける前に、わたしの頭を愛情を込めて優しく引っかくのだった。まるで、それは今まで見ていた夢から抜け出す合図のようだった。

同じように、理由がきちんとわかっていれば、相手が急に元気がなくなったり、なにか汚いことをされたりしても、わたしのほうが嫌になったりすることはなかった。どんなことでも自分が空想するときの材料になるからだ。男性にアナルの襞を舌で刺激されても、嫌悪感を覚えたことは一度もない（そのとき、男性がこんなことをいっているのを聞いたことがある。「うーん！　糞の味がする。でも、いい味だ」）。それどころか、自分から進んで発情した雌イヌのように四つん這いになったりもする。男性の体しか目に入らず、その像がだんだんとかすんでくるようなことが起きても、気分が悪くなったりするようなこともない。つやつやしたペニスみたいな固い体を抱き締めるのも、男性のほうが四つん這いになって、わたしが太鼓腹の下にもぐりこみ、乳首を口で刺激するのも気持がいい。男性がまるで外科医のような手さばきで、細心の注意を払って指でわたしの陰部を開き、しばらくの間じっとその部分に目を凝らし、それから驚くような正確さで刺激を与えてくることがある。そんなふうに愛撫されると、ものすごく気持ちがよくなって、すぐに我慢ができなくなってしまう。手荒に腰を鷲掴みにする男性も、ぐらぐらゆれている船の上で手すりにしがみつくときのように手加減しないでペニスをつかんでも快感を覚える男性も大歓迎だ。あるいは、女性の上に乗ってきて、交尾中の動物みたいに錯乱した視線を遠くにさまよわせている男性！

あるいは女性の背中の上に半分乗っかって、翌朝お尻には青痣が残るくらいしつこくお尻を愛撫してくる男性もいる。そういうときは、自分とパートナーの二人分の体重を脚で支えるのに腿が痙攣してしまうこともある。その後は疲れ果てて、ただのつぶれた肉の塊になったような自分の体をベッドに身を投げ出して、もはや体の向きを変えるくらいのことしかできない。パートナーの男性が激しく動いていても、自分の体はただ無気力にそれに応じているだけになる。体はぐったりして胸は横に広がり、水に浮かんだ小船のように、男性の手の動きに合わせて揺れている。お尻の柔らかい部分は男性の手に包まれ、愛撫を受けている。そのとき、わたしの視線はとろけたようになった体の表面の上を漂っている。相手の男性は頑固な職人が自分の仕事を一生懸命続けているみたいに、自分の動きに夢中になっている。その頭がわたしの視界にも入ってくるが、その顔には満ち足りた表情は浮かんでいない。それどころか、まるで突然変異を起こした鳥みたいな感じがして、恐ろしくなるほどだった。顔の半分が痙攣を起こして、片目を閉じている。——発作を起こして、こんなふうな顔つきになってしまった人を、それまでにも見たことがあった。——口の端が捻じ曲がり、歯茎が少し見えている。もし、痛みを感じてそんな渋面をしているのなら恐いことはないが、それはとてつもない努力、驚嘆すべき一徹さゆえの渋面なのだ。わたしはこの力に耐えていることに誇りを感じる。

忍　耐

わたしは、男性と肉体関係を持つようになってからほとんどの期間、ただ単純にセックスを楽しんできた。男性と寝ることは、わたしにとってはごく自然なことで、そのことにばかり熱中してしまうというようなことはなかった。ときどき、セックスについてまわる精神的な苦しみ（嘘をつかれたり、自尊心を傷つけられたり、嫉妬したり）を抱えている女性に出会う。しかし、彼女たちにしても失うものもあった代わりに得たものもあったはずだ。わたしは感傷的にはあまりならないタイプだ。もちろん愛情は必要だと思うが、男性とのセックスを基礎にして恋愛関係を築いていく必要を感じたことはない。わたしの場合、だれかを好きになるときは、相手の魅力や、肉体的な誘惑、風変わりな状況（たとえば、自分よりもずっと歳上の男性と歳下の男性の二人に同時に関係を持って、小さな女の子が二人の男性に守られているという状況を自分の頭の中で想像して楽しんだりする）に降伏したということなのだ。同時に四、五人の男性と関係を持っていたとき、わたしがそれぞれの男性と会うのがなかなか難しいといって不満を漏らしたことがある。すると、ある友人が、問題なのは数ではなく、バランスをとることだ、そのためには六人目の恋人を持つべきだと忠告してくれたのだった。

わたしは運命論者でもある。だから、セックスの良し悪しについてあまり気にかけたことはない。セックスをしてもあまり快感を得られなかったり、自分が好きではないことを男性にさせられたり、そのほかに不愉快なことがあったとしても、わたしは後でまたそのことを思い返したりするようなことはない。そういうときでも、ほとんどの場合、相手の男性と親しい関係を持てただけで十分満足できるのだった。いうまでもないことだが、男性と親しい関係を持つようになれば、当然、セックスをすることになる。男性と肉体関係を持つことで、わたしはむしろ安心感を得られるのだ。というのは、わたしは自分自身についてできる限りのことを知りたいと思っているから、セックスをしてすぐに満足感を得られるかどうかということは、わたしにとっては二の次のことでしかない。満足できないことがあっても、そこから得られるものは十分にある。そのことを理解してもらえれば、わたしは三五歳くらいまで、男性と肉体関係を持つことが究極の目的であり、それが快感でもあったと告白しても、大げさなことをいっているのではないということが、読者にもわかってもらえるだろう。だが、それがどうしてなのかは、自分でも理解できない。

ロマンチックとはいえない態度のわたしだが、「愛してる」ということばは気前よく使う。とくにセックスをしていて、パートナーの下腹部にある突起物に神経を集中させているときは、何度も何度も口にする。相手の名前を大きな声で繰り返し呼ぶこともある。「愛してる」と言ったり、相手の名前を呼んだりすると、パートナーが快感を得られるようになるとか、快感が助長されるとか、絶頂に達するきっかけになるとか、そんなふうに思いこんでいるからなのかどうか、自分でもわからない。わたしはチャンスがあれば、いくらでも自分の気持ちを相手に伝えたいと思っている。そのせいで、わたしが愛情を告白する言葉にはあまり深い意味がない。それにまた、気持ちが高ぶってどうしてもそういう言葉を言いたくなったり、我を忘れるほどうっとりとして思わずそんな言葉が口をついて出るということもない。愛情を伝える言葉は、わたしにとっては巧妙な手段の一つなのだ。だからそういう台詞を言うときのわたしの頭の中はつねに冷静だ。そうした言葉は時間が経つにつれ、効果も薄らいでいってしまうものなのだ。

無気力で、優しい、ある若い男性と関係を持ったことがある。その男性はロメインという名前だった。外見は男らしくて、「ペルフェクトゥ」と書かれたTシャツを着ていた。独身だったので、そのTシャツにはアイロンがかかっていなかった。ロメインはサン・ジェルマン・デ・プレにある、家具付きワンルームのアパルトマンに住んでいた。そこには、本当に必要最小限のものしかなかった。わたしたちは、そのアパルトマンの部屋の真ん中で、カーペットの上にじかに敷いたマットレスの上でセックスをした。

天井から明るい光がわたしの顔の上に降り注いでいた。セックスをしている間、わたしは、天井の照明をじっと見つめていた。そのせいで相手が射精したことに気がつかなかった。そんなことは、このときがはじめてだった。ロメインは、わたしの体に体重をかけずに、自分の胸でわたしの胸を隠すようにしてわたしの上に覆い被さっていた。ロメインの長い髪が幾筋か、わたしの口や顎にかかっていたが、わたしはそれをはっきりと感じ取ることができなかった。自分の体の中にロメインの体の一部が入ってきたときにも、その感覚はほとんど自分の体に伝わってこなかった。その後、ロメインがペニスでわたしの体を弱々しく何回か突いてきたが、それもほとんど意識できないくらいの力加減だった。わたしはすっかり困惑してしまって、じっと動かずにいた。相手が射精をしたのかどうかわからなかったので、もしまだ済んでいないとしたら、邪魔をしたくなかったからだ。この場合、わたしのほうから行動を起こすべきだったのだろうか。もし、自分がもっと体を動かしていれば、相手もちゃんと射精ができて、わたしもわけもわからず、ただ馬鹿みたいにじっとしているようなことはなかったのだろうか。なにか液体が体の奥から腿の間に流れ出してきていた。それを感じ取って、わずかばかりの精液が性器の中に吐き出されたのだということがやっとわかったのだった。

ロメインのペニスは特別小さいというわけではなかったし、ちゃんと勃起もしていた。しかし、セックスのときには、まるで役に立たなかった。たとえて言うと、はじめてパーティに参加して、みんなが席を立って動き回っているのに、自分だけ席から動かないでじっとしている人みたいだった。はじめてパーティに参加した人がなにもできなくても、だれもそのことで非難したりはしないだろう。ロメインの体の下で脚を開いていて、わたしは快感も不快な気持ちもなにも感じずに、ただゆったりとした気分になっていた。

ある状況のもとでは、わたしはセックスのパートナーに対してかなり忍耐強くなれる。もともとわたしには、相手が自由にふるまいやすい資質が備わっているらしく、パートナーが自分勝手にふるまったとしても、それで気分を害するようなことはない。たとえば、相手に変わった癖があったり、態度がえらそうだったり、あからさまにだれかを非難したりしていても、それを黙って受け入れることができる。わたしは相手のなすがままを受け入れ、自分自身も思うとおりのことをしている。過去の経験を振りかえってみて、セックスをしているとき、どんなことなら我慢ができるのかということが自分でもよくわかっているのだ。相手がまったくお決まりどおりの台詞しか言わなければ、なんの感情も起こらないし、気にかけることもない。セックス以外のことでほかになにか気持ちが通じ合うこともない。ただ、肉体関係を結ぶだけなのだ。感情は自分の心の奥深くに閉じ込め、体は、まるで操り人形のように、パートナーのなすがままになっている。そうすればどんなことがあっても無関心でいられるのだ。

そんなわけで、わたしはロメインとその後も頻繁にセックスしていた。ロメインは外見は男っぽいのに物腰がすごく柔らかかったので、女の子にはもてていた。わたしはその女の子たちがロメインとセックスして、びっくりしたり、がっかりしているところを想像して楽しんでいた。実際にロメインとセックスをした女の子が、驚いて目を丸くしながら、わたしの目をじっと見つめていたことがあった。自分と同じようにロメインとセックスをして失望させられたわたしから、なにか慰めの言葉を得られないかと、その女の子は期待していたのだ。そして、目でわたしにこう訴えかけていた。

「ロメインたら……全然動かないのよ！」わたしは冷静に、あたたかくその女の子の打ち明け話を聞いてあげた。

わたしは大勢の友達と集まっているとき、ときどきひどく退屈に感じることがある。それで、うまい口実を作ってその場を抜け出し、だれかと二人っきりでセックスすることもある。そのことについては、前にも書いたと思う。だが、セックスをしているときにも、退屈してしまうことがあるのだ！　もっとも、実際にそういうことがあるとしても、まったく我慢できないというわけではない。たとえば、男性にクンニリングスをされていて、体が熱くなるわけでもなく、かといって冷めてしまうわけでもなく、まるでなにも感じないときでも、じっと我慢して愛撫を受けることができる。相手がクリトリスではなく、ちがうところをむきになって刺激していても、相手の指をいちばん感じやすいところへ導いていこうという気にはならない。だが、相手はむきになって指でこするので、刺激されているところは痛くなってしまう。ちょっと変わった人の家へ食事に連れていかれて、食事の前や食事が終わった後に会話が弾み、それがいつまでも長々と続いているときも、じっと我慢して聞いていることができる。だが、そういう場合には待っている時間が長くて、いい加減うんざりしてしまっているので、その後セックスをして満足できたとしても、そこからあまり大きな快感は得られない。そのようなときはアパルトマンの中を行ったり来たりして、部屋の中の装飾を眺めたり、自分がその部屋に住んだときのことを想像してみたりする……。わたしの場合、思考と体の感覚とがまったく切り離されているので、自分の体になにか予期しないようなことが起こっても、頭の中で考えていることの妨げにはならない。つまり、わたしは頭の中で自分の好きなことを勝手に想像しているので、その分、セックスのパートナーはわたしの体を自由にすることができるのだ。自分の体をまるでセックスのための道具のように扱われても、それを非難する気にはならないのはそのためだろう。

セックスするときには、男性のほうが女性を絶対に満足させなければならないということはない。あまり認められていないことだが、ペニスを勃起した状態のままにしておいて、女性の体の中には挿入しようとしない男性も何人かいる（おそらく、その場合は「女性が男性を」満足させていることになるのだろう……）。

わたしが男性と肉体関係を持つようになったばかりの頃、ずっと歳上のアーティストと出会ったことがあった。そのとき、女友達の一人がわたしにこう言った。「歳のはなれた男性とセックスするとすごいわよ。経験豊富だから、あたしたちはなんにもしなくていいのよ。ただ脚を開いているだけでいいの！」わたしは、あえてその友人の言葉に反論しなかった。歳上のアーティストの男性は、だれかが家を訪ねてくるとアトリエの一室に通していた。その部屋にはいろいろなものがごちゃごちゃとのっている大きなテーブルが置いてあった。そこには好奇心をそそる変わったものがたくさん飾ってあった。ランプ、花瓶、おかしな形の瓶、悪趣味な灰皿、その上なにに使うのかわからないような道具や、自分の作品のレイアウト、下書き、できあがった作品そのものまで置いてあった。その部屋にいるとまるでどこかの国のバザールにでもいるような気になって、寝室まで辿り着けないことがよくあった。

そのアーティストの男性はわたしをテーブルに押し付けて動けないようにした。その男性はわたしよりもほんの少し背が低かった。相手がわたしの顔を見るとき、まぶたが半分閉じているように見えたのは、そのせいなのだろうか。まぶたの影が眼の下に落ちて、まるで隈ができたように見えたのも、顔の表情が口を尖らせて子どもがおねだりをしているときみたいに見えたのも、そのせいなのかもしれない。わたしの恥骨と男性のペニスの位置が、ちょうど同じくらいの高さにあった。ズボンの下が膨らんでいるのを感じとると、わたしはすぐにその部分を刺激しはじめた。その動きが正確なので、男性は「小さな機械みたいだ」といっていた。わたしはいつものように小刻みに腰を動かして、相手の興奮を掻き立てようとしていたのだ。

その男性もズボンの下の盛り上がった部分をわたしの恥骨のあたりに押し付けてきた。興奮して、相手がペニスを挿入してくるのが待ちきれなくなったとき、わたしは頭の中でどんな場面を想像していたのだろう。どんなとりとめのない話を考えていたのだろうか。壁に画鋲で留めてある絵に気がついて、そのイメージを頭の中に取りこんでいたのだろうか。あるいは、自分が書く記事のことを考えていたのだろうか。男性の半分閉じたまぶたの表面には、小さないぼのようなものがいくつかできていた。わたしはなにも考えずに、ただ、じっとそれを見ていただけなのだろうか。それとも、また後でもう一度セックスをする時間があるかとか、そのときはペニスを挿入してくるだろうかとか、そんなことで頭を悩ませていたのだろうか。その男性は頭を少し後ろに反らして、わたしのお尻が痛くなるくらい、さらに力をこめてわたしをテーブルに押しつけた。そして、二、三回、馬のいななきのような声を上げた。わたしたちはそのままの状態でじっとしていた。

わたしがその男性とテーブルに体を挟まれている間、その男性は人のよさそうな目で、じっとわたしの様子をうかがっていた。その男性はだれに対しても探るような目でじっと見つめるのだが、わたしに対して向けられた視線は、まだ思いやりのあるほうだった。その男性は自分の体に関して、あまり自信がなさそうだった。だれかが体のことでなにか言うと、たとえそれが含むところのない率直な意見だったとしても、ありのままに受け入れようとしないのだった。逆にセックスのパートナーのことは、アーティストとしてのプロの目でじっと観察していた。そして相手にどんな欠点があるか正確に見ぬいていた。わたしがペッティングをしている間も、鋭い目つきでわたしの仕草を見守っているのだった。だが、相手の欠点がわかっても、その男性が〝勃起する〟ことには影響を及ぼさないようだった。

その男性はパートナーのしてくれることに満足してしまったら、相手の体には触れようともしなかった。それは、わたしにだけでなく——もし、自分以外の人のことまで言えるとしたら——ほかの人の場合もそうだった。その男性はポール・ドルメール通りにオフィスを構えていて、わたしはそのオフィスの部屋にも呼ばれたことがある。

そこでその男性はわたしにペッティングをした。——もちろん、わたしはそんなことをするためにその部屋に行ったのではないが、わたしにとっては同じことだった。わたしは男性とセックスをするときのいつも通りの成り行きを期待していた。その男性はわたしを長椅子のところへ連れていった。わたしはそこに横になった。ところが、長椅子の上に仰向けになって、長々と体を伸ばしていたのはその男性のほうだった。そして、ペニスをわたしのほうに差し出して、うっとりと半ば気を失ったような表情をしていた。その男性は自分のペニスを見ようともしなかった。わたしはそれを口に含んだ。すると、男性が早口にこう言った。「ああ、いくぞ！　きみとだとなんの気兼ねもいらないな。また後でしてくれるだろう？」

わたしはたしかにフェラチオをするのが好きだったけれど、さすがにそのときは相手の行動があまりにも自分勝手すぎるのではないかと、冷静に自分自身に問いかけた。その後、その男性がわたしとセックスすることはなくなった。

セックスのとき、わたしは男性に対して従順な態度をとっているが、もともと素直でおとなしい性格をしているからそういうふうにふるまっているというわけではないのだ。というのは、わたしにはマゾヒズム的な嗜好がまったくないので、じつのところ、わたしの体に加えられることに対しては無関心さで応じていた。もちろん、耐えがたい苦痛を与えられたり、体を傷をつけられるような極端なことはやらないが、そうでなければ、変わったことや突飛なことが無数に行われる性的な気まぐれには無条件で参加し、精神と体の自在さを証明しようとした。そんなことをしてもせいぜい、その行為に対するわたしの反応が鈍いとか、本気で楽しんでいないとか非難される程度だ。

セックスのときにわたしの体の上に尿をかける男性と頻繁に会っていたことがある。もちろん、いつも決まってそういうことをするわけではなかった。その男性との関係はかなり長い期間続いた。わたしがフェラチオをしようとすると、その男性はわたしをベッドから下ろすのだが、どうしてそんなことをするのか、わたしにはわかっていた。ペニスが勃起してくると、その男性は自分の手でつかんで、その先端を少し離れたほうに向ける。わたしは口を開け、ひざまずいたままその様子を見つめている。わたしのその姿は、まるで聖体拝領を受けるときのようだ。だが、放尿するまでにはいつもしばらくの間があった。神経を集中して、これから自分がすることを頭の中に思い描いているようだった。そうやって神経を集中させているせいか、放尿をしても途中で勃起しなくなることはなかった。そして、生温かい液体がすごい勢いで、たっぷりとわたしの体にふりそそいでくるのだった。その液体は苦い味がした。そのあまりの苦さに舌を喉の奥にまで引っ込めてしまったほどだった。その男性はまるでホースで水を撒くように、ペニスをつかんで放尿していた。尿の量が多く、いつまでも続くので、わたしはその間中、その液体と格闘しなければならなかった。まるで、だれかに水を引っかけられる悪戯をされているような気分だった。

あるとき、わたしは床の上に仰向けに寝転がって尿をかけられていた。相手の男性は、尿を全部出し切って空になったことを確認すると、わたしの体の上に覆い被さってきた。そして、両手で自分の尿をわたしの体になすりつけると、体中にキスをしはじめた。わたしは湿った髪の毛が首にへばりつく感触が大嫌いだったが、そのときは、髪から液体が滴り落ちているのをどうにも止めることができなかった。わたしは突然、ばかみたいに大笑いした。すると、相手の男性は気分を害して、そうそうにセックスを切り上げた。それっきりその男性はセックスのときに尿をかけるようなことはしなくなった。

それから何年も経ってから、その男性はそのときのことでわたしに文句を言った。「きみと一緒にいて、うまくいかないことがいくつかあるんだよ。それはね、きみの体に放尿することさ」わたしもそれは認めていた。だが、自分を弁護するために、わたしが笑ったのは、相手の気をそらすためでも、相手を馬鹿にするためでもなかったことだけは、ここではっきり書いておきたい（おしっこをかけられたのは、はじめてではなかった）。もちろん、自分と相手を卑下して笑ったわけでもない（セックスのときしていることは、多かれ少なかれ、自分で思いついたことだ。そういうことに関して自分を卑下することは決してない。それどころか、逆にそういうことを考えついたことを自慢に思うくらいだ。まるで、セックスに関することで貴重なものをコレクションしているような気分になるのだ)。そうではなくて、汚らしい液体にまみれて寝転がっていても、わたしはそこから快感を得ることはできないし、そういう状況を屈辱的とは感じはしないが、マゾヒスティックな満足感を得ることはできない。そういう理由から、わたしはあのとき笑ったのだった。

セックスをしているとき、母親のおっぱいにぶら下がっている大きな赤ん坊のようになってしまう男性もいる。わたしは日常の社会生活でも、セックスのときも、威圧的な態度をとったりしたことはない。——男のような歩き方をしたこともない——それだけははっきり言える。——いくらか倒錯的なセックスをしたことはあるが、鞭を使ったのはわたしではない。

パリの東駅の近くである男性と会ったときのことだった。その男性はわたしの脚の間を舐めるだけでは満足できなかった。ときどき顔を上げ、口をすぼめて、自分のことをひっぱたいてくれと要求した。その男性がどんな言葉を使っていたかは思い出せないが、わたしのことを「女王様」と呼んでいたことは覚えている。それを聞いて、わたしはばかばかしくなった。その男性は首を伸ばして、わたしのほうに顔を近づけ、力の抜けたような顔で叩かれるのを待っていた。お酒のグラスを口から離した瞬間のように、唇が湿っていた。その顔の表情を見て、わたしはすっかりやる気をなくしてしまった。

それでもわたしは、思いっきりその男性の顔をひっぱたいた。自分ではかなり力をこめたつもりだったが、相手はそれでは満足しなかった。わたしは何度もその男性の左右の頰を叩いた。だが、指輪で傷つけてはいけないので、少しは手加減した。そのときには片方の手しか使わなかったが、両手で代わる代わる相手の顔を叩いたこともある。一回一回力をこめて、手加減しないで思いっきり相手をひっぱたいた。だが、ベッドやソファのぎりぎりのところで体を支えながら、脚の間から突き出ているパートナーの顔を叩くのは、バランスが崩れそうでなかなか難しかった。快感はまったくなかった。結局、そういうことをしても性的な快感を得ることはできないのだということがわかった。

しかし、これは理屈に合わないことかもしれないが、もし、相手がわたしに自分をひっぱたいてくれと頼んだときに、それほど本気らしくなく、真意を疑いたくなるようなユーモアを交えて哀願してきたら、わたしもそれをお芝居だと思って、もっと単純に楽しむことができただろう。そして、相手の望むとおりに遠慮せずに思いっきりひっぱたくことができただろう。

わたしにサディズム的な嗜好がないことがわかったので、その男性もせいぜいひっぱたかれることくらいしか要求しなかった。ほかの男性がもっとエスカレートしたことを要求してきても、わたしは応じなかった。わたしにとってはほんのときたま、偶然に起こるだけで、セックスの一場面に過ぎなかった。そういうことはほんのときたま、偶然に起こるだけで、相手の要求に素直に従っているというくらいの認識しかわたしは持っていなかった。だから、それほど長い時間続かなくても、わたしにとってはペニスを挿入されるまで待たされているということになるのだった。というのは、前にも書いたかもしれないが、男性と会ったときには、わたしはもうすっかり興奮した状態になっているからだ。相手の男性とキスをした瞬間から、男性の手が服の上から体に触れてきた瞬間から、わたしは激しい欲求を感じてしまう。フェラチオをしただけでは、よけいに興奮が掻き立てられるだけで、満足することはできない。ところが、ようやくペニスが挿入されると、それまでにあまりにも長い間待たされていたために、心の中にはりつめていた糸のようなものが一気に緩んでしまう。

おそらく、わたしは欲求のサイクルをもっと別なふうにとらえなければならないのだろう。フェラチオをしたからといって、すぐセックスに結びつけたりしないで、単なる前奏曲のようなもの、一回会った男性にその次に会うまでのインターバルのようなものとして、心地いい愛撫を受けているのだと考えたほうがいいのかもしれない。

だれかの家を訪ねて、ベルを鳴らし、玄関のドアを開けてもらう。わたしも相手もまだ「こんにちは」とも「こんばんは」とも言わず、コートの襟に顔を埋めて立っているだけなのに、相手がぶっきらぼうにわたしをひき寄せたとする。そんな場合は小学生のように、相手の要求に盲目的に従うことはわたしにはできないし、パートナーに平手打ちをしたり、相手に気に入られるようなことをすることを、ただセックスの前の予備交渉と考えて、なにも考えずにその行為に没頭することもできないのだ。

男性に対して威圧的な態度をとるとしたら、わたしはどちらかというと、仰向けになった男性の上に馬乗りになるほうが好きだ。セックスをするときどんな体位をとるかは、お互いの演じる役割にはあまり影響しない。若かった頃は男性の上に馬乗りになって、ちょっと悪戯をしたこともあった。その体位をわたしは「エッフェル塔」と呼んでいた。男性の上に馬乗りになると、わたしの体がセーヌ川の上に聳え立つ塔のような格好になるからだった。

セーヌ川の流れが速くなると、塔がぐらぐらと揺れる。男性がピストン運動をするたびに、わたしの体が上下に揺れ、男性の太腿がわたしのお尻にあたって小さな音を立てる。男性のお腹は、まるで川の水が急流で渦を巻いているみたいに動いていた。ときどき男性がちょっと体を休めたり、頭の中でなにかを想像しているようなときには、動きが止まって静かになる。そして、動きを再開して、速く体を動かすと、わたしの体も前後に揺れる。わたしは、それが楽しかった。――そういうことをすべて、わたしはフェラチオとほとんど同じくらいよく知っていた。というのは、男性の体の上に乗ってセックスをすると、フェラチオをしているときと同じように、女性のほうが男性が絶頂に達するタイミングや、刺激を与えるリズムをコントロールできるからだった。

さらにほかの体位でセックスするよりも、明らかに女性にとって有利な点が二つもあった。ペニスが陰部にじかに触れているように感じられることと、自分の姿がローアングルから男性の目に映ることだった。そして、「ぼくを悦ばせているのは、きみなんだ……。なんて、上手いんだ！」などと男性が言ってくれると、わたしは満足感を覚えるのだった。挿入されたペニスを自分のリズムで前後に動かすと、まるで体の一部分が棒の上を滑っている油をさした箱のような感じになる。あまりにも簡単に相手の男性を思い通りにすることができるので、目を閉じると体の中のペニスが、ものすごく大きくがっちり固くなっている様子が目の前に見えるようだ。というのは、ペニスが体の中の空洞をしっかりと塞いで、その空間をさらに押し広げているような感じがするからだった。そして、体の奥の内側にペニスがしっかりと貼りついて、中の空気をすっかり外に押し出してしまっている。女性が男性の上に乗ると、ペニスは女性の性器の内側に直接触れながら、小刻みに刺激を与えることができるのだ。しかも、パートナーが何らかの合図を送ってくれれば、それをすぐに感じとることができる。自分自身のことも、なにを望んでいるのかを相手に伝えることができる。相手の望みを叶えるということは、結局は自制心をコントロールすることもなく、自分自身がたっぷりと快感を味わうことになるのだ。

女性が男性の上に馬乗りになってペニスを挿入されているとき、もう一人の男性がアナルにペニスを挿入してきたら、女性はそうした操作ができなくなる。わたしは、そういうふうに、二人の男性に、剣で串刺しにされるように、同時にペニスを挿入されたことがある。そのときは、両方の男性のペニスにそれぞれ興奮を掻き立てられ、その刺激が内臓にまで伝わってくるような感じがした。そのとき、わたしには二人の男性が同時に自分の体の中に入っているとは信じられなかった。どちらか一方の男性だけが、ペニスを挿入しているのだと思っていた。一人の男性の上に馬乗りになったまま、二人の男性に挟まれた格好でペニスを挿入されていると、身動きもとれず、アクロバットの演技をしているような気分になった。そして、そのときの姿勢はまるで彫刻のようだ。まるで以前美術学校でヌード・モデルをしていた人たちが集まって、そのときのポーズをまた作って楽しんでいるような感覚だった。ポーズが決まると、メカノ（金属製の部品を組み立てるおもちゃ）の部品がぴったりはまったときのように、嬉しくなってしまう。そんなふうに二人の男性に挟まれてセックスしていると、まわりのものはあまり目に入らなくなってしまうのだった。

今では自分が男性の上になるときには、なるべく頭を下にさげないように気をつけている。わたしの顔はあまり目立つほうではないが、セックスのパートナーが目をあけていれば、自分の顔が相手に見られてしまうからだ。わたしは自分の顔の頬から下の部分だけがパートナーの目に映るのが嫌なのだ。男性の上に乗るとき、もうひとつ気をつけていることは、一つ一つの動作をあまり長く続けないことだ。とくに腰の幅の広い男性の上に脚を開いて乗っていると、体を上下に動かしているうちに、まるで自分の脚が機械のレバーになったような気がして、すぐに疲れてしまうからだ。

もっと長く腰を動かすこともできるが、そこから得られる快感は局部的なもので、お腹の前面あたりにしか感じられない。しかも男性は動きを制限されていて、体のほんの一部分しか動かすことができない。だが、その動きが大きな悦びを、わたしに与えてくれるのだ。わたしが疲れて動きを止めてしまっても、自分の下で横になっている男性に体を寄せて、こう囁けばいいのだ。「ねえ、下から突き上げて」すると、男性が下からわたしの体を三、四回突き上げてくる。ペニスがまだ十分に濡れていないわたしの体の奥のほうまで届いて刺激を与えてくる。そのとき、わたしは無上の喜びを全身で感じるのだ。

男性は何分間も腕で自分の体を支えてピストン運動を続けることができる。しかも、外から見る限りでは、まったく疲れた様子も見せない。どうすればあんなふうに、腰のあたりに神経を集中させて自分の体を支えることができるのだろうか、とわたしはいつも不思議に思っていた。それに膝はどうなっているのだろう。わたしの場合、前の段落で書いたように男性の体の上に馬乗りになって、床に膝をついて腰を動かしていると、最後には膝が痛くなってきてしまう。同じように、立ったままの男性の正面にひざまずいて長い時間フェラチオをしていると、やっぱり膝が痛くなる。フェラチオを長引かせていると、自分で自分を苦しめる結果になってしまうのだ。膝を緩めたり、手をついたりすることもできるが、口の中に含んだペニスに神経を集中しながら体のバランスをとるのは至難の技なのだ。フェラチオをするリズムを急に早めて、男性がすぐに絶頂に達するようにすることもできる。しかしその場合は、首筋がこわばって、今度は首が痛くなってしまうのだ。歯医者で大きく口をあけたまま、いつまでも治療を受けていると、顎が疲れて、頬の筋肉も唇もすっかりこわばってしまう。ペニスの大きさに合わせて大きく口をあけていると、それと同じようになってしまう。ペニスを口から離すと、歯があたっていた部分からは粘液が出て、唇がすっかり炎症を起こしてヒリヒリしている。

しかし、わたしはその痛みが好きだ。唇が熱を持って、味わい深くなっているからだ。フェラチオが終わって、口の中が空になると、わたしは自分の舌で口の中の傷を舐めるのだった。セックスをした後、口の中にはえもいわれぬ心地よい痛みが残っている。わたしは、その傷を自分の舌で舐めて、わざと痛みを実感できるようにしているのだ。

同じように、セックスの最中にちょっと変わったことをしたときに、偶然、体に痛みを感じるようなことがあっても、わたしはなにも文句は言わない。黙ってその痛みに耐えることで、体の反応を自分でコントロールしていることになるからだ。心と体はつながっているが、外からの刺激に対して、同時に同じ反応を示すことはできない。どうしてもずれが生じてしまうのだ。たとえば、何かが目の前で起こったときは、まばたきもしないでじっとその光景を見つめているが、反面、涙で目がふさがれていても、自分の心を慰めてくれるような出来事なら、泣きながらでも、しっかりとその光景を目に焼き付けることができる。もし、心の中で大きな悦びを感じていても、体は苦痛を感じているかもしれない。体に苦痛を感じていても、精神的には快感を感じることができる。別の言い方をすれば、肉体的に苦痛を感じても、心の中で悦びが頂点に達していれば、その痛みを後で意識するようなことはないのだ。フロイトの事後性（ある外傷的体験が、後になって新たな意味を付与され、その心的効果を発揮し始めること）でも、セックスのときの肉体的な苦痛は、あまり問題にされていない。すぐに忘れてしまって、後で思い出すようなこともないからだ。何年にも渡って同じ男性から何度も同じ不愉快な思いをさせられていたことがあった。そういう男性は一人ではなく、何人もいた。それでも、わたしは文句も言わず、それをやめさせる方法を考えもしなかった。どうしてそうなのか、どう説明すればわかってもらえるだろう。

わたしはシャワーを浴びるとき以外は、体を濡れたままにしておくのが大嫌いだ。それなのに、ものすごく汗をかく男性と頻繁にセックスをしたことがあった。その男性の体から大粒の汗が滴り落ちてきても、わたしはなんとかそれに耐えていた。その男性ほど大量に汗をかく人をわたしはそれまでに見たことがなかった。大粒の汗がわたしの体にまっすぐにおちてきて、一滴一滴が肌にあたる感触をはっきりと意識することができた。その男性自身は大量の汗をかくほど体が熱くなっても、一向に気にしていない様子だった。わたしのほうは、落ちてきた汗が冷えて、胸のあたりが冷たくなってくるのだった。男性が体を動かすと、ふたりの汗で濡れた腿がこすれて、かすかな音が聞こえてきた。おそらくその音が、体が濡れていることの不快感を忘れさせていたのかもしれない。というのは、わたしは、いつも音の刺激に反応して、興奮を掻き立てられるからだ。ときどき、汗をふいてくれるように、その男性に優しい口調で頼むことがあったが、わたしは自分からは決して汗をふこうとはしなかった。ある男性が頬をわたしにこすりつけてくると、アレルギー症状を起こしてしまうことがあった。その一種病的な反応は、どうやっても直すことができなかった。男性は女性に会う前にシェービング・クリームを使って頬の髭を剃ってくるからだろうか。その感触が、わたしには我慢できないのだろうか。いや、そんなことはない。セックスをして男性の家を出るときは、わたしはいつも顔の半分がほてったようになっている。それがおさまるまで、しばらく時間がかかるのだ。この場合は、心と体の反応を切り離して見ることはできなかった。男性が頬をすりよせてくると、アレルギーを起こしてしまうので、わたしはその男性に対して悪いように感じていた。だが、そうすると、アレルギーでますます顔が赤くなってしまうのだった。そのときは、気持ちが体に影響して反応を起こさせていたのだ。

快感のあらわし方の違い

不快に感じたことを説明するのはたやすい。不快なことは、時間が経つと細かいことまで見えてくるからだ。不快に感じていることは、そのときには意識していなくても、時間の経過をひどく長く感じるものなのだ。わたしはそれほど長い時間パートナーを平手打ちにしたことはないし、男性の体から滴り落ちる汗にまみれてセックスをしていたときも、自分とパートナーとの関係の本質について考えるような余裕などなかった。それでも不快に感じたことはよく覚えているのだ。セックスをしているとき、わたしは自分から行動を起こすのと同時に、パートナーからの愛撫を受けながら、快感が訪れるのを待っている（様子をうかがっている）。快感について、とくに強い快感について説明するのは、非常にデリケートで難しい。その上、強烈な快感を得ると、自分自身やまわりの世界から抜け出してしまうと同時に、時間の感覚もなくなってしまう。そのほか、だれも今まで文章に書いて説明したことのない、論理的な根拠もないものについて、それがどんなものなのかをはっきり示すことの困難さもある。

これまで、わたしは自分が快感を覚えることについて述べてきた。セックスによって相手の体の一部が自分の体の中に入ってくると、悦びの絶頂に達することができるのだということをわたしは発見した。そして、なにかが自分の体の中に入ると、パートナーの興奮が頂点に達し、まるで金属の塊のように固くなるのだということがわかった。それに気づいたのは、セックスをするようになってから、ずいぶん時間が経った後のことだった。わたしはそれまでずっと快感というものがどんなものなのか完全に把握することができないまま、男性と肉体関係を持ってきた。はじめの頃、多くの男性と関係を持ったが、納得のできるような答えは何一つ見つからなかった。セックスをしているとき、わたしは、快感がだんだんに高まって強くなっていき、その瞬間が近づくと、自分でコントロールしてしまう。だが、自分で体を動かすのではなく、受身になって相手のなすがままになっているときは、パートナーが絶頂に達するタイミングまで自分でコントロールすることはできない。

オナニーをするときは、わたしは自分の頭の中でだいたいのあらすじを考えている。たとえば、自分がポルノ映画の女優になって、オーディションで自分の相手役の男性を選ぶところを想像する。会場には一五人くらいの裸の男性が、まるでタマネギが転がっているみたいにずらりと並んでいる。その一人一人を、わたしは自分の手で触って確かめる。男性の性器に触れているうちに、クリトリスのあたりが刺激されて、ねばねばした液体が流れ出してくる。男性のほうも勃起してくるのではないかと、わたしはじっと様子をうかがった。ときどき新芽が芽吹くときのように、ペニスの先端が鋭く尖ったような感じになることもある。そんな場面を想像しながら、親指の付け根のあたりで外陰部を刺激していくと、手のひらの下でその部分が膨らんでいくのが感じられる。素早く手を動かし、まるで洋梨のように膨張したその部分を、三秒くらい刺激する。だが、それだけで手を止めてしまう。

体は快感に浸っていても、頭の中ではまた違う場面を想像しはじめているのだ。今度はマッサージ用の台に寝転んで、若い男の子のペニスを受け入れているところに場面が変わった。わたしは腰を台のぎりぎりのところまでずらして、陰部を突き出している。そのときには、わたしは、もう、かなり興奮している（だが、その場面にいくまでの前置きに六、七分くらい――ときにはそれ以上――時間がかかってしまう）。そのときの快感はかなり局部的なもので、下腹部のあたりが重くなったように感じる。まるでカメラで被写体にピントを合わせるみたいに、その部分にだけ快感が集中しているのだ（この快感がどこからくるのだろうか。興奮の度合いを、自分で正確に測ることなどできるのだろうか。というのは、性的な興奮状態は、激しい怒りを感じているときとよく似たところがある。自分の精神状態がどちらの分類に属するものなのか、それを判断することはできないのではないだろうか。頭の中で空想のパートナーとセックスしているときは、想像することで満足感を得られるので、そのとき得られる快感は、激しい怒りと区別することの難しい快感とは別のものになるのだろう)。

しかし、そのままでは絶頂に達することはできないし、それほど強い快感も得られない。そのことは自分でもよくわかっている。そこで、わたしはまた、自分の空想の世界に入りこんでいく。オーディションの場面では、だれか一人に決める前に何人かの男性の固く勃起したペニスを口に含んだ。それからまた、マッサージ台に横になっている場面に戻った(前に想像した場面にもどることもできるし、それをまた少し変えることもできる)。今度は、二、三人の男性が、短い間に立て続けにわたしの体にペニスを挿入してきた。指でクリトリスを刺激すると、その部分が固くなったように感じられる(固くなったわけではなく、指が骨にあたっていただけなのだろうか)。そのうちの一人が激しくわたしの体を突き上げてくる。それがますます激しくなってきた。すると、わたしの口からはこんなありきたりの台詞が漏れてくる。「いいわ……。もっと……」わたしは、その言葉を一音ずつ区切って、はっきり発音する。その瞬間が訪れると、頭の中は空っぽになってしまう。それと同時に頭の中のイメージから、一五人の男性が消えてしまった。

わたしは、意識を頭の中のイメージに集中させているので、だんだんと顔が険しくなり、聞き分けのない子どものように、口を尖らせていた。片方の脚は痺れて感覚がなくなっていた。それなのに、その脚がばらばらになってしまったように感じる。そして、無意識のうちに、片方の手で自分の胸を愛撫していた。オルガズムに達する瞬間を、わたしは自分で決めることができる。もしこういう言い方ができるなら、わたしはその瞬間を見極めることができるのだ。その瞬間、わたしは目をしっかりと見開いている。だが、目の前の壁なんか見ていない。正面ドアの方か、あるいは、天井に目を向けている。そうすると、頭の中のイメージが実際に目に見えるような気がするのだ。それがうまくいけば、快感は遠くのほうから押し寄せてくる。その快感は、体の奥、でこぼこした灰色の長い腸の内壁にまで伝わって、どんどん広がっていく。そして、体の奥の口の開いた部分にまで届き、その部分の筋肉が、まるで魚の顎の骨のように、しっかりと閉じたり開いたりする。その部分以外の筋肉は、すべて力が抜けて緩んでしまっている。快感の波動は、六、七回やってくる。絶頂に達した後、指をしばらくのあいだ外陰部に当て、それを鼻のところへ持っていって、甘ったるい香りを存分に楽しむことができれば、なお理想的だ。その後も、わたしは手を洗わないで、しばらくそのままにしておく。

わたしは、まるで政府の役人みたいに几帳面にオナニーをしている。朝起きたとき、あるいは日中でも、壁に背中をつけ、脚を開いて体を少し折り曲げて座る。横になってオナニーすることは絶対にない。オナニーをするのと同じくらい、実際にセックスをする回数も多い。どちらも同じくらい、十分に堪能している。セックスをするときには、横になって男性を迎えることのほうが多いが、その場合は自分の頭の中のイメージに意識を集中するのはなかなか難しい。というのは、実際に自分の体に挿入されているペニスの感覚を頭の中のイメージから追い出すことができないからだ。現実の世界では、男性がじっと辛抱強く、わたしの反応をうかがっている。わたしが「ああ」と声を上げれば、あるいは、頭をのけぞらせば、それが合図になって、もっと早くもっと強く男性がペニスで刺激し始める。頭の中のイメージと、現実の快感はまったく別のものなのに、同時に場面を展開させ、快感を得ることが可能なのだろうか。まるで、潮が満ちて、だんだん陸に迫ってくるときのように、わたしは、その快感が自分の体の中に広がっていくのをはっきりと感じ取ることができた。そして、まわりの音までがかき消されていった。ひどい痛みを感じると、意識が遠のいていくように、快感が体の中に広がっていくと、音まで聞こえなくなってしまうのだろうか。

わたしは、セックスをしているとき、性器が痙攣を起こしたようになっていることに、自分で気づいたことは一度もない。自分の体にそういうことが起こっても、わたしにはまるで自覚がないのだ。男性と肉体関係を持っても、わたしにはそういう快感を得ることができないからなのだろうか。それとも、男性のペニスが体の中に挿入されたとき、わたしの性器には男性のペニスほど弾力性がないからなのだろうか。セックスをしているとき、女性の体にどんなふうに快感が現われるのか、それを知ることができれば、もっと悦びが増すだろう。

わたしはセックスや体のことについて男性と話をすることはほとんどなかった。三〇歳を過ぎたころ、ある男性の友人に女性の体のことについて聞かれたことがあった。その友人は、セックスをしているとき、相手の女性が快感を感じているのかどうかわからなくて、不安になるのだといっていた。そして、わたしにこんな質問をしてきた。「女の人は、痙攣するんだろう。それしか目印になるものはないの？」わたしは、相手に自分が馬鹿みたいに見えるのではないかと思いながら、ためらいがちに「そうよ」と答えた。自分以外は「その通り」なのだ。そのときまで、たとえオナニーをしているときでも、自分の体が痙攣を起こしたようになっていても、それが快感を感じている証拠なのだということを意識したことはまったくなかった。セックスをしているとき、自分の体が痙攣を起こしているかどうか、わざわざ確認するようなことはしたことがないので、それが快感を感じていることの証拠なのだということに気づかなかったのだ。

セックスに関したことでは、どんなふうに愛撫されると快感を覚えるのか、どんな体位がいちばんいいのか、そういうことしか意識したことはない。そのとき友人と交わした、ほんの短い会話（単なる偶然だと思うが、その男性とは肉体関係を持ったことはなかった)が、わたしの心に不安の種を植え付けたのだった。それをきっかけに、わたしは、その後何年もの間、本当に長い間、そのことで悩み続け、この本の最初の章で書いたように、ずっと答えを見つけられないまま、満たされない気持ちでいたのだった。

これまで説明してきたように、わたしの場合は、性器にペニスを挿入されることよりも、まずクリトリスを直接刺激されたほうが、オルガズムを得やすい。クリトリスというものが、自分の体にあるということに気づかないわけではなかったが、その部分を刺激されると、快感を感じるのだということは、あまり意識したことがなかった。自分の体のことに関心を持つような年齢になったとき、わたしは、鏡の上にしゃがみこんで自分の性器をじっくりと見たことがある。ところが、そこで目にした光景にわたしはすっかり困惑してしまった。おそらく、鏡に映った自分の体の一部を肉体構造として捉えることができなかったからだろう。

わたしは、フェミニズムの考え方に先入観を持っていた。フェミニズム運動は、自分とは関係のない内気な女性や、男性と肉体関係を持つことに障害を感じている女性のためのものだと考えていたのだ。というのは、わたしにとってセックスすることはとても簡単なことだったからだ。しかし、だからといって、どうしてそんなに簡単にセックスをすることができるのか、そのことについてじっくりと考えてみようという気にはならなかった。たしかにわたしは快感を得るためにセックスをしていた。だが、もしセックスをしていないとしたら、それはセックスをすることになにか問題があるからなのかもしれない。そういう場合は、どこか具合が悪くても、恐くて医学辞典を開くことができないのと同じように、自分の脚を開くことができないのだろうか。医学辞典を引くのが恐いのは、その症状の原因を調べると、自分にとって楽しみなことをやめろと書かれているのを目にしたくないからだ……。

ずっと後になってから、わたしは不安に駆られて辞典を開いてみた。そして、自分が正しかったことを知った。わたしは、まず、ある男性と頻繁に関係を持つようになった。そして、別の男性ともセックスをした。実際に男性とセックスをしているときも、マスターベーションをしているのと同じ快感が得られるはずだと思っていた。そのとき、わたしはオルガズムに達したことをはっきりと意識できていただろうか。わたしはセックスに関することをまるで逆に体験しているようだった。すべて経験をすませてしまって、すっかりそのことを忘れてしまってから、なにも知らない子どものような疑問を持つようになったのだ。クリトリスには触覚があるのかと疑っていたのだ。セックスをする前に、自分の指で激しくクリトリスを刺激しているときに、その答えがわかったのだろうか。どうしてその答えを見つけたのか、わたしにはその瞬間がわからない。そのときの興奮が激しすぎて、気づかなかっただけなのだろうか。男性が一生懸命に指の動きを休めることなく刺激し続けても、答えを探し出す手助けにはならなかった。だが、結局、わたしは、どうにかして解決策を見つけることができた。

クリトリスは、たとえば壁に打ち付けられた釘のように、あるいは田園の中にある鐘楼のように、または顔の真ん中にある鼻のように、その位置をはっきりと確かめることができるものではないのだ。きちんとした形もなく、二つの波がぶつかったときに飛沫が上がるように、その部分に筋肉が密集してできた、塊のようなものなのだ。一つ一つの快感についてなら、説明することも可能だ。だが、それがまとまってしまうと、言葉で言い表すことはできない。男性とセックスをしているとき、自分がオルガズムに達したことを、言葉に出して教えたことは一度もない。オルガズムは「ほら、いったわ」というような言葉では説明できないのだ。カメラのシャッターを切った瞬間、カチッという音が鳴って、フラッシュの閃光が一瞬ひらめく。そんな一瞬の出来事ではないからだ。

むしろ、ふわふわとした柔らかい感触のする場所に、純粋な気持ちで、ゆったりと落ちついているような感覚なのだ。それは、感覚はないのに意識ははっきりしている、局部麻酔と反対の状態になる。そして、意識がだんだんと遠のいていく。まるで、体全体が剝き出しになった傷口の一部にでもなったような感覚になる。たとえ、まだ体を動かすことができても、それは単なる習慣的な動作に過ぎない。とはいっても、パートナーに対する配慮から、なんとか最後の力を振り絞って、相手にこんな質問をするのだ。「ねえ、動けなくなっちゃった。それでも構わない？」それが快感の絶頂というものなのだろうか。

体の中が空っぽになったような感覚を覚えるときには、その前に気を失ったときの状態に近くなる。快感で満たされているのに、体の中は空っぽになったように感じるのだ。まるで、血液がなくなってしまったように、体が冷たく感じられる。その血液が下半身に一気に流れこんでくる。体の中にいっぱいに詰まっていた血液が、バルブを開くと、全身から溢れ出していくような感覚だ。血液の流れ出す音が、わたしの耳に聞こえてくる。ふわふわとした柔らかい感触の中に、手足が入っていくたびに、その音がはっきりと聞こえてくる。

ずっと以前セックスをしているときに、大きな声を上げて、隣の部屋に寝ている赤ん坊を起こしてしまったことがあった。隣の部屋の住人は、壁を叩いて抗議してきた。それっきり、わたしは大きな声を上げないようにしている。そのときセックスをしていた相手の男性は、ひどく不機嫌になって、何日か経ってから自分の家へわたしを呼んでこう言った。

「友人の医者に教わってきたんだ。あんなふうに大きな声を出すのは、ヒステリー症状の一種だってさ」

わたしはいつもの習慣で、言われたことをよく理解しないうちに、頭の中から追い払ってしまった。その後、ほかの女の人が大きな声を出しているのを耳にすると、サーカスで曲芸師が空中ブランコに乗っているところや、サーカスの会場でその曲芸を見ている人たちが発する声が、自然に頭の中に思い浮かんでくるのだった。自分でそういうイメージを頭に思い描いているわけではなく、どこかから湧きあがってくるイメージなのだ。わたしから出てくる音といえば、おならくらいしかない。うとうとしていると、おならの音で目を覚ますことがある。それから、またおならが出てくる。自分でも驚くくらい次々と出てくることがある。

セックスのとき、隣の部屋で寝ている赤ん坊が目を覚ましてしまうくらい大きな声を上げるのは、ヒステリー症状だと診断を下した医者は、男性のほうもわたしとセックスをした後には、ベッドや、床や、テーブルの上に横になり、まるで死体みたいに体を硬直させていることを知っていたのだろうか。その事実を知っていたら、わたしに下した診断にも、もう少し含みを持たせるとか、訂正を加えるとか、そういうことをしてくれただろうか。運良く、わたしの相手の男性は、セックスをするたびにいつも死体みたいに横になるわけではなかったが、わたしが覚えている限りでは、激しい快感を覚えるとそういうふうになるみたいだった。そういう場合、わたしも筋肉が痙攣したように体が硬直してしまうのだった。だが、それで恐いと思ったことは一度もない。すぐに元通りになってしまうからだ。

わたしは一度だけ中絶手術をしたことがある。そのとき、手術を受けた後に体に現われる症状と、セックスをした後で体が硬直してしまう状態は、同じようなものなのだということがわかった。婦人科の医者は、その症状が出るのは、わたしの体にカルシウムが不足しているからだと忠告した。だが、その症状もそれほどひどいものではなかった。起きたときは、自分の体にまったく理解できないなにかが起こったように感じていた。だが、もうそれっきり同じ事は起きなかった。体が麻痺状態になると、精神的にも無気力になってしまう。ミネラル分が不足していたのは、なにか理由があって、気づかないうちに自分で摂取しないようにしていたのだろうか。わたしは、自分の体をオルガズムを感じる前か、あるいは感じた後の状態にずっと保っておかなければならないのだろうか。そんなふうにならないように、自分で気をつけなければならなかったのだろうか。それとも、その症状がずっと続くようにしたほうがよかったのだろうか。いずれにしても、症状が消えてしまうと、こんなふうに自問自答することも忘れてしまった。

ところが、今度は、それとはまったく逆のことが起こったのだ。どこかの深みにはまって、体が痙攣したようになる代わりに、涙があふれてきたのだった。その中で自分が溺れてしまうのではないかと思うくらい、大量の涙が目から流れ出した。素直な気持ちで大きな声を上げて泣いていると、緊張がほぐれてきて、そうなったのだった。大人になってから一度も泣いたことがない人でも、本当に胸がつぶれそうになるくらい悲しいことがあって泣くことがある。ちょうどそんなふうに、わたしは泣いていた。マラソン・ランナーはゴールを目前にして、いちばん緊張の度合いが高くなるといわれる。一着でゴールをした瞬間にその緊張の糸がゆるみ、涙が溢れ出してくるのだ。

わたしの涙も、マラソン・ランナーのように、長い道のりをかけてやっと快感の頂点に達したときに流す涙なのだ。しかし、わたしがそんなふうに泣き出すと、自分がわたしの体を傷つけてしまったのではないかと、びっくりしてしまう男性もいた。だが、その涙は悦びが絶頂に達したときのものだ。緊張がすっかりゆるんで、体には心地よい疲労感だけが残る。すると、さっきまで快感の絶頂で燃え上がったようになっていた自分の体が、風の一吹きで、何万光年ものはるか彼方まで飛んでいってしまったように感じるのだった。そんな状態では悲しみに浸ることなどできないだろう。

だが、いちばん激しい快感を感じたときは、また別の反応が現われる。緊張が和らぐと、自分の腰のあたりが、金属に押しつぶされたように重くなってしまうのだ。体が重すぎて、とてもキリストのように昇天していくことはできない、などと思ってしまう。何度も何度も繰り返し、ほんの少しずつ体を動かしていくと、ますます自分の体が重く感じられる。しっかりと体を固定させながら、わたしは、男性の仕草を思い返してみる。——自分よりもずっと体の大きな男性が、わたしの背中に手を回し、腰のあたりを軽く叩いていた。まるで、手で埃を払うときのような、手馴れた、機械的な動作だった。ところが、三、四回、ペニスで無造作に小さく体を突き上げられるだけで、わたしの体は、風の流れに乗ってひらひらと舞う小さな紙切れのように、浮き上がってしまうのだった。ペニスがわたしの体をほんの数ミリくらい浮き上がらせるのだ。それだけで十分なのだ。

目に見えるもの

　わたしは体型も平均的で、体が柔らかいので、セックスをするとき、パートナーの男性は自分の好きなように、わたしの体の向きを変えることができる。ビデオを見て、自分がどれだけ男性の思うとおりに、自由に体を動かすことができるのかがわかって驚いた。セックス以外のときは、動きがぎこちなくて、不器用（思春期の頃以来、ダンスもしたことがないし、海で泳いだこともない）だと感じているのに、男性に体の向きを変えてくれとか、どんなふうな体位をとってくれと頼まれると、冬眠から覚めたばかりの爬虫類のような普段のときとはまるで違って、素早く動いて、相手の要求に答えることができるのだった。

　わたしはトルコのハーレムにいる女奴隷のように、脇腹を下にして横になっている。そして、お尻の丸い形が目立つように、少し脚を折り曲げている。視線はお尻の丸い形が描き出す曲線の先のほうへ向け、なにかを期待しているような表情で、半分開いた唇の上に手を当てている。それから、まだ脇腹を下にして横になったまま、男性がペニスを挿入しやすいように、もう少し体を折り曲げ、ペニスを挿入する場所がどこにあるのか一目でわかるように体を少し持ち上げて、しっかりとその姿勢を固定する。そして、首をひねって後ろを向き、姿勢が整っているかどうか、自分の目で見て確かめる。その姿勢がとれれば、ほかにはなにも言うことはない。

動物は死んだふりをすることがある。その死んだふりをしている動物のように、わたしはパートナーの様子をうかがっている。すると、男性がわたしの脚の折れ曲がったところに、自分の脚を押し付けてくる。そして、手を広げて、わたしの体を抱え込んでくる。まるで何かを寄せ集めて、しっかりと離さないようにつかもうとしているかのようだ。それから、手でしっかりとつかんだまま、わたしの体を激しく揺すってくる。わたしの体は男性のお腹の上で弾んでいるようになるのだ。脇腹を下にして横になり、相手のなすがままに身を任せているときには、ペニスを挿入されても、快感はそれほど得られない。今度は、男性が向きを変え、脇腹を下にして横になる。わたしは仰向けになって、男性の上半身に片方の脚を乗せ、もう片方の脚をお尻の上に乗せる。すると、ちょうどふたりでTの字を描いたような格好になる。わたしは、カエルか、昆虫の類になって、ひっくり返って空中で脚をバタバタさせているような気分になってくる。

前にも書いたと思うが、わたしは男性の上に乗る体位が好きだ。そのほうがペニスを体の中に受け入れやすいし、その場で起きていることもはっきり認識することができる。頭を上げ、踝《くるぶし》やふくらはぎの位置をしっかり固定し、脚を少し開いて、まわりのものにまで目を配っていく。そして、今度はわたしのほうから体を動かしていく。たとえば、腰を少し浮かせるために、背中を少し曲げ、できる限り腰を動かす。すると、パートナーとわたしの力関係は逆転してしまう。ペニスは地面に打ち込まれた杭のようになり、杭を打ち込まれた地面が振動で揺れているのだった。

そして、また体を平らにして、横になる。背中を伸ばすと、気だるく、重く感じていた手足にまた力が戻ってくる。ずっと後になって、自分がまるでひっくり返した花瓶のような格好をしていたことに気づいた。顔の下で膝を抱え、太腿をぴったり閉じていると、上半身がちょうど円錐形のような形になる。すると、お尻のほうが大きく開いて、体の奥の口の部分が急に二倍にも広がるのだ。それがちょうど、花瓶の穴のあいた部分になって、円錐形の花瓶をひっくり返したような形に見えるのだ。――それとも、ローマ時代の小さな杯だろうか――上から見下ろすと、ペニスが勃起しているところもはっきり見ることができる。

セックスの快感は、束の間のはかないものなのだ。体のどんな小さな部分も見逃さず、くまなく刺激され、快感を得ることができても、それは時間が経てば消えてしまうものだからだ。快感が絶頂に達したときも、その快感に浸っているときも、体のいくつかの部分ではもうすでに快感が冷めかけ、まるでピアニストが指先に神経を集中しているときのような、不思議な感覚を味わっている。そのときの感覚は、ピアニストの指がちょうど鍵盤の上に触れたときの感覚なのだろうか。そのときによって答えは変わることもあるが、とりあえずは「ノン」だ。

ビデオを見ながら、指を動かしてマスターベーションをしていると、隣にいた人がわたしの指の動きを見て、「まるでギターを演奏しているみたいだ」と言ったことがあった。わたしは、指に力を入れずに、時計の振り子のように規則正しく動かすことができる。その上、たとえ暗闇の中にいても的確に敏感な部分を捉えて、刺激することができるのだ。マスターベーションをしていても、自分一人ではないときには、その後で自分の指よりももっと大きなものが体の中に入ってくることがわかっているので、絶対に指で強く刺激したりしない。力を加減して軽く刺激することもできるのだ。マスターベーションをしているときに、指を性器の中に挿入したことはない。体の奥から流れ出る体液に中指を浸し、それを前のほうへ導いていって、その部分を湿らせるだけで十分に快感が得られるのだ。少ししつこいくらいに刺激していくと、太腿の内側の皮膚が敏感になり、性器の快感の波動が伝わってくる。マスターベーションをしていると、性器に感じるときも、太腿に感じるときも、心地よさは同じように伝わってくるものなのだということがわかる。

フェラチオをしているときは、ペニスの付け根の部分と睾丸を、包みこむようにして手のひらで支えている。トカゲとか小鳥とかを手でつかむときも、それとそっくり同じような動作をする。大きなペニスを口に含むと、口の中がそれでいっぱいになってしまう。口の中にペニスを含んだまま、わたしは目をしっかりと見開いて、ビデオの画面を見つめている。フェラチオをしながら、ビデオの画面のほうに目を向けるにはテクニックがいる。逆に、目も口も閉じているときは、唇を亀頭の上に這わせ、ちょうど中心の軸の上でとどまるように注意している。そうしながらも、半分眠ったような状態で、ほとんど意識はなくなっている。少し離れたところから、自分の体のほうへ亀頭が迫ってくるときには、ちゃんとちょうどいい位置で合わせられるように、慎重に体を開いていき、奥のほうで縮こまったようになっている外陰部を伸ばしていく。そして、敏感で、ともするとすぐ壊れてしまいそうなペニスを、自分の体の中に迎え入れる準備をするのだ。

わたしの体は普段服を着ているときと、裸になったときでは、まるで動き方が違う。そのことも、あるビデオを見ていて気づいたのだった。ジャックはわたしに黒いシースルーの亜麻の服を着せ、人気のない夜の時間帯にビルの階段を登ったり降りたりさせて写真を撮ることがあった。ジャックはこれまでに、二〇回くらいそういうことをわたしにさせていた。そのとき、わたしはX線写真でも撮られているような気分になっていた。写真を見た人には、わたしは普通の服を着ているのに体の線がはっきりと見えるように思えるのだ。カメラに背を向けると、空気の流れをお尻で感じとることができた。正面を向いて、階段を一段ずつ降りていくと、ステップに脚が触れるたび、胸が震えているように感じられた。そして、毛のふさふさとした部分は服の生地とこすれて、暗闇の中に吸いこまれていくような感じがした。服の下にはしっかりと体の線が見えていても、シルエットが浮き出ているのはほんの束の間のことで、またすぐに消えてしまう。

ジャックは次々と写真を撮っていった。日中警備員が詰めている部屋で上半身だけ裸になってポーズを撮らせたかと思うと、今度は服を全部脱がせたりした。たしかにジャックが要求するポーズには、それなりの効果があった。もし、自分の家で自分の場所を確保し、背中になにも感じるものなどない状態で、仕事に専念することができたらどんなにいいだろう！　服を脱ぐと、服の重みだけではなく、体全体に感じる重力も軽くなったような気がするのだ。

本当のことを打ち明けると、ジャックの言う通りにポーズをとりながら、わたしは、自分の頭の中で思い描いているイメージと自分自身が対面しているような、いつもとはまったく違う不思議な感覚を覚えていた。普通に服を脱いで裸になること以上に、自分の体をさらすことは、いつもなら快感を感じることなのに、そのときは何だか居心地の悪さを感じていた。

自分のアパルトマンへ戻れば、そこには、対照的な光景が待っている。わたしの体は白いソファにくっきりと浮かび上がる。わたしは、部屋の真ん中で、大きな指輪をいくつもはめた手で、ゆっくりと指を動かしてマスターベーションをする。そのときに、頭の中には、ときたま、はっきりとしたイメージが浮かんでくる。大きく開いた脚と太腿がほとんど完全な四角形の中に浮び上がる。それが今、わたしが目にしているものなのだ。そして、カメラのレンズを覗いている男性も、同じ姿を目にしているはずだ。カメラを覗いていた男性がわたしの手をふりほどき、ペニスをわたしの体の中に滑りこませる。すると、その部分が大きく腫れあがっていく。そんなことは、今までに一度もないことだった。その理由がはっきりわかったときには、もうすでに自分の体と頭の中に無数にあるイメージとが、重なり合っている。

訳者あとがき

本書は、フランスの現代美術雑誌〈アート・プレス〉の創始者で編集長を務めるカトリーヌ・ミエが、自らの性生活を赤裸々に描写した自伝である。男女の肉体関係をまだ知らない少女の頃の空想にはじまり、一八歳で処女を喪失したときの体験や、スワッピング、乱交パーティ、屋外でのセックスなど、性にまつわるありとあらゆるエピソードが、まるで昆虫か植物の観察記録を書いているように、緻密に、細部にわたって描かれている。

本書は、はじめ、『悪童日記』のアゴタ・クリストフなどを出版している文芸出版で定評のあるスイユ社から、少数の読者を対象に初版六〇〇〇部で発刊された。それがいまや、三〇万部を突破するほどの大ベストセラーとなり、世界の一九カ国で出版が決まり、ヨーロッパをはじめ世界中の読者に衝撃を与えている。その内容は、ただたんに自らの性体験をもとに描かれた私小説とは異なり、ミエ本人の感情の吐露や官能をくすぐるエロティックな描写はほとんど見あたらない。むしろ、ミエは美術雑誌の編集長として現代美術の評論を書くときのように、自らの性体験を正確に分析し、緻密に描写しようとしている。「女性が自分の性生活についてこれほどあからさまに表現した本はこれまでになかった。しかも、その文体がすばらしく、文学作品としても出来がいいため、これほど多くの人に受け入れられたのではないか」と『ル・モンド』紙は、この本の成功の秘訣を説明している。このように、ミエの視点の据え方と描写の独創性は、『ル・モンド』など本国フランスの各誌紙をはじめ、『ロンドン・タイムズ』紙など諸外国でも多くの新聞雑誌にとりあげられ、賞賛の的となっている。そのいくつかを紹介しておこう。

ミエの本は、シモーヌ・ド・ボーヴォワールの『第二の性』から半世紀後に出た女性のセックスについての重要な本だ。

——ザ・タイムズ

性の表現でおそらくこれほど遠くまで行った女性はこれまでいなかっただろう。

——マガジン・リテレール

カトリーヌ・ミエの本はエロティックではなく、ポルノグラフィックであり、そこに力強さがある。……この本はなによりもセックスについての真に女性の見方を提出している。

――リベラシオン

フランス人の女性が性について書いた、過去半世紀でもっとも売れた作品。……成功の鍵は、多くの女性が抱く性的空想を、彼女が実現したところにあるだろう。

――ヴォーグ

過去と現在、証言と幻想が巧みに混じり合い、限界のない快楽を求めて目もくらむ高みへと昇っていく。

――パリ・マッチ

この本の中のことばは、女性読者を元気づけ、その行為を大胆にさせるだろう。

――ラ・カンゼーヌ・リテレール

作家も惜しみない賛辞を送っている。

彼女によって、はじめて女性が自らの悦びが生まれ、作られ、戯れ、広がる場所を記述した。……偽善的な男性読者よ、気取った女性読者よ、静かに認めたまえ、この若い女性はあなたたちのために自由になったのだということを。

――フィリップ・ソレルス

彼女の記述の正確さにわたしは感動した。

――カトリーヌ・ロブ゠グリエ（筆名ジャン・ド・ベール、『イマージュ』の作者）

ともかく、読者はその衝撃的な内容に驚いたにちがいない。ミエの処女喪失はとくに早い方ではなかったが、その数週間後には早くも乱交パーティに参加し、それからは乱交パーティ、スワッピング・クラブの常連となり、名前を覚えているパートナーだけで四九人、そのほか数え切れない無数の男性と関係した。彼女は手で、口で、性器で、アナルでセックスし、一晩で何十人もの男性を相手にすることもめずらしくなかった。場所もクラブ、レストラン、美術館、事務所、仕事場などの屋内から、森、駐車場、スタジアム、トラックの荷台、墓地など多岐に渡っている。タブーというものを持たず、セックスに関することはあらゆることを試み、性の快楽をどこまでも追求した自分の性生活を、「数」「空間」「小さな空間」「細部」の四章を通して客観的に見つめようとしたのが本書である。本書の構想は四〇代になってから考え出し、完成までに八年を費やしている。

しかし、好意的な書評が多く寄せられる一方で、このように衝撃的な内容に加え、真実を包み隠さず、ありのままを描写したその表現の露骨さに、『レクスプレス』誌に代表されるように、本書をテレビの低俗番組と同レベルの読者ののぞき趣味を煽る読み物としてしか捉えていない批評や意見があったことも事実である。フランスは性に対して比較的自由で開放的なお国柄であるとは言え、本書を文学作品としては認めたくないと考えている人も多くいるようだ。

著者の夫であり、最もよき理解者でもある作家のジャック・アンリックは、自分で撮影したミエのヌード写真を掲載し、裸体について考察したエッセイ『カトリーヌ・Mの伝説』（ドゥノエル社）を同時に出版している。こちらも本書同様話題を呼び、好調に売れ行きを伸ばしている。アンリックの撮影したミエの写真は、二人の著書を紹介した雑誌にも一部掲載され、日本でも馴染みの深い『ヴォーグ』誌や『エル』誌でも見ることができる。こうしたファッション雑誌には、かなりのページ数を割いてミエのインタビュー記事の特集が組まれ、その横に衝撃的なミエのヌード写真が掲載されている。記事の中で、ミエは、自分の日常生活について語り、今でも、マスターベーションが生活の一部であることを告白している。

日本の読者もひと頃よりは性に対する描写に慣れっこになってしまったとは言え、

ミエの表現力と、斬新な視点から捉えられた性描写には度肝を抜かれたのではないだろうか。本書が、読者の方々にとって、たんなるわいせつな表現が売り物の低俗な読み物となってしまわないよう切に祈るものである。

二〇〇一年十一月

本書は、二〇〇一年十一月に早川書房より単行本として刊行された作品を文庫化したものです。

ハヤカワ・ノヴェルズ

わたしのなかのあなた

MY SISTER'S KEEPER

ジョディ・ピコー
川副智子訳
46判並製

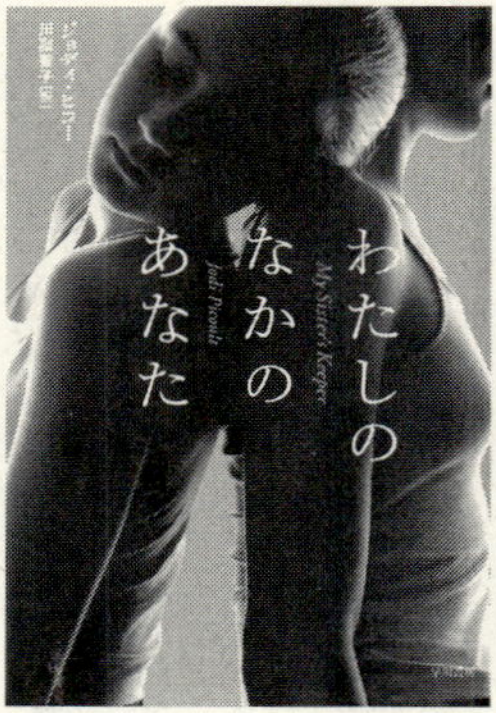

アナ・フィッツジェラルドは十三歳。白血病の姉ケイトのドナーとして生まれてきた。姉の治療のためにさまざまな犠牲を強いられ、ついには腎臓移植が必要となったとき、アナは両親を相手取り訴訟を起こす。「自分の体に対する権利は自分で守りたい」と言って。はたして前代未聞の裁判の行方は？　そしてケイトとアナの姉妹の運命は？全米の紅涙を絞った感動と衝撃のベストセラー。

ハヤカワepi〈ブック・プラネット〉

哀れなるものたち

Poor Things

アラスター・グレイ
高橋和久訳
46判並製

〈ウィットブレッド賞・ガーディアン賞受賞作〉

作家アラスター・グレイは、十九世紀の医師による自伝を入手した。それによれば、医師の親友である醜い天才外科医が、身投げした美女の「肉体」を現代の医学では及びもつかない神業的手術によって蘇生したというのだ。しかも、復活した美女は世界を股にかけ大胆な性愛の冒険旅行に出たというのだが……。スコットランドの巨匠の代表作。

アーサー・ミラーI

セールスマンの死

Death of a Salesman

倉橋 健 訳

かつて敏腕セールスマンで鳴らしたウイリーも得意先が引退、成績が上がらない。妻から聞かされるのは、家のローンに保険、車の修理費。前途洋々だった息子も定職につかずどうしたものか。夢に破れて、すべてに行き詰まった男が選んだ道とは……家族・仕事・老いなど現代人が直面する問題に斬新な手法で鋭く迫り、米演劇に新たな時代を確立したピュリッツァー賞受賞作。

エドワード・オールビーI

動物園物語
ヴァージニア・ウルフなんかこわくない

The Zoo Story and
Who's Afraid of Virginia Woolf?

鳴海四郎訳

公園で出会った男に問われるまま家族や仕事の事を話す男。やがて饒舌な相手に辟易し遂に……不条理な世界に巻き込まれた常識人を描くデビュー作「動物園物語」。パーティ帰りの真夜中、新任夫妻を自宅に招いた中年の助教授夫妻。やがて激しい罵り合いが……幻想にすがる人間の姿、赤裸々な夫婦関係を描く「ヴァージニア・ウルフなんかこわくない」。現代演劇の傑作二篇。

ハヤカワ演劇文庫

テネシー・ウィリアムズ

しらみとり夫人
財産没収 ほか

The Lady of Larkspur Lotion
and other stories

鳴海四郎・倉橋　健訳

家賃を滞納しながら上流を気取る女。だが部屋に転がっていたのは……「しらみとり夫人」。年に合わぬどぎつい化粧の少女。人気者の亡姉の後を継いで幸せという「財産没収」。病院へ行くよう勧められた年増の娼婦が、どこへ放り込まれるかと恐れて助けを求める相手は……「バーサよりよろしく」。過酷な現実と理想の狭間で悩む人間の孤独と哀しみを描く名匠の一幕劇集。

訳者略歴　中央大学仏文学科卒，翻訳家　訳書『至福の味』バルベリ，『趣味の問題』バラン（以上早川書房刊）

HM=Hayakawa Mystery
SF=Science Fiction
JA=Japanese Author
NV=Novel
NF=Nonfiction
FT=Fantasy

カトリーヌ・Mの正直《しょうじき》な告白《こくはく》

〈NF336〉

二〇〇八年五月　十日　印刷
二〇〇八年五月十五日　発行

（定価はカバーに表示してあります）

著者　カトリーヌ・ミエ
訳者　髙《たか》橋《はし》利《り》絵《え》子《こ》
発行者　早川　浩
発行所　株式会社　早川書房

郵便番号　一〇一 - 〇〇四六
東京都千代田区神田多町二ノ二
電話　〇三 - 三二五二 - 三一一一（大代表）
振替　〇〇一六〇 - 三 - 四七七九九
http://www.hayakawa-online.co.jp

乱丁・落丁本は小社制作部宛お送り下さい。
送料小社負担にてお取りかえいたします。

印刷・株式会社亨有堂印刷所　製本・株式会社明光社
Printed and bound in Japan
ISBN978-4-15-050336-9 C0198